彰化學

U0010401

走向激進之愛
宋澤萊小說研究

Towards the Radical Love :
A Study on Sung Tze-Lai's Fictions

陳建忠 著

晨星出版

啟動彰化學

——共同完成大夢想

林明德

二十多年來，台灣主體意識逐漸抬頭，社區營造也蔚為趨勢。各縣市鄉鎮紛紛編纂史志，大家來寫村史則方興未艾。而有志之士更是積極投入研究，於是金門學、宜蘭學、澎湖學、苗栗學、台中學、屏東學……相繼推出，騰傳一時。

大致說來，這些學術現象的形成，個人曾直接或間接參與，於其原委當有某種程度了解，也引起相當深刻的反思。

一九九六年，我從服務二十五年的輔大退休，獲聘於彰化師大國文系。教學、研究之餘，仍然繼續台灣民俗藝術的田調工作。一九九九年，個人接受彰化縣文化局的委託，進行為期一年的飲食文化調查研究，帶領四位研究生進出二十六個鄉鎮市，訪問二百三十多個飲食點，最後繳交《彰化縣飲食文化》（三十五萬字）的成果。

當時，我曾說過：往昔，有一府二鹿三艋舺的符碼；今天，飲食文化見證半線風華。這是先民智慧結晶，也是彰化珍貴資源。

彰化一帶舊稱半線，是來自平埔族「半線社」之名。清雍正元年（1723），正式立縣；四年（1726）創建孔廟，先賢以「設學立教，以彰雅化」期許，並命名為「彰化縣」。在地理上，彰化位於台灣中部，除東部邊緣少許山巒外，大部分屬於平原，濁水溪流過，土地肥沃，農業發達，有「台灣第一穀倉」之美譽。三百年來，彰化族群多元，人文薈萃，並且累積許多有形、無形的文化資產，其風華之多采多姿，與府城相比，恐怕毫不遜色。

二十五座古蹟群，各式各樣民居，既傳釋先民的營造智慧，也呈現了獨特的綜合藝術；戲曲彰化，多音交響，南管、北管、高甲戲、歌仔戲與布袋戲，傳唱斯土斯民的心聲與夢想；繁複的民間工

藝，精緻的傳統家俱，在在流露令人欣羨的生活美學；而人傑地靈，文風鼎盛，舊、新文學引領風騷，成果斐然；至於潛藏民間的文學，既生動又多樣，還有待進一步的挖掘與整理。這些元素是彰化的底蘊，它們共同型塑了「人文彰化」的圖像。

十二年，我親近彰化，探勘寶藏，逐漸發現其人文的豐饒多元。在因緣俱足下，透過產官學合作模式，正式推出「啓動彰化學」構想。

基本上，啓動彰化學，是項多元的整合工程，大概包括五個面相：課程設計結合理論與實際，彰化師大國文系、台文所開設的鄉土教學專題、台灣文化專題、田野調查、民間文學、彰化縣作家講座與文化列車等，是扎根也是開拓文化人口的基礎課程，此其一；爲彰化學國際化作出宣示，2007彰化文學國際學術研討會聚集國內外學者五十多人，進行八場次二十六篇的論述，爲彰化文學研究聚焦，也增加彰化學的國際能見度，此其二；彰化師大文學院立足彰化，於人文扎根、師資培育、在職進修與社會服務扮演相當重要角色，二○○七重點發展計畫以「彰化學」爲主，包括：地理系〈中部地區地理環境空間分析〉、美術系〈彰化地區藝術與人文展演空間〉與國文系〈建置彰化詩學電子資料庫〉三個子題，橫向聯繫、思索交集，以整合彰化人文資源，並獲得校方的大力支持，此其三；文學院接受彰化縣文化局的委託，承辦2007彰化學研討會，我們將進行人力規劃，結合國內學者專家的經驗與智慧，全方位多領域的探索彰化內涵，再現人文彰化的風貌，爲文化創意產業提供一個思考的空間，此其四；爲了開拓彰化學，我們成立編委會，擬訂宗教、歷史、地理、生物、政治、社會、民俗、民間文學、古典文學、現代文學、傳統建築、傳統表演藝術、傳統手工藝與飲食文化……等系列，敦請學者專家撰寫，其終極目標乃在挖掘彰化人文底蘊，累積人文資源，此其五。

彰化師大扎根半線三十六年，近年來，配合政策積極轉型爲綜合大學，努力參與社區總體營造，實踐校園家園化，締造優質的人文

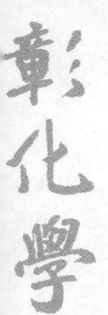

空間，經營境教，以發揮潛移默化的效果，並且開出產官學合作的契機，推出專案，互相奧援，善盡知識分子的責任，回饋社會。在白沙山莊，師生以「立卦山福慧雙修大師彰師大，依湖畔學思並重明德化德明。」互相勉勵。

從私立輔大退休，轉進國立彰師大，我的教授生涯被視為逆向操作，於台灣教育界屬於特例；五年後，又將再次退休。個人提出一個大夢想，期望結合眾多因緣，啟動彰化學，以深耕人文彰化。為了有系統累積多元資源，精心設計多種系列，力邀學者專家分門別類、循序漸進推出彰化學叢書，預計每年十二冊，五年六十冊。並將這套叢書獻給彰化、台灣與國際社會。

基本上，叢書的出版是產官學合作的最佳典範，也毋寧是台灣學的嶄新里程碑。感謝彰化縣文化局、全興、頂新、帝寶等文教基金會與彰化師大張惠博校長的支持。專業出版社晨星的合作，在編輯、美編上，為叢書塑造風格，能新人耳目；彰化人杜忠誥教授，親自題寫「彰化學」三字，名家出手為叢書增色不少，在此一併感謝。

回想這套叢書的出版，從起心動念，因緣俱足，到逐步推出，其過程真是不可思議。「讓我們共同完成一個大夢想吧。」我除了心存感激外，只能如是說。

· 林明德（1946－），台灣高雄縣人。國立政治大學中文博士。現任國立彰化師範大學國文學系教授兼副校長。投入民俗藝術研究三十年，致力挖掘族群人文，整合民俗藝術，強調民俗是一切藝術的土壤。著有《台澎金馬地區區聯調查研究》（1994）、《文學典範的反思》（1996）、《彰化縣飲食文化》（2002）、《阮註定是搬戲的命》（2003）、《台中飲食風華》（2006）。

【目錄】contents

第1章 緒論

一、戰後台灣文學與台灣現實：一個研究進路的提出

從戰後台灣文學的發展脈絡來看，五、六〇年代的文學主流——反共懷鄉文學與現代主義文學，由於戰後台灣特殊的政治氣候與作家的西化，使台灣此地產生的文學與台灣現實存在著某種疏離的現象。但這個現象在七〇年代伊始有了極大轉變，從保釣運動以來所激起的民族主義情緒，使知識分子返身去省視台灣社會存在的各種問題。由於民族意識與社會意識在知識分子心中湧起，連帶地也使台灣作家重新回歸現實書寫，從日治以來與台灣現實、民眾命運緊密連接的文學傳統，終於又在七〇年代復活，從而造成現實主義文學的再次盛行。

然而，台灣本土作家之民族意識與社會意識的覺醒，台灣現實主義文學之再度盛行，其實都是歷程曲折的變化過程的。在台灣文學史上，研究戰後作家如何從與現實疏離乃至西化，到回歸現實書寫，確實是戰後台灣文學史中極為重要而尚待開展的課題。

宋澤萊（1952～），這位戰後出生而以小說成名的作家，正是研究上述課題極佳的一個典型，他具有創作現代主義小說、農民小說，乃至於更加深入台灣社會問題根源的政治小說的完整經歷，並且其作品置諸同時代作家之中，成就亦已備受肯定，這從宋澤萊頻獲文學獎與作品被收入各種選集中可以看出。就此而論，宋澤萊的小說歷程既如論者所言是「呈現台灣小說動向，最有脈絡可尋的一位」❶，而其作品的藝術成就又頗有可觀，自然值得我們以個論方式加以深入研究，並以此來印證上述所提出的回歸現實書寫的階段演變課題，這是

---

❶ 林瑞明，〈從迷惘到自立：第一代到第四代的文學旅程〉，《台灣文學的本土考察》，台北：允晨出版公司，1996.7，頁78-85。

本論文第一個具體的問題意識。

　　宋澤萊由寫內心到寫現實的文學歷程，固然有其極爲特殊的個人經驗，形成作品中對某些現實問題特別關注的特色，例如戰爭經驗（來自父親）與農村經驗。然而整體看來，宋的文學歷程卻與同時代，尤其是同爲戰後出生的作者具有頗爲類似的轉變階段，這是由戰後出生的本土作家共有的台灣經驗而反映到文學之中看出的。其作品中反映的主要是台灣工業化、都市化而農村經濟全面潰敗的經驗，「既有別接受日本教養的老一代台籍作家，也不同渡海來台，擁有大陸經驗的作家」❷　，宋澤萊因無具體的「日本經驗」與「中國經驗」，而純粹從親身所歷之「台灣經驗」出發，因而能反映較全幅的戰後台灣社會。陳芳明曾以崛起、成熟於七〇年代的本土作家爲例，說明他們由於不受前行代經驗的蒙蔽，使他們回歸現實書寫時能勇於表達深厚的台灣情感：

　　……七〇年代台灣文學之發生質的變化，還有一個無可忽視的重要因素，便是戰後初期出生的本土作家，也在這個時期注入了新血；這群新生代作家，是與中國經驗毫不相涉的一代。他們在七〇年代宣告成熟時，也是官方的政治控制在島上出現鬆動跡象之際。他們的思考與生活方式，都是以台灣社會格局爲中心；當台灣遭受時代浪潮的衝擊時，他們的視野較諸前行代作家還更能超越中國經驗的蒙蔽，也較諸過去的作家還更勇於表達深厚的台灣情感。❸

　　是以當我們在考察其文學歷程轉變同時，亦不啻是在作品中發現台灣社會在戰後的演變軌跡，本論文的第二個問題意識實由此而來。

❷ 林燿德，〈台灣新世代小說家〉，《重組的星空》，台北：業強出版社，
　 1991.6，頁82。
❸ 陳芳明，〈七〇年代文學史導論：一個史觀的問題〉，《典範的追求》，台
　 北：聯合文學出版社，1994.2，頁223。

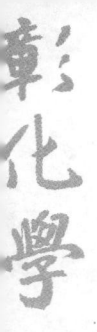

　　事實上，台灣作家所表達的現實關切不只具現於七〇年代，在進入八〇年代後，更為強烈的台灣情感凝為「台灣意識」，從而在作品中明確地呈現出反黨國宰制的「中國意識」的傾向，意圖批判、顛覆統治機器所加諸台灣人民的各種政治壓迫，於是乃有「政治文學」的登場。政治文學中雖以批判國民黨威權統治為主調，但其中亦有意識型態上的統／獨、左／右、激／緩之分，宋的文學路線顯然在八〇年代逐漸強化了作品中的意識型態，而意欲將台灣文學推向具有國家位格的獨立國家文學，其影響力雖尚待評估，但從宋澤萊不惜與本土派作家分裂的立場看來，在尚未取得共識的八〇年代末期，宋代表的是一種「激進的」（radical）台灣之愛。

　　在回歸現實書寫後，台灣現實主義文學從七〇年代鄉土文學階段以降，轉而在八〇年代由政治文學逐漸形成主流，並且在批判統治機器同時，更形成意識型態的鬥爭，宋澤萊究竟提出何種文學論述來做為理論根據，而又如何透過作品來表達他日益激進的政治主張呢？這個疑問是本論文第三個問題意識的根由。

　　綜上所述，本書透過問題意識所要探究的是以下三個主要問題，做為研究宋澤萊小說的進路：

　　第一，將宋澤萊由書寫個人心靈夢魘到回歸現實書寫的歷程，透過小說分析勾勒出其階段性的變化軌跡。

　　第二，屬於戰後世代文學的宋澤萊小說，由於以台灣戰後社會的具體生活為內容，反映了台灣社會在戰後的演變軌跡，具有「補史之闕」的作用，我們亦試圖解析宋澤萊小說中的「歷史企圖」。

　　第三，在七〇年代，本土文學陣營共同對抗官方文學陣營的圍剿，然而八〇年代後本土文學陣營卻分裂各據意識型態立場的小集團，其論爭中心先是反國民黨的威權統治，續則是對「國家認同」問題的論辯。宋澤萊的文學論述與政治小說則是上述問題的鮮明例證，是為另一個重要的文學現象。

　　以下我們便將從這三個進路出發，先就宋澤萊的小說創作歷程提

出合理的分期，再由此來構設本書的論述架構，並提出說明。

二、宋澤萊小說的創作歷程：分期的界說

（一）分類的商榷

　　為宋澤萊的文學歷程做出適當分期，在本書中至少具有以下兩種意義。第一，本文主要是沿著宋澤萊的創作歷程做一考察，基本上便是想指出宋澤萊透過小說所展現出來的，由敘寫心靈夢魘到關懷鄉土，乃至蛻變為一主倡台灣民族論的政治小說家的轉變。筆者認為在不同的環境影響下，作者也不斷在調整並改變著自己的題材與風格，因此就其文學歷程加以分期實有利於我們清楚地觀察各階段的表現，並進而得出其轉變的軌跡。第二，從宋澤萊自己所描述的文學歷程來看，他所做的自我分類並未能恰如其份的符合某些事實，我們的分期在提出合理的解釋同時，也為了舉出作者某些不盡吻合事實的分類標準，避免讀者繼續沿用所可能造成的誤解。

　　一九八八年五月，宋澤萊曾重新整編過他的短篇小說，將一九七五至一九八〇之間的作品以「宋澤萊作品集」之名分為三冊出版，分別為《打牛湳村系列》、《等待燈籠花開時》及《蓬萊誌異》，並且為此做一長序〈從《打牛湳村》到《蓬萊誌異》：追憶那段美麗、淒清的歲月（1975～1980）〉❹（以下簡稱〈追憶〉），以此文來回顧他步出大學校園後所經歷的人生際遇與文學路線的轉變，可謂是極為真切而誠懇的作家自我剖白。

　　〈追憶〉一文首先便談到，自己大學畢業時（1975夏）那種剛出社會所產生的惶惑與嫌惡，同時也指出自己在大學時期已創作幾篇長短小說，如〈嬰孩〉、《廢園》、《紅樓舊事》等。在往後幾年的生活

❹ 宋澤萊，〈從《打牛湳村》到《蓬萊誌異》：追憶那段美麗、淒清的歲月（1975-1980）〉，《打牛湳村系列》序言，台北：前衛出版社，1988.5。

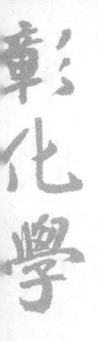

裡，他經歷了實習教師、服兵役、歷史教師等幾種身分的變化，與大學時期一樣，創作是為了「想用藝術創作將自己由精神破毀的邊緣拯救出來」，然而這些創作在反映個人掙扎過程的同時，也「反映了與我同樣處在共同經濟生活水平下無數人的共同命運」❺，他將這幾年中的作品與社會事件、個人經驗互為參照，將其分為三個時期，他認為自己的創作自大學之後，在幾年中先由「寫實主義時期」（《打牛湳村系列》）、過渡為「浪漫主義時期」（《等待燈籠花開時》），最終在退伍後則進入了「自然主義時期」（《蓬萊誌異》）。

基本上，〈追憶〉對我們理解作者的創作歷程是十分具有參考價值的文字，尤其是作者將創作時的心理背景與社會背景提示出來，使人對作品能有更深刻的理解。不過，筆者仍需指出，宋澤萊的分期固然清晰、果斷，轉變之際似也提出許多理由以資證明，但是這樣分期的結果與作品呈現出來的風格仍存在著不小落差。

首先，是使人誤以為分期中的小說便是按照某種文學「主義」而寫，而且是作者預設的一種表現方式；其次，在小說歸類上因執意將全部小說畫分為三期（前、中、後）的結果，某些屬於後期的作品在創作時間上卻都早於前一期的時間，這是在原應隨時間排列的階段性分期裡不應出現的現象，在全無標示創作時間的情況下，這種錯誤完全無法看出，進而製造了研究上的不少問題。

從實際的創作史上來看，宋澤萊將大學時期視為一個階段是不錯的，那些充滿著現代主義技法與心理學知識的小說，與後來的作品相較確實是有明顯不同而較易分辨的。在結束了上一階段後，宋澤萊的小說逐漸顯現出以現實事件與人物為描寫對象的傾向，而不再專寫人物內心的葛藤，於是有關他父親的太平洋戰爭記憶（〈最後的一場戰爭〉），與白色恐怖的陰影（〈娘子，回去未曾開墾的那片田〉）成為他轉變風格後的新題材，而這些小說在創作時間上都要早於所謂的「打

---

❺ 同前註，頁7。

牛湳村」系列寫實時期小說，卻在宋自己的分類中被歸入了較晚的「浪漫主義」時期。這個例子頗能用來證明上述所指的兩個問題。

首先，在創作當時，恐怕作者並未依照設定好的「文學主義」來書寫，就如同作者自己承認，當他寫作在十年後被重新分類爲「浪漫主義時期」小說之時，若非某些評論家（如張系國）指出如〈港鎮情孽〉（原名〈漁港故事〉）等小說中具有對理想世界的憧憬 **❻**，而把某些作品稱爲浪漫主義小說的話，當時他是全然無意識於此種流派之存在的。姑不論兩人在分類上是否適當的問題，光就此點而言就足以說明，作品中也許存有某些綺異情節與塑造了「美麗而帶有若干異地味道的世界」**❼**，但卻絕非作者預設而自覺的手法，如此何以能將作品劃爲一個似乎是自覺地發展的時期？

接下來更爲明顯的問題是，觀察其所謂寫實主義小說與浪漫主義小說在創作歷程中根本是近乎同時期出現的，時間上呈現了一種交互穿插的情形，但宋澤萊以寫實主義時期在前而置浪漫主義期在後的分法，只不過方便他系統化地描述其創作歷程，卻使得作品散置於兩個時期之中，而根本發覺不出原來可能都是同一年份，甚至是同一主題的作品，這與事實的「眞相」自是有所出入的。

事實的眞相或許是，當宋澤萊「統合了半虛構心與半眞實經營著綺異的小說」時，他也在期待著也許「能仿同日據時代的文學家去反映一些被壓迫者的心聲罷」**❽**。因此當一九七六年〈娘子，回去未曾開墾的那片田〉、〈最後的一場戰爭〉（浪漫）發表時，他同時在嘗試寫作第一篇「打牛湳村」系列農民小說〈花鼠仔〉（寫實）；而當一九七八年〈我看到了櫻花樹下的老嫗〉、〈岬角上的新娘〉（浪漫）刊出時，他最爲著名的〈打牛湳村：笙仔和貴仔的傳奇〉也才刊載在

---

❻ 張系國，〈理想與現實：論台灣小說裡的理想世界〉，《中國時報》「人間副刊」，1982.5.28-29。

❼ 同註4，頁13。

❽ 同註4，頁9。

《台灣文藝》上，這個現象證明了要將幾年中的作品強分爲兩個時期的不合理處。

另一個令人感到不合理之處，則爲何種作品應屬寫實與浪漫主義的區分標準。在筆者看來，其中的隨意性大，而缺乏了嚴格文學成規的界定。例如在《等待燈籠花開時》收錄的〈最後的一場戰爭〉與〈鄉選時的兩個小角色〉，前者以太平洋戰爭中軍伕逃亡之過程爲對象，後者則描寫了民間椿腳在選舉中滑稽、荒謬的醜態，若如宋所言：「浪漫主義歌頌自然、反對虛僞的崇智、追求唯美、抒發情感、崇尙英雄、抗拒理性」 ❾ ，返觀於上述兩篇的表現手法與內容，又有何者可以相符於此種文學定義呢？

綜合上述所提宋澤萊式分期的不合理處，我們可以簡單歸納爲：一、試圖爲創作歷程做出階段性分期，但忽略了作品風格的駁雜（在我們看來，某些作品雖然強化了浪漫傾向，卻不脫寫實的架構與介入現實的精神），以致於強行加以分類後，予人以作者乃是在自覺地發展著某一種風格的印象。二、由於未對各時期文學主義的定義予以嚴格界定，於是乃發生將寫實性強烈的小說劃入所謂浪漫小說之林的情形，這尤以《等待燈籠花開時》中的作品最容易令人誤認。

（二）宋澤萊小說創作的三個時期

在列證了宋澤萊式的分期的問題後，我們希望按照另一種分期方式以便更能突顯出宋澤萊小說的演變軌跡，分期主要是以是否能掌據作品實質精神爲主，而不再依循作者強調作品所屬的寫作流派。事實上，宋澤萊上述分期中的某些小說雖具有許多浪漫小說的特性，但作品的實質精神卻是相當寫實的。

宋澤萊的創作文類既以小說爲主，以下所作的創作歷程的分期，便是由他小說的表現方式與內容來加以區分的，目的是希望藉此看出宋澤萊在小說創作上的階段性演變，而這正是本文的重心所在。在上

❾ 同註4，頁13。

一小節針對宋澤萊自我分期的問題提出檢討後，我們認為將其創作歷程分為以下幾個階段可能是較為適切的：

一、現代主義時期：主要是指其在大學時期以現代主義手法創作心理小說的階段。時期約在一九七二至一九七五年間，主要作品包括〈審判〉、〈李徹的哲學〉、〈嬰孩〉、《紅樓舊事》、《惡靈》等。

又，一九七五年夏天宋澤萊大學畢業，從一九七六年起，直到一九七八年創作出〈打牛湳村：笙仔和貴仔的傳奇〉一作為止──此作應被視為宋澤萊下一時期確立風格的作品，期間存在著可以劃入現代主義時期的小說，如〈黃巢殺人八百萬〉及〈虛妄的人〉；然而也同時開始出現一些「轉型」作品，如〈娘子，回去未曾開墾的那片田〉等，其手法應可劃入鄉土寫實時期，甚至包括「打牛湳村」系列小說中最早而主題不甚明確，表現技巧稍嫌生澀的〈花鼠仔立志的故事〉在內。這段時間的創作可視為回歸現實書寫前的「轉型期」，亦為現代主義時期的尾聲，本書側重的是此時作品中轉化前一時期的問題（如父子關係），而表現出尋找前行代歷史的轉變過程，因此擬將此時段作品置於現代主義時期末端來探討。

二、鄉土寫實時期：從「打牛湳村」系列農民小說以降，宋轉而以台灣在現代化下的農村、市鎮變遷為描寫對象，嘗試將戰後台灣市民社會全景藉小說記錄下來，這時期是他奠定文壇成就的重要階段。

本文中傾向將其所謂浪漫主義及自然主義小說，視為以寫實主義精神所寫的小說，這不僅是因為這些作品皆集中創作於七〇年代末期，更由於小說中具有關切現實、反映現實的精神，並皆以寫實技巧來表現。因此筆者並不依循作家原來的分類，而以「鄉土寫實」時期來總稱此時的作品，這樣，更能掌握宋澤萊此時真正的作品主題。

這個時期約在一九七八至一九八〇年間，主要作品包括前衛版之《打牛湳村系列》、《等待燈籠花開時》、《蓬萊誌異》三冊短篇合集、以及《變遷的牛眺灣》、《骨城素描》。

三、政治小說時期：主要指宋澤萊在八〇年代的作品而言，這個

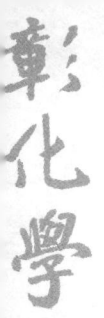

時期的小說作品數量無多，反而在詩歌、散文、政論文章上似乎投注更多心力，主要作品包括《廢墟台灣》、〈抗暴的打貓市〉等。

四、魔幻現實時期：在一九八七年寫完〈抗暴的打貓市〉後，宋澤萊的文學創作進入了「冰封期」，足足有七年時間沒有發表小說，直到一九九四年初又以〈變成鹽柱的作家〉重新復出，一九九六年出版長篇《血色蝙蝠降臨的城市》，二○○一年又出版《熱帶魔界》。這些作品，一方面延續政治小說的關懷，另一方面則加入作家的宗教經驗以及魔幻現實主義的技法，可視為小說家另一階段的創作。

三、本書的架構說明

本文預計分為五章進行討論，論述重點主要呈現於二、三、四、五章中，欲以此來考察宋澤萊小說創作歷程的階段性表現特徵與關懷重點，從而勾勒出一清晰的演變軌跡與時代圖像，再置諸台灣戰後社會政治變遷與知識分子心態轉變的脈絡裡，論述兩者之間互動、辯證的關係，為其小說做出初步評價的工作，以下便是本書的章節設計與相關說明：

第二章「死亡陰影的追逐：現代主義者的腳蹤」：關於宋澤萊創作初期所寫下的心理小說，筆者認為小說中的情節有絕大部份來自於他切身或近似的經驗，例如他所出身的農鄉、父母、以及他個人的疾病史，都使他的小說充滿了自傳性色彩，關於這方面的探討成為進入宋澤萊小說世界或心靈世界的必要開端。

筆者認為，現代主義時期的宋澤萊雖然執著以第一人稱敘寫主人翁的內在心境，包括他對死亡的迷戀與自我對外界的強烈疏離，但根本的問題仍在於作者本身無法真切地理解他所從出的「時代」與「家族」究竟遺留了何種問題給他。小說中懦弱無能的父親形象、時時浮現的上一代戰爭夢魘，六、七○年代知識分子思想無出路的現實——在極其隱晦的情節中伏下了將來轉變的可能。

　　在大學階段結束之後（1975），宋逐漸地透露出他走出心靈煉獄的企圖。從幾篇書寫上一代所發生事件（如〈最後的一場戰爭〉、〈娘子，回去未曾開墾的那片田〉）的小說中可看到，雖然早年記憶仍對他有深切的影響，但他面對這些事件時卻已把眼光置於如何正確理解、包容記憶的層面上去，而這種轉變自有其各種因緣，也是他後期小說內容主題改變前的重大預演。

　　第三章「悲情鄉土的召喚：「鄉土寫實」時期小說析論」：從宋澤萊所置身的七〇年代中期文壇來看，包括宋本人在內的一批小說家們，由於逐漸轉強的鄉土意識與社會意識，事實上已發展出不同於七〇年代之前的小說敘事方式，而此一轉變與七〇年代的時代變遷關係尤深。

　　「打牛湳村」系列小說原本係宋澤萊有意寫作的作品，主要是以他所生長的台灣西部農鄉為模型，著力去表現農民在資本主義社會產銷制度不合理的剝削下的各種「反應」。在這個階段，「鄉土意識」以批判台灣農村現實弊端的形式出現，政治意涵較少，待他往後對台灣各方面現實作更深入的瞭解後，「鄉土意識」才轉向了一個關懷面更大的「台灣意識」之路。

　　如果說，「打牛湳村」系列小說對台灣現實的關照是以「深度」為特點，那麼宋澤萊以《蓬萊誌異》為代表的同期其他小說，則表現了他關照的「廣度」。

　　這些小說在形式上呼應了作者「記錄」的企圖，或許是作者本身為大學歷史系畢業之故，在小說中「編年」的痕跡至為明顯。透過被標註出來的年代，我們接近作者所認知的當時台灣農鄉面貌；隨著年代的向現代挪移，整個台灣農鄉、港鎮的變遷歷程便也朗然在目。

　　同樣可視為農民小說，若「打牛湳村」系列小說尚能以一種自我嘲謔的口吻面對無奈現實，在《變遷的牛眺灣》裡則作者似乎不能自已地要為農民「申冤」、「吶喊」，這樣就把作者的階級立場表露無遺，作家的「使命感」在此作品中所見最為真確。從這部小說裡我們

可以看見，宋澤萊對當代農村問題的關切程度，已經走入眞正「使命文學」的階段，小說中露骨的批判，似乎已預告了他在小說中將會益發地表露他的意識型態，對於瞭解他文學風格的轉變，《變遷的牛眺灣》是值得注意的關鍵作品。

第四章「給我一個巨大的時代：宋澤萊與八○年代政治文學風潮」：本章主要試圖考察「後‧美麗島時期」，「台灣意識」的興起與文學之關係。當然，其側重點尤在作者如何將「台灣意識」加以詮釋，與將之化爲骨血變做文學作品，形成八○年代政治文學的風潮。

宋澤萊在提出「人權文學」（1986）的構想後，短短一、二年之中即因個人意見的激烈程度而在文學界掀起軒昂大波，論者稱之爲「宋澤萊風暴」[10]。除了「人權文學」之外，宋澤萊更積極倡議「台灣民族」、「台灣民族文學」，及「台語文學」等運動，而幾乎每一項都不免有不少人受到他論述威力的影響，這說明他所提倡的各種議題都挑戰著既有的各種觀點，其激進程度反而令同爲本土文學陣營的人士「受傷」慘重。

論述之外，《廢墟台灣》此作可視爲作者對台灣不斷現代化、資本主義化的後果所提出的末世警訊，小說的表現形式雖接近一則反烏托邦寓言，但作者的描寫都不難在現實世界找到對應之處，而作者對台灣未來淪爲黑暗廢墟一途的擔慮，其實也不妨視做他對當下現實一種極度不滿後的折射，而成爲他往後激進化的根源。

〈抗暴的打貓市〉則原先以台語文書寫，之後才又譯爲華文，這種「語言政治」是此篇具有的「台灣意識」表徵之一，接著又著意藉一「台奸」家族之歷史來引出「二二八事件」的禁忌記憶加以討論，而對國府來台所造成對台灣人民的傷害，也在當中予以強烈的「嘲諷」，「反中國」的意圖昭然，此作無疑最能代表宋八○年代的意識

---

[10] 語見謝春馨，《八○年代「台灣文學」正名論》，中央大學中國文學研究所碩士論文，1995.6，頁144。

型態及政治立場。

第五章「靈視者的預言：《血色蝙蝠降臨的城市》與《熱帶魔界》中的美學實驗與文化論述」：九〇年代以來宋澤萊的小說創作，帶有濃厚的宗教文學氣味，迭出不窮地運用魔幻現實主義、新小說、通俗手法，創造了具有後殖民立場的作品。他在美學實驗、創新與神學上的自我試煉，進而想達成如何堅定「信仰」勇於對抗「魔力」的預言，顯示了他在觀察事物與書寫表現上「靈視」的能力。

《血色蝙蝠》與《熱帶魔界》中，充滿濃厚的「反中帝」立場。他所發展出來的一套以「血色蝙蝠」、「宗教魔幻」為主要意象／異象的美學再現系統，置於台灣島嶼遭受重殖民的歷史上看，具有後殖民時期「抵殖民」的意義應可公認。但，以天啓式預言形態，想警醒世人注意魔界常在，必須時刻與之戰鬥，這種將宗教裡正統與異端、神聖與魔鬼的對立模式移植到文化論述場域來，可能存在著某種論述的力道與危機，實令人無法輕忽。

宋澤萊以美學方式進行他的文化論述，發展出具有國族主義意涵的立場，然而，其極端處則將差異本質化，也就是將「他者普遍化」。因此，應該警覺這種後殖民時期國族主義的盲點，不僅需追求解除外部殖民，還有整個面對「差異」與「他者」的思維模式；也唯有如此，才能免於繼續以菁英心態面對後殖民時期階級、性別、種族與宗教差異的問題，實踐真正的社會正義。

以上所討論的宋澤萊小說，橫跨一九七二至二〇〇一年，小說家三十年間的創作。筆者自碩士階段開始較有系統地閱讀宋澤萊小說，至今也有十多年的光陰。本書既以「激進之愛」為名，針對宋澤萊小說中的文學與思想進行探究，則宋轉向台灣之愛的心路歷程，以及因激進之愛而衍生的其他問題，筆者固不僅將此研究過程視為學術課題而已，更恆常以此砥礪自己從事學術研究與社會實踐時的立場與態度。但願本書的某些心得，能同樣帶給新一代台灣人重新審視自我的契機，一如當年筆者閱讀宋澤萊小說時所獲得的感動與衝擊。

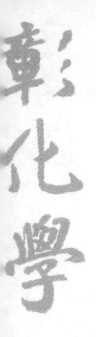

第2章 死亡陰影的追逐：現代主義者的生命腳蹤

一、生活做為「文本」：小說的自傳性根源

　　一九五二年二月十五日，本名廖偉竣的宋澤萊出生於台灣雲林縣二崙鄉大義村❶，從此他便在這為濁水溪所流灌的農鄉中，度過了他的童年以迄大學之前的時光。這一段童年以及青春期的生活經歷，首先是在五、六〇年代台灣由戰後重建逐漸轉向工商社會的政經變遷的背景下展開，同時又交織著他個人疾病史與父母影響下的諸般心理變化。這些生活的具體經歷做為與小說互為指涉的另一層文本，事實上正說明宋在早期小說中透顯出來的自傳色彩可謂其來有自。想要探究宋最初創作中的人生觀與世界觀，無疑必需對創作前二十年（前小說期）的生命旅程加以爬梳。

　　因此，此處對青年宋澤萊早期經驗的描述與分析，其目的不僅止於為作者作生平考述；更重要的是，筆者認為宋氏創作初期的現代主義小說，無論在作品內容及主題意旨上，莫不透顯出早期經驗的深切影響，特別是作者長年纏身的宿疾，以及他與父母的相處經驗，可說已成為青年宋澤萊的「夢魘」，其書寫的行為遂不免具有「自我救贖」的意味，也染著濃厚的自傳色彩。為要適切的解讀這些作品，筆者認為對宋氏早期經驗進行剖析乃是極必要的切入點。

（一）被貶值的生命：宿疾與小說

　　從宋澤萊所自述的成長經驗來看，他對自己體弱多病的成長過

---

❶ 參見石弘毅，《台灣小說中「農民形象」的歷史考察（日據時期～八〇年代）》中對宋澤萊的生平介紹，成功大學歷史研究所碩士論文，1996.7，註11，頁72。

程，及其疾病能予人心理上之種種挫敗感再三致意。他早期小說中主角多半被描寫成一缺乏自信、怯懦而又瘦小多病的形象，其實正是自我經驗在創作上的投射作用。

從宋澤萊的自述裡可以看出，腎結石與支氣管炎是他所提到的確切病名，至於他個人疾病史詳細的起伏變化雖難爲外人所知，不過，疾病糾纏經年而形成「宿疾」卻是頗爲明顯。生理疾病（相對於心理疾病）在宋澤萊身上所顯現出的表像是身體的瘦弱與慘白的面容，他曾描繪自己在大學畢業（1975）後將踏入社會之際的形象說：

……那時我腎臟結石、神經衰弱、支氣管炎、便中有血，好像是大好時光裏自折而早衰的蒲柳，臉上透著慘白而死亡的顏色……❷

雖然我們難以確知宋澤萊眞實的疾病史，從而得知這些病症究竟如何持續地折磨著作者在青春期的身體，但從他所描述整個大學時期的生活來看，他爲疾病所糾纏而產生的身、心兩方面的苦痛，恐怕是他疾病史上的一個「高峰」時期。

那種身體的疼病與因病而生的幻覺，趨迫他必需去找尋解救，因爲「死亡」的陰影正不斷地追逐著他。宋澤萊的精神一度陷入恍惚迷離的狀態中：

那時……大學三年級了，K君（按：指宋澤萊自己）的記憶力逐漸的喪失，神經極度的疲乏，大概是過多的難題圍繞了他，或是由於當時他服用腎結石的西藥所造成，他的日常起居成了一片模糊，時間空間也常攪混成一塊，變成了一具行屍，就孟克畫裏的人物，走在渦流的時光裏，莫名的發出瘋狂的吶喊，他在四周圍、每個角落撞見「死亡」對他

❷ 宋澤萊，〈從《打牛湳村》到《蓬萊誌異》：追憶那段美麗、淒清的歲月（1975-1980）〉，《打牛湳村系列》序言，台北：前衛出版社，1988.5，頁6。

露齒而笑。❸

　　也即是說，除了生理疾病之外，因服藥與虛弱的身體所造成意識上的恍惚迷離，乃轉爲心理疾病；當然，這種心理疾病雖與生理疾病有絕大關聯，但其形成的過程中則又牽涉眾多社會性因素。當他患病時，他得自外界對他患病的印象與言談的經驗，在成長過程中所受到同儕的有意無意的嘲弄，以至於因病體孱弱而產生對生命價值的質疑（「爲何是我？」）等等，莫不在生理疾病外，又在其心中覆蓋上一層陰翳。因爲「痛苦使人感覺纖敏……受疾病痛苦折磨的人對生命的歡樂、友情的撫慰、強健的傲慢、贏弱的沈默有著非常細微的感受力」❹。就這樣，疾病使他懷著「毀滅」、「絕望」、「不幸」的人生觀與世界觀來看待外在世界，最終遂變成一種「心病」。

　　換言之，在生理疾病使得肉身疼痛，而服藥又造成精神的疲乏及記憶力喪失的情況下，更爲折磨青年宋澤萊的恐怕還在於由生理疾病轉生、併發的心理疾病，而由心理疾病所造成的整個人生觀與世界觀的變化，正是「宿疾」予人最大的影響所在。

　　誠如德國評論家維拉・波茲特（Vera Pohland）在一篇名爲〈文學與疾病：比較文學研究的一個方面〉的論文中所提，這種「心病」的形成其實即是對「生命的貶值」，不僅僅只緣於病體痛苦的經驗，同時也由於疾病有作用於肉體之外的摧毀力，他強調說：

　　疾病削弱病人，限制他，使他失去活動能力，減少他和周圍世界正常的交往，使他日暮途窮而不得不依靠他人。疾病導致病人產生軟弱、

---

❸ 宋澤萊，〈文學體驗〉，《禪與文學體驗》，台北：前衛出版社，1983.4，頁 75。案：〈文學體驗〉爲宋澤萊（化名 K 君）由寫作心理小說到鄉土小說的告白，而主要著重在描述大學時代寫作心理小說時的心理狀態，以及評述和他有相同傾向的作家，極具參考價值。

❹ 徐啓華，〈小說家的疾病和社會生存〉，《小說社會學》，合肥：安徽文藝出版社，1987.12，頁 140。

畏葸、厭惡、異化和悲世的情緒，導致精神和肉體的衰敗並把病人隔絕在一個無望的世界裡。❺

正由於生理疾病的糾纏與對「生命貶值」的心病，在大學時期伊始，宋澤萊便感到「我的青春忽然失去了亮光，奇異的我的世界忽然黑暗了」❻。宋澤萊對宿疾所帶給他的影響常只見於大學時期生活的描述，但從一些小說的片段看來，宋的疾病史應是頗有「歷史」的。他之記錄大學時期的生活樣貌，毋寧說是在記錄他小說創作背景中最具代表性的一個「斷代史」，具體生活的描摹將身、心受宿疾所苦的青年宋澤萊給形象化了：

當時我並不像時代的青年一樣學著去聽高級音樂、跳著前衛的熱舞、鑽研高深的學理，我好像法國十七歲的詩人藍波一樣，喜愛過時的下層社會歌曲、喜愛死亡的舞星、喜愛發黃的低級小說，喜愛囚禁冒險的影片、喜愛陰鬱憂傷的至友，我的思考缺乏邏輯、說話語無倫次、成績退步、休閒時如一個行屍走肉⋯⋯我走進了險境⋯⋯❼

因此，「書寫」對宋澤萊的意義帶有「救贖」（salvation）的意味，他必須將心中因宿疾長期累積的各種情緒，對世界的觀感藉小說形式表達出來，他的自述充份表達「書寫」對於作者的作用：

那時我總感到，我須要將腦海裏自幼累積的悲慘影像傳達出來，因爲他們是我的「至友」，被困在一個陰暗的世界裏，他們要走出來才

---

❺ 維拉・波茲特，〈文學與疾病：比較文學的一個方面〉，《文學研究》1986年第1期（總41），1986.1，頁131。

❻ 宋澤萊，〈掙扎人間〉，《禪與文學體驗》序言，台北：前衛出版社，1983.4，頁2。

❼ 同註6，頁2-3。

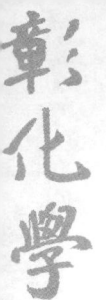

對！[8]

（二）前行代的陰影：家族與小說

除去宿疾給予宋澤萊重大的影響，另一個影響他人生觀、世界觀之建立的，無疑是來自他的父母親。

宋澤萊的父親在日治時期接受日本教育，具備初農畢業的學歷，可稱得上是農村出身的小知識分子。一九四四年（昭和十九年），宋父十八歲時被以「志願兵」之名征調到南洋婆羅洲去參戰，但隨著日本的節節敗退，在歷經艱苦逃亡生涯後才在戰後回到台灣，並進入學校擔任教職[9]。

對殖民地台灣的子民而言，這種戰爭經驗在當時的台灣社會其實是普遍的現象；然而小知識分子出身的宋父不免更敏感於自身命運的多舛。宋父在戰後的表現，正代表跨越兩個政府統治的小知識分子夾處時代變遷中的悲哀處境。他的苦悶表現了小知識分子對自身前途無力掌握的事實，遂因之而哀嘆生命不公。於是在父親以竹簫或琴類所奏出的東洋風悲情小調裏，蘊釀著當時宋澤萊似懂非懂的悲情氛圍，他靜默聆聽於他似乎極遙遠的「歷史」：

　　我在他或者舒愉的或者緊蹙的眉宇中，瞭解他的悲喜，他或者告訴我遙遠的南方戰役，或者告訴我他的遭時不遇之時，他總揮揮手，說：「真是悲哀的台灣青年啊！」有時，飲酒的他竟會悲泣。[10]

後來國民政府來台，家父便開始教書，但或許是戰亂的影響很深，平日每當他喝酒時，他總喜歡回溯二次世界大戰太平洋的戰事，說到激

---

[8] 同註6，頁3。

[9] 引文為宋澤萊對父親的經歷所做的描述，見張恆豪等人的訪問記，〈靈魂的搏動：從廖偉竣到宋澤萊的變奏和迴響〉，《台灣作家印象記》，台北：眾文圖書公司，1984.5，頁272。

[10] 宋澤萊，《黃巢殺人八百萬》序言，台北：東大圖書公司，1980.4，頁2。

動時，都要深深感歎，暗暗垂淚。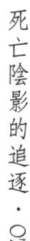

　　這樣，由父親與他牽帶出來的「戰爭記憶」，無形中在一點一滴地滲入宋澤萊的生命中，並且隨著宋澤萊自身對現實及歷史的不同階段的認知，在小說當中突顯了父親及其時代所給予他的深刻影響。

　　關於描寫太平洋戰爭經驗的小說，即用以指稱描寫台灣人被日帝徵爲軍伕參與二次大戰末期戰役的小說，實際上我們見之多矣。著名的如李喬《寒夜三部曲》中的《孤燈》便描寫了南洋戰役中慘烈的廝殺與逃亡生涯；此外像陳千武的《獵女犯》、鍾肇政的《戰火》也都是描寫太平洋戰爭經驗的佳構，這些都是我們日後去憑認日治末期歷史的最佳依據。同時我們也可以發現，這些作品多由具有日治經驗的戰後第一代、第二代作家所寫，可以說是作家對台灣歷史的還原。宋澤萊便曾盛讚鍾肇政先生作品的意義和價值，認爲在他的小說中使自己重見了父親那一代深刻的歷史：

　　他揭露出我們父親那一群人的不幸，深刻反映了那一個時代的悲劇。從他的作品，我們定可發現在日本帝國主義殖民統治下異族對同胞最嚴厲、最苛酷的剝削和壓迫，鍾肇政先生的小說給我的影響極深，因爲，我從他的作品中覓尋到了我父親那一代的那麼深刻的影子。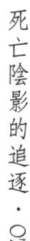

　　然而誠如筆者在前文提到，宋對太平洋戰爭經驗的認知，其實是來自於父親垂淚歎息的回溯，並留給他深刻的印象，「戰爭記憶」在爾後不同時期的小說裡便成爲創作的題材之一。然而這種描繪「戰爭記憶」的小說，實不類於前行代小說中的記實經驗，而已是戰後成長的新世代以自己的體驗在感受父親的記憶，甚且是「詮釋」父親的經

⓫ 張恆豪等，〈靈魂的搏動：從廖偉竣到宋澤萊的變奏和迴響〉，《台灣作家印象記》，台北：眾文圖書公司，1984.5，頁 272。

⓬ 同前註，頁 273。

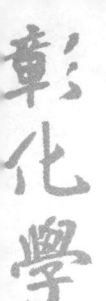

驗。無疑地，宋氏的太平洋經驗小說將在文學史自成其特殊的脈絡與意義。

　　筆者以爲，宋澤萊部份以「戰爭經驗」爲題材的小說正因爲描寫的是「父親的歷史」，更可以代表戰後世代對台灣歷史由茫昧、困惑到瞭解認同的過程。換言之，當其現代主義小說中主角對父親軟弱、哀怨的形象大表嫌惡、排斥時，實際上是作者對父親過往歷史的難以理解所致，宋早期的〈嬰孩〉、〈審判〉等小說便屬此類；但隨著時代變動與自我教育的增長，宋澤萊小說中的主角轉而對父親及其歷史，致以痛切的惋息而深感敬意了。這種轉變不啻與整個戰後世代重塑「台灣意識」的心路歷程若合符節，稍晚的〈創痕〉與〈最後的一場戰爭〉便集中的表露此一傾向。關於這些小說內在思路上的細部分析，筆者將留待下一節中再談。

　　另一方面，我們亦不難發現在宋澤萊早期小說中總是存在著一位受盡委屈，乃至早早謝世的母親，對女性形象的塑造與命運安排，很顯然也與他的現實經驗相關。

　　宋澤萊的母親在傳統農業社會底下，任勞任勞怨地操持家務與農事，必需肩負起繁重的農事工作。或許父親與母親之間所存在的某種知識上的落差，更或者父親的自傷身世與母親的現實努力間產生著某種生命情調的不融洽，宋澤萊母親雖是具備一切美德的典型「做田人」⑬；然則，少時的宋澤萊不得不感受到母親有著他不能明白的隱衷：

　　我的母親則是瘦黑操勞的女人，在封建的家庭中，她肩負了家務和農事，不會歇息片刻，我也記得她和父親間不愉快的生活，也看到她低垂著犬儒般的臉，把穀子全都交給債主而斷炊無措的情形，她沒有怨言，亦無反抗。⑭

⑬ 張恆豪等，〈靈魂的搏動：從廖偉竣到宋澤萊的變奏和迴響〉，《台灣作家印象記》，台北：眾文圖書公司，1984.5，頁273。
⑭ 宋澤萊，《黃巢殺人八百萬》序言，台北：東大圖書公司，1980.4，頁2。

對青年宋澤萊而言，母親雖然是家務與農事的勞動者，但像眾多的台灣女性一樣，始終是低垂著臉顏默然無聲的過日子。宋澤萊曾充滿感懷地稱謝母親，並指出母德所予他的啓示說：

> ……從她身上，我發現了台灣鄉村婦女一切的美德，她的淳樸、踏實、勤勞、愛好和平、犧牲自己的青春、爲自己的後代拚命，默默地流血流汗，像一棵挺然不動的樹幹牢牢地站立在那裏，而暗地裏開花結果，供大家食用。這種偉大、堅實、勤奮的美德，給我莫大的啓示……⓯

宋澤萊更指出他往後會關注農村現實，寫下「打牛湳村」系列小說，都是受到農村許多婦女的「感召」所致 ⓰ 。然則，即使如此，在宋澤萊較早的現代主義時期的小說當中，連他自己也不得不承認說：「母親在他的文學裏是悲慘的，受到強大父性社會的壓制，母親甚至是瘋了的」。一直要到寫實主義時期母親才成爲「穩定、理智、愛的化身」 ⓱ 。這種轉變無疑是呼應著宋自身對鄉土認同的過程。

本節主要目的，在闡述宋澤萊現代主義時期作品中自傳色彩的現實根源。因爲我們在小說與宋澤萊成長經驗的聯繫裡，發現在幾乎全部以第一人稱敘述者完成的小說當中，許多情節構設與人物模塑基本上皆能從他的生命歷程內找到「原型」。而其小說的主題意旨也泰半源自他特殊的生命歷程，或抒發一種與世隔絕的孤獨心境，或對生命做出一種帶有存在主義哲學意味的註解──生存即虛妄，甚至歌頌起自覺地死亡才是積極的生，無論如何都顯現了宋澤萊的現代主義小說是具有濃厚自傳色彩的作品。

從文藝心理學的角度來看，藝術家的早期經驗（泛指童年或前創

⓯ 同註13，頁274。

⓰ 同註13，頁274。

⓱ 宋澤萊，〈文學體驗〉，《禪與文學體驗》，台北：前衛出版社，1983.4，頁97。

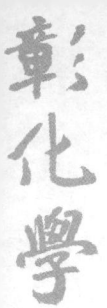

作期的記憶）對於創作是有著深厚關聯的。藝術家早期生活史中的許多細節與情感經驗，很可能以各種變形出現於作品中，甚至可能形成一種固定的藝術風格取向。最能說明早期經驗之作用的，莫過於具體事物和情景以意象的形式再現，從而喚起藝術家與此意象相連的各種情緒，形成作品中的特殊風格 ❿ 。例如中國作家沈從文著名的《邊城》、《長河》等作品中，水的意象就占據著一個重要的地位，並且水也成了美及美的毀滅的象微，他曾自述說：

　　……所寫的故事，卻多數是水邊的故事。故事中我所最滿意的文章，常用船上水上作爲背景。……文字中一點憂鬱氣氛，便因爲 15 年前南方的陰雨天氣影響而來。我文字風格，假若還有值得注意處，那只因爲我記得水上人的言語太多了。❿

　　由此可見，藝術家的早期經驗對創作是起著作用的，更何況在一般以書寫個人心靈的心理小說當中，更可見早期經驗的變形運用。

　　準此，宋澤萊的現代主義小說裏的敘事者「我」，總是自卑於肉身的孱弱，並時時流露出內心猥瑣、軟弱而對外界又刻意保持孤絕的姿態，以小說情境來看，與自南洋戰場歸來的消沈悒鬱的父親、沈默而病重的母親，或者是「我」的「肚臍疝氣」（〈嬰孩〉）、「頭瘡」（〈審判〉）等生理缺陷關涉頗深，而這些影響「我」的性格的外在環境莫不與上述筆者所分析的現實若合符節。

　　綜上所述，持續受著宿疾糾纏的宋澤萊，必須要面對因病而來的種種挫敗感，自身競爭力的衰弱，對自我身體的嫌惡與對外界異樣注

---

❿ 以上所述參考殷國明，〈早期經驗對作家創作的影響〉，《作品是怎樣產生的：藝術思唯活動的心理美學分析》，廣州：暨南大學出版社，1990，頁 223-224。

❿ 沈從文，〈我的寫作與水的關係〉（1934），轉引自殷國明前揭書，頁 223-224。

視的抗拒嫌惡，這些必將形塑著他的人生哲學。與此同時，來自家中父親與母親的影響同樣也使宋澤萊在尚未能究明一切複雜因果關係時，深切地感染了上一代人遺留下來的「悲情」，其結果是在多病的身軀上又籠罩著一層無以名之的哀愁。他因此說道：

　　爾時，年少的我，所能感到的，不過是父親的軟弱和母親的暗澹罷了。但就是那種軟弱和暗澹造成了一種巨大悲慘的形象，動搖了我原本健全的生命和明亮的人生觀。[20]

二、書寫做為「救贖」：掙脫家族與宿疾的夢魘

　　七〇年代初期正在大學校園中的宋澤萊初次發表現代主義小說時，台灣的現代主義文學在歷經了自五〇年代、六〇年代以來全盛發展後，在七〇年代伊始就不斷受到新起的鄉土文學挑戰。但現代主義文學對作家的影響卻絕未驟然消失，至少，宋澤萊與李昂（1952～）等當時書寫的現代主義小說，證明瞭在「鄉土意識」尚未全然進入他們的世界前，為了抒解個人在那仍顯得苦悶、封閉的轉型期社會中的鬱結，現代主文學那個人化的形式與內容仍然對新一代作者相當有吸引力。

　　在台灣戰後所開展出來的現代主義文學，正如多數評論者所說的與台灣戰後的政治局勢及社會變遷密切相關。它與西方現代主義發生的背景並不相同，但在對社會同樣具有「疏離感」（alienation）這一點上，兩者有了會合點[21]。如果說，西方現代主義作家的疏離感來自他們對高度發達的資本主義社會的唾棄，那麼，台灣的現代主義者

---

[20] 宋澤萊，《黃巢殺人八百萬》序言，台北：東大圖書公司，1980.4，頁3。
[21] 關於台灣與西方現代主義之分別與類似之處的分析，可參閱呂正惠，〈現代主義在台灣〉，《戰後台灣文學經驗》，台北：新地文學出版社，1992.12，頁22-27。

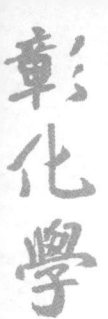

的疏離感則來自於作家的「政治冷感症」與「歷史失憶症」。

首先，政治冷感症使得作家的作品內容遠離了現實，當作家無法透過作品來關懷當前的政治、社會問題時，他無法意識到自己是社會的實存，而被迫或自願地轉而注視於自身的存在問題上去[⑳]。

無疑地，政治冷感症的由來實源於戰後台灣嚴苛的政治氣候。戰後的台灣社會是受到兩重架構支配而發展的，其一是國府所賴以維持正統神話的中國體制，另一個則是戰後美、蘇兩強對峙下形成的冷戰體制，以及附著在冷戰體制背面的美援文化。可以說，國府以「代表中國」名義所建立起來的中國體制，用一紙「戒嚴令」來樹立其威權的統治方式，基本上不允許任何對其威權的質疑與檢討，甚至，還要實行「黨國一體」的教化來強調這種威權。最為顯豁的例子便是以整個五○年（或者更長）白色恐怖的大逮捕來威嚇知識分子與庶民，不僅是阻絕了五四與日治台灣左翼知識分子批判社會的傳統，同時也在社會製造了法西斯統治的嚴苛政治氣候。就這樣，當作家無法干涉現實、描寫現實問題，並因此產生「疏離感」時，隨美援文化挾帶而進的西方現代主義文藝，便成為作家取用以寄託他們心境的新流派。因此，如果說五○年代的「反共文藝」是國府建立中國體制初期的一條「延長線」（陳芳明語）[㉑]，可以視為「自願」地疏離了台灣現實；那麼，現代主義文學因政治冷感症而對社會產生了一種隔閡，就是「被迫」地疏離了社會。

其次，談到作家對社會產生疏離感的另一個原因，台灣人在戰後對歷史的失憶恐怕不容輕忽。戰後台灣詭譎的政治氣候使歷史傳統傳承出現斷層，因為近代的台灣歷史即是台灣人反帝、反殖民的歷史，但對具有獨裁性格的國府政權而言，無疑地是具有顛覆性的。國府在白色恐怖肅殺的年代裏，早就禁絕了人們討論這段歷史的可能，至於

---

⑳ 同前註，頁 16。

㉑ 陳芳明，〈七○年代台灣文學史導論：一個史觀的問題〉，《典範的追求》，台北：聯合文學出版社，1994.2，頁 225。

記錄著台人反帝、反殖民歷史的台灣新文學作品，當然也就同樣成為被湮滅的歷史。當作家失卻了歷史記憶，就同失去了精神泉源與啓示，更失去了悠長歷史中所涵括豐富的故事與傳說，而只能有勞統治者來為之教育、啓蒙。因此戰後台灣作家所罹患的歷史失憶症進一步加深了他們的疏離感，現代主義中非歷史化的心理描寫則允許作家遺忘他們的歷史。

七〇年代初出文壇的宋澤萊，便是在上述的歷史動向裏成長的，當他尚未真切地辨明降臨在他身上的新一代的命運時，由於個人的生命經驗與時代風氣，青春期以來過多的壓抑便在現代主義小說裏尋到出口。在他的小說裏我們能夠發現虛浮、無根的台灣現代主義文學底缺點，也能找到被遺忘在文本中的歷史記憶，只是他猶不能確認它們的價值。

本節筆者討論的重點將放在他如何在小說中處理自身與父親、自身與歷史、自身與世界關係的問題上，也就是討論作者思想轉變前對父親、歷史、世界的態度。當他在抗拒與外界的溝通與合諧之時，雖然表現了個人主義式的孤獨感，但並未解消他所置身的世界意義，這個現實意識的萌芽對他晚後幾年轉變為鄉土小說作者有著重大的意義，他對父親、歷史、世界的茫昧、拒斥與眾多台籍知識分子一樣，是對台灣社會疏離的結果，卻也是認同前的心路歷程，於是乎他的表現就具有「象徵」的意味。

不過，就小說實際的表現來看，宋澤萊將書寫做為救贖的意圖也不容忽略，透過那些具有自傳色彩的情節，宋渲洩了青春期以來生命的挫傷同苦悶，對他而言這不啻是自我救贖與治療的良方，一如施淑所言：「……創作對他來說，是掙紮也是解救，這樣一來，他的作品基本上可以說是自省和探索的結果，是他個人心靈災難的記錄」[21]。

因此筆者當然也要試著指出青年宋澤萊的人生困境及其面對時的

---

[21] 施淑，〈大悲咒〉，《宋澤萊集》序，台北：前衛出版社，1994.4，頁10。

態度。以下將先敘述小說的救贖意義與表現問題，再析論小說中所暗含的「象徵」意義。

（一）死亡是最終的救贖

陳映眞曾嚴苛地批評說：「台灣的現代主義，不但是西方現代主義的末流，而且是這末流的第二次元的亞流」㉟。其論點在強調此間的現代主義文藝，缺乏和實際生活，實際問題的連結，而徒然以晦澀的形式搬弄著連自己也不能明白的各種「哲學」。這種苛評雖非針對所有的作品而言，仍然指出了台灣現代主義文學的某些惡劣傾向，也就是盲目套用西方理論（哲學的、心理學的）來填充思想的貧乏與疏離社會後的空虛。

在宋澤萊某些較「失敗」的作品裡，我們便會感到這種傾向。他借用心理學說表現出來心中的情結，理論的鑿痕顯然可見，在那遠離了此間人們理念的「戀母」、「戀屍」、「性倒錯」的情節裡，隱藏著的是青年宋澤萊對生命的惶惑與嫌惡。

宋澤萊的自述文字總以〈嬰孩〉（1973.2）做爲他的第一篇小說，但是筆者發現，至少還有〈審判〉（1972.7）與〈李徹的哲學〉（1972.10）在發表的時間上較〈嬰孩〉要來得早，卻似乎爲作者所完全遺忘了㉠。不過，筆者在此仍要以〈嬰孩〉爲例來說明上述所提的問題，並以此引出以下討論的主題。

一九七三年二月的《中外文學》雜誌上刊載了宋澤萊的〈嬰孩〉，這篇小說主要在敘述一位自小體弱多病的男孩「我」（早產、肛臍疝氣），因爲曾被誤認爲夭折而準備埋葬時卻又活了過來，再加上

㉟ 許南村（陳映眞），〈現代主義底再開發：演出「等待果陀」底隨想〉，《知識人的偏執》，台北：遠行出版社，1976.12，頁76-77。

㉠〈審判〉發表於《文壇》145，1972.7；〈李徹的哲學〉發表於《文壇》148，1972.10，應爲最早期之作品，這兩篇作品寫實性較強，相對的也更貼近自傳作品，因而更能看出早期小說中作者縈懷於心的問題，惟不知爲何作者不曾再談論、提及此兩篇少作。

自身的孱弱所引起的自我憎恨，便時常想像自己是一具嬰屍，要仰賴外來的生命原素增加生存的能量，而為他所愛戀的母親便是他最大的想像來源，在小說結尾以「我」去挖掘母親的屍體做結，暗示了「我」對世界的摒棄與對死的世界的嚮往。

乍看這篇小說，讀者當不免為作者那驚人而詭異的想像力所懾，但「戀母」、「戀屍」等情結卻又似曾相識，像是一則異常心理學的圖解。的確，這樣奇詭的小說在當時就有台大外文系主任顏元叔質疑說：「這篇小說是不是從法國或德國的小說翻譯過來的？」[27]因此可見〈嬰孩〉在內容上是如何地特殊。

事實上，宋澤萊之所以會寫出〈嬰孩〉這般充滿奇特情節的小說，主要還是來自於他大學時期所接觸到的心理學說，例如佛洛依德與佛洛姆的學說[28]，而尤其是佛洛姆對分裂人格特質的探討，更成為宋澤萊早期寫作的理論背景[29]。他說道：

……那（指〈嬰孩〉）是我根據佛洛姆的學說寫成的，佛洛姆強調一個人格分裂的人，有三種病態的傾向：其一是戀母情結，其二是戀屍性格，其三是自我迷戀，對於這三類傾向，當時我以為別人不懂，只有我懂，因此我就毫不客氣地把它移植到我的作品，這是我早先描寫社會

[27] 見張恆豪等人的訪問記，〈靈魂的搏動：從廖偉竣到宋澤萊的變奏和迴響〉，《台灣作家印象記》，台北：眾文圖書公司，1984.5，頁271。

[28] 西格蒙德·佛洛依德（Sigmund Freud，1856-1939），奧地利著名的精神病醫師，也是精神分析學派的創立人，其精神分析理論，尤其是潛意識理論，給文藝理論及文藝創作以複雜影響。主要論著有《夢的解析》、《圖騰與禁忌》等。說明參見王向峰主編：《文藝美學辭典》，瀋陽：遼寧出版社，1987.12，頁990-992。

[29] 據宋澤萊言，其長篇小說《廢園》的寫作，亦受到佛洛姆《人類破壞性的剖析》一書極大影響。此說見林瑞明，〈從廖偉竣到宋澤萊：寫在《變遷的牛眺灣》刊出之前〉，《台灣文學的本土觀察》，台北：允晨文化公司，1996.7，頁174。

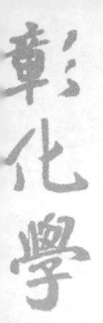

問題式的心理小說的背景，可說完全是自佛洛姆的靈感和啓示。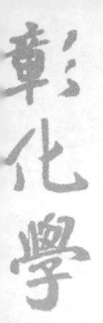

　　……看那種小說，不如去看佛洛姆的理論，我不過將他的理論小說
化罷了。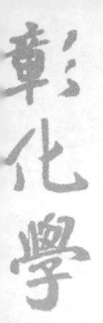

　　佛洛姆的心理學說內容如何實非此處重點所在，即便是宋澤萊是
否如實演化佛氏理論於小說間亦暫不論，筆者所關切的是自小說文本
中透顯出來的幾個問題，其中最可注意的就是現代主義文學在取徑上
的西化現象。

　　陳映眞曾針對宋澤萊較個人主義，較「現代」的作品的語言問題
做出評論說：

　　……那種爲了刻意追求荒疏、夢魘般的語言效果；那種把語言經營得
徒然看見形式性的語言而不見內容，使一篇小說變成一片語言遊戲所表現
的無意義的個人內心的葛藤，而不見具體人生和具體生活的發展。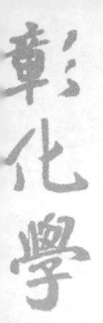

　　從這一點看來，宋澤萊想藉著自我投射的異常人格的主角來達到
自我救贖的目的，以〈嬰孩〉一作而言，不僅無法令人觸摸到作者眞
正的生存困境，同時也只能令作者陷入更加偏頗、異常的世界裏去。
這如他所自言，由於他用小說去追索自己黑暗的心靈，竟爾使得小說
「和自己的心靈產生了糾葛不清的關係了」。而他的心靈乃逐漸產生了
惡質的變化，因爲小說中那種人性陰暗面的描寫已與自身難以二分，
他「忽然也看不見人間的光明，人間的笑容，就是身邊的樂聲也泯滅
了，縱是花朵在他眼前開放也不能感知了。他深深浸淫在死亡的世界

❸⓪ 見張恆豪等，〈靈魂的搏動：從廖偉竣到宋澤萊的變奏和迴響〉，《台灣
　　作家印象記》，台北：衆文圖書公司，1984.5，頁271。
❸① 同前註，頁278。
❸② 許南村，〈試評〈打牛湳村〉〉，《孤兒的歷史、歷史的孤兒》，台北：遠
　　景出版社，1984，頁131。原刊《現代文學》復5，1978.10。

裏……」❸❸。

　　可以說，現代主義者宋澤萊雖意欲以小說來描自身的存在困境，卻先陷入了西方學說的泥淖裏，透過理論所看到的人生是如此陰暗而病態，在書寫的救贖行動未達成效果前，已製造了人生更大的難題。關於這點，就連宋自己也深自反省道：

　　這些作品的黑暗、偏頗、邪惡，至今視之，猶令我心驚，他們也是我當時閱讀深層心理學和社會心理學所生的誤解，也是我的心靈曾誤入歧途的見證。❸❹

　　然則，雖說〈嬰孩〉在表現方法上有某種問題，但由這篇小說卻更能看出作者對「死亡」此一主題的偏好，同時在其餘的現代主義小說裡亦流洩著關於死亡的變奏曲。我們不妨這樣說，由於在「生」的世界裡，小說中主角因生命受到挫傷而與現實產生了無可修補的裂痕，其原因則無非來自作者生命史的早期經驗投射，總之是小說主角意欲疏離那令人難堪的生的世界，而「死亡」當然是種與「生」的徹底疏離。更進一步，小說主角且深為死亡所代表的人事、意象感到狂喜，因為這是「我」所能獨有而能與眾不同的所在，於是乎「死亡」乃變得可以頌讚且令人心嚮往之，即使這種死亡的激情最終也證明無能成為人物的救贖力量，而只能加速奔向死亡。宋澤萊就曾說過：「死亡提供了作家充份的激情和想像力」❸❺，並且還描述過他大學時期對「死亡之舞」的偏好：

　　……就像K君（按：指宋澤萊）在大學時，對舊俄的舞星「尼金斯

❸❸ 宋澤萊，〈文學體驗〉，《禪與文學體驗》，台北：前衛出版社，1983.4，頁78-80。
❸❹ 宋澤萊，《惡靈》序，台北：遠景出版社，1979.11，頁3。
❸❺ 同註33，頁76。

基」是如何的愛好，他……尼金斯基以他的舞姿瘋狂的跳出對死亡的掙扎，對瘋狂的害怕，對神的反抗，那世界裏有著由死亡噴灑的熱情，而把生命狂燃起來。[30]

除了〈嬰孩〉以外，在更早的〈審判〉一作中，小說主角更是直接以自殺來對抗「世界」，表現了作者對生存意義的最大懷疑。

小說敘述一位自殺前的青年人對壓迫他的一切力量的反控，而意欲將這一切予以消滅。對壓迫他的「你們」這不曾被點明的對象，小說中可能指涉了嘲弄「我」的同伴、令人困惑的家庭，或者是權威的教授。小說主角「我」激動地質問著：

你們不該死嗎？不該死嗎？一切都是如此的齷齪、敗壞，爲了這些，我付出了整個生命的衝力，我變得這麼愚劣、無能、頑固、懦弱，這是誰的傑作？誰的傑作？你們竟以所有的不幸加諸於我的身上，沒有任何的理由，沒有任何辯解的餘地，你們莫名其妙的以一套枷鎖放置在我的身上，不給我任何的解釋，不給我任何的反抗，好像這一切都是命定的，這是誰的酷刑？誰的酷刑？你們不該死嗎？不該死嗎？[37]

〈審判〉既是我們重新出土而可視爲宋氏最早的一篇小說，同時也最能以之來說明早期經驗如何被用來架構小說。〈審判〉中的「我」因瘦弱與頭瘡，自小就受到同伴欺凌，「我生來就註定要活得比別人低一等」[38]。這無異是宋澤萊現實中爲宿疾所擾的形象化。至於父母的婚姻並不完美，因爲父親受過良好教育而母親卻沒讀過書，父親始終厭惡著自己爲媒妁之言所撮合的婚姻，逼迫著母親離婚：「妳眞沒

---

[30] 同註33，頁76。

[37] 〈審判〉，《文壇》145，1972.7.1，頁66-67。

[38] 同前註，頁68。

勇氣，就為了妳，我埋葬了多少青春，抱負和理想，想想，我上大學唸了一大堆書，卻娶了妳這目不識丁的女人，這不是一種笑話嗎？」❸這裡對父母形象的塑造當然也是有著宋澤萊父母的影子，而「我」對父母爭執之無奈與厭惡，似乎也說明瞭宋對父母那一代的疏離。

但即便是小說中的自傳性如此強烈，我們卻很難將這些背景式的人物與事件同壓迫他的「你們」合起來，主要原因是作者較少描寫自我與現實的場面，而著重在表達自我心中的壓抑。他的「反抗」因而是缺乏確切動機的，就如同小說結尾「我」對教授的不滿，完全沒有塑造出教授的形象，也欠缺關於兩者衝突發生的可信描寫，而只是宣洩了一股情緒。我們似乎可以說這是「我」對「權威」——另一種壓迫生命的力量的一種反抗：

你不必對我說這種賣老的話，先生，你想你有什麼權利去擺佈別人的命運，你咀咒，你說謊，你說那些你自己也不明白的話，最後你自欺欺人，而別人卻身受其害，你只會說年青人如何，卻從沒想到你非理性的一面，找女人，發脾氣，拋棄自己的責任，去爭取荒誕的理想，你是人嗎？❹

〈審判〉中所透露年輕一代對前行代（以父親、教授為代表）的反叛精神，的確是值得加以注意的，但由於作者並未在現實描寫上著力，事實上，小說中「死亡」氣氛的營造恐怕才是作品的重點。

同樣以「死亡」為主題的，則為長篇小說《惡靈》——這被論者稱為〈嬰孩〉與〈紅樓舊事〉兩文交纏匯流之賦格曲的作品❺，大篇幅描繪了他對「死亡」的各種印象與「哲學」。這部作品最早是以

❸ 同註37，頁71。
❹ 同註37，頁74。
❺ 林瑞明，〈從廖偉竣到宋澤萊：寫在〈變邊的牛眺灣〉刊出之前〉，《台灣文學的本土觀察》，台北：允晨文化公司，1996.7，頁174。

《廢園》之名發表，《廢園》的封面摺頁上關於著者介紹上便說：
「這是一部描寫『死亡』的作品，代表新式的心理分析」。並且直言作
者實際上乃是在築建「死亡形上學」的架構 [12] 。由於宋澤萊反覆地
從各種角度來描述他對死亡的印象與觀感，更加能看出他對「死亡」
主題的偏好。

　　《惡靈》在第一部中描寫了幼年時代「我」的各種死亡印象，小
說中無處不漂浮著死亡的幽靈，二姨婆之死、曾祖母之死、童年玩伴
之死，以及弟弟的夭折，死亡之鳥往往在黑夜裡逆渡著時空向「我」
逼來。從幼年時代經驗以下，小說又以高中、大學的生活對象、描寫
著「瘦弱、膽小、驚悸，沒有一點男孩子氣魄」的「我」對生命的感
受，他厭惡人的偽善，人類的社會以生存做為最高價值，卻無視於財
富者對赤貧者的壓迫，無視於如我這般缺乏與人競爭的能力的人是如
何掙扎生存著，於是他高喊著人們不應再將死亡視為禁忌，而該正視
自己生存的「必要性」：

　　生存於他不是什樂事，卻要在社會之人所認取的「好死不如歹活」的
愚時觀念下苟延殘喘，他從未估量人類觀念是否對錯，以為生存便是一
切。在人類偽善及懦弱的教導下渡過生不如死的生活。焉不知偽善才是刑
具，不分清紅皂白的生存使世間變成地獄！而我的生存也恰恰如此！ [13]

　　植基於對「死亡」有特殊迷戀的《惡靈》，雖然如同一闋龐大的
死亡交響曲一般，轟轟然皆是敘述者無止盡的議論之聲，死亡確是迷

---

[12] 《廢園》，台南：豐生出版社，1976.3。後改名為《惡靈》再版，台北：遠
　　景出版社，1979.11。又，宋在《廢園》的出版說明裡（改名《惡靈》後刪
　　去）的說法，亦能引來說明當時書寫「死亡」的心態，他說道：「……當時
　　作者仍幼稚，充滿大量自戀、感傷的情緒，大致是痛恨生命及關切生命兩種
　　悠念的衝突……」。引文見《廢園》，台南：豐生出版社，1976.3，頁4。
[13] 《惡靈》，台北：遠景出版社，1979.11，頁140。

人已極的題材。

無疑地，「死亡」乃是宋澤萊現代主義小說的最大主題。小說中第一人稱的敘事者「我」，無論是試圖掙脫疾病的夢魘，而求取肉身的存在；或在精神層次上反抗任何形式的桎梏，從而擺脫家族、父母龐大的歷史悲情陰影，其命運都指向了「救贖」的不可能，也即是肉身與精神的雙重死亡。小說正是描寫宋澤萊對死亡的這種抗拒、掙扎、臣服的心理過程，期間也偶爾出現「追求」死亡產生的狂熱力量，但旋即被淹沒在更深重的虛無裏。這個救贖行為顯然並未真正達成，小說主角的無出路正說明某種極其黯淡而宿命的人生觀感。

但如同筆者在前面所提到的，宋澤萊的現代主義小說以他早期經驗為本，其「自我救贖」的性質是極明顯的，這種「自我救贖」一方面由書寫本身來達成，如他所自言「……我的無望卻給了我執筆的機會，我嘗試把那些不成熟、偏執的想法消融在小說中，借著小說來減輕心裏的負擔」❹，另一方面，在小說中「自我救贖」也試圖以某種理想人物的出現而達到目的，雖說小說主角並未因此而得救，顯示了作者一貫絕望的宿命觀，然而，這種對「生存理想」的描寫卻是在死亡陰影下努力掙扎的反映。

宋澤萊在小說中描寫主角為死亡陰影所追逐的當時，有兩種力量是他所渴望而能產生救贖作用的，一個孤獨而自卑的人物渴求的其實是與人的接觸，於是乎從「同性戀」與「異性戀」的兩種關係裡，他得到來自「身體」與「精神」的兩種能量，我們甚至可以說他在尋求「靈」與「肉」兩方面的補充。

曾有論者指出，林懷民在一九七四年出版的《蟬》，是目前書肆中描繪男同性戀的小說中最早的一部❺，但是在這本描述大學生生活

---

❹ 《惡靈》自序，台北：遠景出版社，1979.11，頁3。
❺ 紀大偉，〈台灣小說中男同性戀的性與流放〉，林燿德、林水福主編，《蕾絲與鞭子的交歡：當代台灣情色文學論》，台北：時報文化出版公司，頁132。

的小說裡，男同性戀人物卻只是稍稍著墨的小配角，甚且男同性戀關係被目爲是罪惡而令人嫌惡的。當然，稍晚幾年出現的宋澤萊的現代主義小說並非以同性戀描寫爲重點，但若與上述《蟬》中對待同性戀的態度，宋的同性戀觀卻是愉悅而自然地，更何況對小說主角而言，男同性戀對象更是一種力量的象徵，這就不能不令人感到疑惑，爲何宋澤萊的大膽描寫從未受到注目❹。

　　早在〈嬰孩〉當中就有男同性戀者出現，但那似乎是個極不自然的插曲，男同性戀者的出現對「我」的意義是，使孱弱的我能在他懷中得到力量，並且使我在事後「一直反芻著那冒險的芬芳及被淩辱的歡愉」❹。不過到了《紅樓舊事》及《惡靈》當中，對男同性戀者的著墨多了起來，其觀點大抵便是上述身體孱弱的主角「我」對有著強狀體格的男性產生愛慕之情，因爲他們的身體本身便代表「我」所匱缺的力量。

　　《紅樓舊事》，這被論者讚爲「知性共感性一色，同性戀與異性戀齊飛的青春華麗寫照的中篇小說」❹，把男主角所愛戀的紅衣男孩形容爲生命力的代表：

　　……我望見緊緊裹著紅衣衫裏面歡騰的東西，柔軟的身子，強壯的臂肌，閃爍陽光的臉龐，……我具體的瞧見了所謂的生命力。是我許久不見的生之世界的東西。❹

---

❹ 近幾年隨著同性戀議題被公開討論，已可見到將《紅樓舊事》視爲同性戀小說的說法，如李幼新，〈自古餘桃多穎悟？從來斷袖出俊男！〉，楊澤編，《七○年代：理想繼續燃燒》，台北：時報文化出版公司，1994.12，頁170；或台大男同性戀研究社所編《同性戀邦聯》將之記載於同性戀中文書刊簡目中，台北：號角出版社，1994.10，頁37。
❹ 《黃巢殺人八百萬》，台北：東大圖書公司，1980.4，頁24。
❹ 李幼新，〈自古餘桃多穎悟？從來斷袖出俊男！〉，楊澤編，《七○年代：理想繼續燃燒》，台北：時報文化出版公司，1994.12，頁170。
❹ 《紅樓舊事》，台北：聯經出版公司，1979.4，頁53。

　　而到了《惡靈》之中，面對著初中同學李仁賢那過人的勇氣，竟能冒著生命危險攀上旗杆，就更使我震驚而狂喜不已了：

　　非愛上他不可！非愛上他不可！我突然閃動一種無法理喻的感覺，這無非是與我內在某種呼號相一致的東西。擁有他，就完成了我的希求，得到它，就得到了一切。❺⁰

　　宋澤萊所描寫的同性情誼，從感情的動向來看，都是「我」以個人的幻想來滿足自我慾望，以男性做為崇拜對象，從而盼望自小因孱弱而無法與常人一般行動的缺憾，能因此而得到補償，這無疑是一種精神救贖心理的作用。然則，這種幻想式的救贖最終都沒有成功，《惡靈》中的李仁賢最終竟為水草所纏而死於水中，美少年之死似乎也正暗喻著主角未來的命運。

　　另一方面，宋澤萊小說中的主角也企盼自異性身上得愛情，如果說同性愛使得孱弱的主角，滿足了增強自身力量的幻想，那麼，對異性愛便使得一向孤寂陰鬱的主角得靈魂的澆灌，並使他重新找到與世界和解的通道，如宋澤萊所言：「『愛』是一道橋，把懸崖的兩邊溝通起來」❺¹。於是乎幾至於每一篇小說裏都有一位帶有「拯救」性質的女性出現，〈李徹的哲學〉中的王秀娟，〈審判〉中的化學系女孩，〈紅樓舊事〉裏的美術系女孩靜蕙，以及《惡靈》中寡居的雅娜，她們的出現使「我」獲得了自信，證明自己尚能夠以「愛」與人溝通，而絕不至於自絕於「生的世界」：

　　幸福對我而言，是一種遲來的禮物，我也不知道那是不是幸福，好像是充實感吧，不再畏懼什麼的感覺，我覺得穩穩地存在世界上，一切

❺⁰《惡靈》，台北：遠景出版社，1979.11，頁53。
❺¹ 宋澤萊，〈文學體驗〉，《禪與文學體驗》，台北：前衛出版社，1983.4，頁86。

的憂慮和焦急都遠遠地被拋開了⋯⋯❷

　　然而這種美好的經驗，對懷著濃重自卑感的主角又是如何難以保持啊！《紅樓舊事》中對愛情結局的安排，充份地把青年宋澤萊那種絕望的宿命感表露無疑，最具有代表性。令「我」深愛的女孩靜蕙，最終竟被發現遺傳了母親的精神病症，這使得「我」痛切地感到原來自己竟無力於掙脫命運的鎖鏈：

　　一連串的疑問指向一件令我顫抖的事實，那就是我愛上靜蕙仍然是死之世界的一部分，這是確確實實的，確確實實的！可曾有人像我這樣嗎？噢！上帝！上帝！❸

（二）被湮沒的「父親的歷史」

　　從前面的討論中可以看出，宋澤萊小說中的主角其實只有一個，那是一個自憐卻又對人生懷著惡意的知識分子。生命之絕望觀感使他渴望著死亡，在他的絕望裡我們也可以看出他的不滿，但卻始終找不到可以反叛的對象，所以只有不斷地「說」著自己的故事與不滿，而幾乎全部的小說就在這樣的敘說裡完成。然而，即使主角說不出那令他不滿的來源——這也正是作者當時所不解的，但我們卻可以從一個「象徵」的角度出發，由此解釋小說中令主角感到困惑、不滿的謎一般的社會根源，這個謎的存在是主角無力去掌握事物背後真相時的必然，也是現代主義時期的宋澤萊未除的迷障。在宋澤萊回歸現實的意識產生之前，這個謎的存在誠然提供了我們理解知識分子在「回歸前」迷茫狀態的最佳例證。

　　在宋澤萊的現代主義小說當中，具有自傳色彩的父親形象有重要

❷《紅樓舊事》，台北：聯經出版公司，1979.4，頁 152-153。
❸ 同前註，頁 162。

意義。小說裡主角與父親之間的關係始終是疏離的，但小說主角在感受著父親的悲哀同時往往又帶著悲憫的眼光注視他。他們就二像隻受傷的獸，相隔兩地各自舔舐創口。然而這種父子關係的描寫，在宋下一階段轉變寫作風格時就有了絕大轉折。宋澤萊一反此時與父親那種疏離與冷漠的關係，而企圖以小說去重構父親的歷史，在構築父親最為傷痛的「戰爭記憶」歷史的同時，表現了渴望瞭解與充分認同的情緒，例如〈虛妄的人〉、〈創痕〉、〈最後的一場戰爭〉等作品無一不是以父親的「戰爭記憶」出發所寫 ❺ 。在注意到這種轉變的情形下，使筆者想由「父子關係」的描寫切入，析論現代主義時期的宋澤萊對父親，及其所代表的前行代歷史的看法，這對我們理解釋宋澤萊文學路線之轉變具有深刻意義。

在進入正式討論之前，有一個與我們的討論相關的問題似乎必須先行釐清，推介宋澤萊小說最力的評論家高天生曾說，宋澤萊的現代主義小說裡那些有著惡性戀母情結的病態人物，其實是被賦予有「龐大的象徵意義」的，表面上宋氏的興趣集中在人性的探討上，但「換個角度看」，他所要呈現的是社會問題的揭露與批判：

他是以獨特的歷史感去關照當時的社會，企圖以母親或父親的形象去象徵整個中國（至少是台灣）在近代歷史中所遭受的命運與際遇，而以兒女在青春期對父母親的「順從與反抗」的微妙心理，來象徵年輕一代對這種命運、際遇的「順從與反抗」。❻

---

❺ 宋澤萊曾在〈最後的一場戰爭〉的副標題中題獻此作給父親曰：「以這篇小說獻給家父，他在太平洋戰爭中曾做過毫無代價的犧牲」。這種態度在前此的現代主義小說中根本是無法見到的，兩相對照下轉變之跡顯然可得。

❻ 高天生，〈解剖刀與社會良心：再論宋澤萊的小說〉，見宋澤萊小說集《蓬萊誌異》，台北：前衛出版社，1988.5，頁47。原收於遠景版同名小說集，1980.6初版。

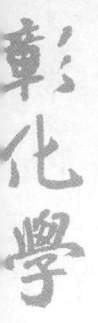

乍看之下，高天生的論點似與我們的理解方式頗爲相似，然而仔細追究卻能發現，高天生雖極敏感地意識到宋氏小說中父子或母子關係可能有的深層意涵，但稱宋澤萊在當時已有意識地運用此一方式，來「象徵」年輕一代對近代歷史的看法，則根本是以作品所無的「社會意義」來抬高其價值，並未符合實情，評價亦可能失真。筆者的看法是，宋澤萊對前行代歷史在早期只能模糊地感受，而尚未能窺見自身與父親歷史間的關係，這乃肇因於社會意識的薄弱，所以他的小說人物才會自憐自怨而無力介入現實。筆者將析論的父子關係因而不是高天生所謂作者藉此來揭露社會問題；相反地，正因作者處理父子關係時無法指出其中的社會問題，就像眾多台籍知識分子迷茫於台灣歷史的狀態一般，是在這個意義上才具有「象徵」意義，這是筆者詮釋出來並以此來與下一階段的轉變相對照的，可說是筆者對作者創作意圖的潛意識分析。

宋澤萊現代主義小說中的父親形象，如我們所知，與現實中的父親共有不可分割的靈魂。當然，筆者並非意指小說中的形象即是宋父之翻版；事實上，就在不同的小說裏，父親也都扮演著不同的角色，也有各自的「故事」。但無論如何塑造職業、故事各異的父親形象，我們卻始終看見一個自太平洋戰爭歸來的男子，飽受著戰時創傷（生理與心理的）及戰後失志的苦痛，而總顯得性格軟弱，終日消沈，敘事者「我」眼中的父親便是呈現如此模樣：

二次大戰後的第七年，我降生在這個世界上。戰亂的洗禮迫使整個社會陷入困頓的狀態，戰後中的征夫從遙遠的地方歷經風險後，回到這個現實的環境，再度去承擔另一種迫害。

我的父親從二年的叢林逃亡中，回到了觸目悲涼的故鄉，他喪失了一生中最重要的東西——他青梅竹馬的戀人在征戰期間嫁給了別人，那是一種最痛苦最悲哀的淚之脅迫，在淒然中他迎娶了我的母親—弱小而神經質的新娘。⑰

　　父親是典型的二十世紀的人。我所以如此地說乃是認爲，你從任何一個角度，拿著任何二十世紀的觀點去看父親，他都能反應出某些影子來。戰爭？流亡？漂泊？痙攣？焦慮？沒有臉的人？……樣樣都有。❺

　　敘事者對父親在戰爭後處境的觀察，是與各種「漂泊流離」的經驗（diasporatic experience）連接的。首先是人與人之間被迫分離，使得父親在戰後的婚姻中不時地感到憾恨。他對舊情人的追懷執著，實際上是對美好夢想逝去後的不捨，他仍是繼續受著戰爭影響的人：

　　……他對於舊情人的懸念太深了，致使他把有的力量都花費在回憶的世界裏，喪失了應有的愛。對於他的妻子而言，他不過一具蒼白的行屍。而當我被生下後，他仍目不轉睛的在尋找那已經淡去的影子。❻

　　此外，是人與時代的分離。從戰時到戰後遺失的是個人向上的可能，一個小知識分子感到生長在時代夾縫中命運的反覆，他失去了成功的可能。在〈虛妄的人〉這篇小說裏，敘事者的學生所描述的父親，仍然是表現了父親所受戰爭的影響：

　　……以前他父親還年輕時，唸過日本高校，後來征調南洋，一直想力爭上游，但戰後便成爲一個徬徨的人，他忘不了死難在異地的同胞，終於斷定年青時的抱負是錯的，之後他說他和同輩的人都是孤兒，要自行奮鬥……❼

❺〈嬰孩〉，《黃巢殺人八百萬》，台北：東大圖書公司，1980.4，頁7。

❻《紅樓舊事》，台北：聯經出版公司，1979.4，頁26。

❻同註56，頁8。

❼〈虛妄的人〉，《黃巢殺人八百萬》，台北：東大圖書公司，1980.4，頁106。

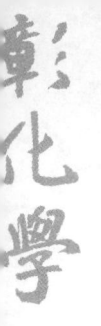

敘事者顯然是深深受到父親這種黯淡、悲哀的心緒所感染的，但與其說他已深切體會父親所受戰爭創傷後的悲哀，毋寧說他更關切的是父親是否冷落、遺忘了他；無疑地，此時的敘事者仍是一個個人主義的、敏感的青年，他更關切的其實是自己的「命運」而非父親的「記憶」：

> 他對我很少留意過，眼底可能極少泛動過我的影子。但當我長大後並不恨他，我很能原諒他這種不慈不愛的行爲，一個集中力量都對付不了自己的人，他那來剩餘的精神去關懷別人？也許我是他最重的擔子，必須將我放棄，才能得到全然的解脫。[60]
>
> 我很不瞭解養父的眷念之情，爲什麼他老是悼念著死去的那些人，因此我總問他：當初你怎麼能逃離戰禍？養父停止他的啜泣，定定看著我，他的心眼中不曾有我。[61]

從宋澤萊所受父親的「戰爭記憶」影響看來，事實上宋澤萊也承受了戰爭的傷害，但他將之轉化爲對父親與外界的疏離，而同情地予以瞭解。這樣，正與我們所說戰後世代對前行代經驗的認知匱乏所形成的「歷史失憶症」做了最佳註解，觀之宋澤萊對這記憶的反省，就更能印證筆者的推論：

> ……在少年時，我便應該明白，父親和母親在告訴我一場血淚的歷史，如若我更富想像力，理當由那些東洋的小建築和等待墾殖的大地，想出自身的命運：我們這批戰後出生的一代，不是背負著整個台島的不幸和受辱，來到這個世界嗎？[62]

---

[60] 〈嬰孩〉，《黃巢殺人八百萬》，台北：東大圖書公司，1980.4，8-9。
[61] 《惡靈》，台北：遠景出版社，1979.11，頁 109-110。
[62] 同前揭書序，頁 2。

走向激進之愛：宋澤萊小說研究．044．

　　然而，宋澤萊雖然塑造了飽受戰爭折磨的父親形象，並對之表現了一種疏於瞭解的態度，但做為台島在戰後出生的知識分子，宋澤萊並未如當時的現代派作家一般，徹底地與傳統決裂，而轉向西化的道路上去。他所描寫的父子關係雖然疏離，但並非全然地抹消了歷史的存在，至少衰弱頹廢的父親即代表了一段台灣被殖民史，他記錄了這種事實，即使是難以理解的。他對待父親的這種態度，使他在轉向現實時並未受到太多阻礙，可以說最大原因。這裡筆者想用王文興的《家變》⑱ 來說明兩者的差異，以便更加具體地指出宋澤萊在對待前行代歷史、傳統的態度。

　　七〇年代初期，就當宋澤萊開始發表他的小說時，王文興的《家變》也在一九七二至一九七三年間刊載於《中外文學》，兩者作品在時間上的近似，使我們評比在時間上有了一個基準，可以用來說明同一時空下作家不同的歷史認知。

　　如我們所知，《家變》所敘述的故事是范曄「叛父」的故事，它探討了兩個男人之間（父與子）權力的對立，對中國傳統家庭體制提出顛覆性看法，甚至有論者為之加上了時代意義，認為《家變》的「叛父」同台灣的時空相連，實有反威權的意義寓焉：「《家變》寫於七〇年代戒嚴時期的台灣，強調一元化領導，書中對孝道的質疑，其實也就是對一元化領導的質疑」⑲。

　　我們不能否認，以反父權比附反威權統治的可能性，但如果我們要問，范曄據之以叛父的那一套思想究竟何所本時，我們就無法不觸及到「意識型態」的問題。就是由此出發，我們才看出宋氏與王氏的根本區別。

　　評論家呂正惠曾在〈王文興的悲劇：生錯了地方，還是受錯了教

---

⑱ 《家變》，台北：洪範書店有限公司，1980.4。原刊於《中外文學》4-9，1972.8-1973.1。

⑲ 王墨林，〈親密男人必然的困境：王墨林談《家變》〉，《中國時報》「人間副刊」，1994.12.25。

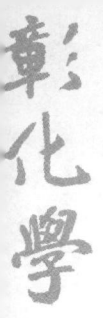

育〉一文中指出，「《家變》告訴我們，在西化的最高峰，台灣的知識分子是如何反叛他們自己的文化傳統的（以「家庭」作爲文化傳統的象徵）」❻。準此而論，《家變》就不只是表面地、單純地顛覆了中國的家庭體制而已，就其中的意識型態向來說，《家變》中的范曄便是台灣社會在五、六〇年代所產生出來的，徹底西化的、精神上的「西方之子」，他和所屬的社會決裂，和周遭的現實環境存在著無法調和的巨大予盾。西化的年輕一代把西方的觀念視爲「永恆的眞理」，而完全不知有另一種傳統，或完全不尊重傳統❻。范曄之「叛父」從這個角度來看，便是與自己的文化傳統的隔絕，呂正惠認爲這是戰後知識分子最大的病徵。試看《家變》中范曄對母親「打擾」他看書時所吼出的關鍵話語：

不－要－在－看－書－時－打－擾－我，我講了多少遍了。你一次接一次，侵犯過多少遍了。……你們就不能給人一點不受干擾，可以做一會兒自己的事的起碼人權嗎？你們爲什麼要侵犯我，我侵犯過你們沒有？天，這所房子簡直是地獄。❻

王文興本人也許與范曄有著某種程度的差距，但我們或許能據此觀察到，王文興所塑造出來的叛父人物范曄，帶有台灣西化知識分子的典型氣質，他與父親所代表的文化傳統是互爲背離的兩種價值觀——現代與傳統，前進與落後，西化知識分子對「父親的歷史」是棄之如敝屣的。

相對來說，宋澤萊小說中的知識分子在「父子關係」中所透露出來的象徵意涵，便沒有西化知識分子的那種習氣。也許在支借著西方

---

❻ 呂正惠，《小說與社會》，台北：聯經出版事業公司，1988.5，頁25。
❻ 同前註，頁24-25。
❻ 同註63，頁3。

表現形式上與《家變》有著近似性，但宋澤萊小說中的知識分子無論對父親如何失望，卻始終抱持一種「絕望的愛」，因為他還依稀感受得到父親背負的傷痛。

《紅樓舊事》中的父親是二次戰後後歸來的牧師，在某次召妓的過程中，被兒子「我」窺見父親竟有性的障礙，而「我」也在一次身體檢查中被告知性器官有了問題，醫生囑咐「我」說：「回去告訴你父親」，這種父子的關連竟使「我」對父親昇起了愛恨交纏的情緒：

> 「回去告訴你父親！」冷冷的聲音在我耳邊響起。父親？父親？那個父親？陡然間我想起到和吧女在一起的父親。對了，我會像他嗎？……我將會像父親一樣變成吧女前的一隻痙攣的猴子嗎？我會的，會的，因為我是父親的兒子，我的血管裏咆哮著他侏儒般的血液！
>
> 從此，我恨起了父親，但，那是恨嗎？不！是愛，是同情，是憐憫，是對著他的無能，也對著我自己。❽

從兩者的比較上可以看出，宋澤萊對文化傳統（以父親的歷史為代表）的態度，雖然在這個時期缺乏了思考時代意義的能力，但他仍是這個傳統的延續者；至少，我們找不到西化者那與傳統決裂的意識傾向，這也是他一下個階段中回歸現實書寫最有利之處。

三、走出煉獄：宋澤萊回歸現實的實質轉變

從一九七二年開始發表首篇小說開始，至一九七五年夏天為止，宋澤萊在這幾年中完成現代主義小說的寫作，可說與其大學生活相始終。宋的現代小說關切的乃是主角的心理狀態，至於現實時空中的人事則猶如服裝的配飾，我們無法確切看見從中屬於宋澤萊所描寫的

---

❽《紅樓舊事》，台北：聯經出版公司，1979.4，頁43。

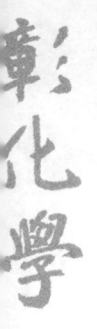

六、七〇年代的社會場景。不過,如同《紅樓舊事》、《廢園》中所呈現的那樣,我們還是能知道小說中的地點是一座大學校園,而主角當然就是鎮日爲死亡之念所困的知識分子。我們似乎可以將小說中人物與時空的關係轉喻爲人物的自閉,在那安穩而與世相隔的校園裡,允許知識分子逃入自我的世界中,而暫時忘卻了校園之外龐大世界與時代的風起雲湧。

但,這種封閉的狀態並未持續太久。

當一九七五年夏季到臨時,宋澤萊自台灣師範大學歷史系畢業,按照台灣培育師資的教育制度,他終於以一名歷史教師的身分宣告進入社會,這個身分的轉換同時也代表了宋在寫作路線及意識上一次翻轉的契機。相應於其寫作路線上由現代主義向現實主義挪移,是對時代與歷史渴求參與、瞭解的現實意識的萌發。

以下筆者將分別由時代、典範與經驗三個角度來描述影響宋澤萊回歸現實的原因,其中有七〇年代知識分子共通的經歷,也有宋個人獨特的體驗,無論如何,都深刻地開啓了宋澤萊這戰後新世代的小說家更進一步向現實叩問的渴望。

(一)時代／個人經驗／現實意識

第一,鄉土文學運動在七〇年代的盛大聲勢,吸引了宋澤萊的注目,並使之思考文學與時代的關係。

如我們所知的,一九七〇年前後興起的台灣鄉土文學運動,與當時台灣知識分子正在進行的,對台灣處境的總反省有關,而這些反省,實源自台灣當時政治、社會遽烈的變化。此處我們可以先將知識分子的反省運動以當時流行的口號,稱之爲「回歸鄉土」運動。這個「回歸鄉土」運動直接導源於六、七〇年代之交的海內外釣魚台運動,以及一九七一年中共取得中聯合國代表權,台灣被迫退出聯合國等事件,不僅使國府「中國正統」神話一夕間破滅,長期以西方,特別是美式文化做爲模仿學習對象的知識分子,因西方國家對台灣的背

叛，也開始反省西化（現代化）在台灣所造成的各種病徵，而想要由
嚮往西方轉回自己土地上來加以瞭解、關懷，這就是具有反省性質的
「回歸鄉土」運動最顯著的特徵。

「回歸鄉土」運動在文學上的表現是為「鄉土文學」運動，其行
動主要表現在強烈批判台灣現代主義文學（尤其是現代詩），如因關
傑明與唐文標的批判所引起的「現代詩論戰」❻；另一方面在創作
上，黃春明、王禎和，陳映真等早期鄉土小說作家，轉而描寫台灣的
殖民經濟性格對台灣人命運的影響；而新起的作家，如王拓、楊青矗
則以素樸的階級觀點來表現漁民、勞工的生活，前者具有民族主義傾
向，而後者則有素樸的社會主義色彩❼。

宋澤萊身處於這個知識分子大反省的時代裏，逐漸地自人們熱切
討論的話題當中，去喚醒自己的現實意識，去透視在那些小人物悲哀
身分底下台灣近代史的創痕；雖然宋澤萊聲稱是在稍晚的「鄉土文學
論戰」啟發他寫作現實主義小說的❽，但從鄉土文學運動轟轟烈烈
橫跨七○年代的風潮來看，宋澤萊的小說實已顯出時代氛圍的影響，
以下作品的分析中我們就不難發現他與此文學風潮的互動關係。

第二，從宋澤萊所接觸的人物與作品來看，典範性人物與作品在
他回歸現實的轉變上，亦留下影響的印痕。

---

❻ 「現代詩論戰」代表文學界在長期接受西方現代主義的影響後，重新省視
新詩內涵而產生的文學論爭，關傑明與唐文標為主要的批判學者，關著有
〈中國現代詩人的困境〉（1972.2）、〈中國現代詩的幻境〉等文；唐著有
〈什麼時代什麼地方什麼人〉（1973.7）、〈詩的沒落：台港新詩的批判〉
（1973.8）等文，論戰文字可見趙知悌編，《文學，休走》，台北：遠行出
版社，1976。

❼ 呂正惠，〈七、八十年代台灣鄉土文學的源流與變遷：政治、社會及思想
背景的探討〉，《文學經典與文化認同》，台北：九歌出版社，1995.4，頁
75。

❽ 見張恆豪等，〈靈魂的搏動：從廖偉竣到宋澤萊的變奏和迴響〉，《台灣
作家印象記》，台北：眾文圖書公司，1984.5，頁282。

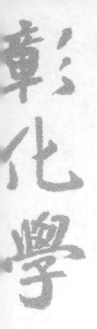

　　據宋澤萊自己描述，在大學畢業前後因人介紹曾到台中的東海花園去拜訪日治作家楊逵先生 ，面對這位日治時期左翼文學代表人物，宋除了在言談中認知了日治時代的文學作品與文學活動，更重要的意義恐怕在於使他重新接上因白色恐怖而中斷的台灣左翼文學傳統，從而瞭解到左翼文學所強調的「反帝、反殖民」路線正是一種台灣作家以文學反映時代與被壓迫人民的傳統，「那時，我就想也許我能仿同日據時代的台灣文學家去反映一些被壓迫者的心聲罷」 ●。

　　在一篇名為〈不朽的老兵〉的楊逵訪問稿中，宋曾以台灣文學的出路相詢於楊逵，他所提出的各種文學路線之發展性問題來看，可見宋澤萊在當時（1976）已對文學界的鄉土文學頗有認知，另一方面亦能說明與楊逵交往那期間他所受啓發與思考的問題。在文末他對未來的文學提出期盼，似乎也預示了未來自己文學的轉變：

　　然而，再是如何，我不能不深深地懷疑了。不是單純的寫實或非寫實就可以使我們的文學花開燦爛，三十年代的楊逵、吳濁流難道不夠寫實嗎？但是，他們是何其弱小與無能啊，六十年代的白先勇、陳映眞、七等生不是夠「世界性」嗎？但是，他們是何其虛無與貧血啊！也許我們唯一能尋找的是超乎這些人外的第五條路，那就是：流血的、激情的、戰鬥的、悲壯的、龐大的，可以之來改造民族精神的另一種文學。●

　　第三，宋澤萊的軍隊經驗。

● 宋澤萊，〈從《打牛湳村》到《蓬萊誌異》：追憶那段美麗、淒清的歲月（1975-1980）〉，《打牛湳村系列》序言，台北：前衛出版社，1988.5，頁9。
● 同前註，頁9。
● 宋澤萊，〈不朽的老兵〉，陳芳明編：《楊逵的文學生涯》，台北：前衛出版社，1988.9，頁215。原出處師大《師鐸》4，1976。亦見於《廢園》附錄。

一九七五年夏，宋澤萊大學畢業後，首先是在彰化海邊的國中擔任實習教師，一年之後，一九七六年十月，便離開學校入伍服役，不久他被分配到東港一帶擔任負責警戒任務的預官，極意外地，這個經歷也影響了他向現實回歸的轉變，就他自己所言即是：「……極其僥倖，我抽中了一支日後決定我一系列小說的籤……」[75]就在部隊中宋澤萊經歷了一場外省老兵瘋狂殺人的事件，其震撼之深多少年後宋澤萊仍歷歷如繪陳述著它的影響[76]。

那發生血腥事件的海岸線上的班哨，其周圍風景是如此充滿著南方美麗的景物：「……面對著大海，有著狹長的沙灘、遍地的黃藤花以及椰子樹，副熱帶的陽光燦爛美麗」[77]。但蜿蜒毓秀的海岸線下，潛伏著可怖的死亡陰影。一名精神異常的老士官開槍射殺同胞，使宋澤萊大爲震驚的是：

> 你平日所喝酒，所交談的伙伴，突然在一夜之間，那樣血淋地橫陳在你的面前，令你不得不去逼視死亡，人類受到無根壓抑的破壞性，在此暴露無遺。[78]

這段經歷看似稍顯戲劇化，也個人化了一點，然而，這個「軍隊經驗」卻著實在宋澤萊心魂稍定之後，促使他思考箇中的深意。

老士官之產生是國共內戰下的悲劇性人物，倉皇南渡的國府轉進

---

[75] 宋澤萊，〈從《打牛湳村》到《蓬萊誌異》：追憶那段美麗、淒清的歲月（1975-1980）〉，《打牛湳村系列》序言，台北：前衛出版社，1988.5，頁10。

[76] 1983年，宋澤萊曾在〈在太陽下〉一作中，直接以軍中殺人事件爲題材，再一次描述此事件給他的震撼，惟小說回憶的成分居多，未見特殊寓意，小說收入氏著《弱小民族》，台北：前衛出版社，1987.8。

[77] 同註75，頁14。

[78] 見張恆豪等，〈靈魂的搏動：從廖偉竣到宋澤萊的變奏和迴響〉，《台灣作家印象記》，台北：眾文圖書公司，1984.5，頁284。

之際猶能攜來百萬兩黃金 ⑳，填滿故宮的文物，但草鞋破衫的兵士卻連家眷家當一件皆無，以這條件生活在戰後台灣社會，其困境、壓抑可想而知；無疑地，這與宋澤萊自家父親的經驗若有雷同，它們同是「戰爭」的受害者，前者是緣於國共內戰，而後者則深受太平洋戰爭之害。這些都是台灣近代史上極為醒目的悲劇，它與整個台灣近代政權更迭的歷史緊緊相隨。思考著這悲劇下壓抑人性之宋澤萊，便不能不見到台灣近代史對島民影響如此之深，而此亦其回歸現實重要的轉捩點：

　　……當兵期間，軍中的一些活生生的近代中國悲劇經驗，更強化了我熱忱地擁抱現實，展現台灣社會的多樣面貌。㉚

　　以上我們分別由時代氛圍、典範人物、軍隊經驗三方面，分別來描述影響宋澤萊回歸現實書寫的外在條件與心理轉折。然而我們如果要更真切而細緻地瞭解當代宋澤萊，以至於戰後世代知識分子在鄉土文學時期，思想上、文學路線上如何由西方回歸台灣，由夢魘回歸現實的心路歷程，恐怕還是得由作品來加以檢證罷。

（二）白色恐怖／南洋經驗／流亡老兵：

　　在宋澤萊結束大學階段的寫作後，並非在轉變之際就完全改換了原先的文學形式與題材，至少如〈黃巢殺人八百萬〉（1976.8）、〈虛妄的人〉（1977.1-2）㉛都還殘留著現代主義那著重心理層次描寫的技法與心態，宋澤萊的寫作尚在「過渡期」中尋求突破，因而具現實意識的小說與現代主義風格的小說便混雜出現其間。

---

⑳ 參見楊碧川，《台灣現代史年表》，台北：一橋出版社，1996.4，頁44。
㉚ 張恆豪等，〈靈魂的搏動：從廖偉竣到宋澤萊的變奏和迴響〉，《台灣作家印象記》，台北：眾文圖書公司，1984.5，頁282。
㉛ 兩作皆收於《黃巢殺人八百萬》，台北：東大圖書公司，1980.4。

以下分析著重在三篇較具現實意識的小說，它們各自展現了不同「世界」中的人物，與鄉土寫實時期著重「農鄉」這個「世界」的描寫相較，也可以看出轉型的宋澤萊確實仍在尋找著人間關懷的重點。透過這些過渡期作品的討論，我們可以找到其間與前期小說的內在關連（如父子關係的轉變），同時也能瞭解到宋澤萊回歸現實的實際心理轉折。這三篇小說分別為〈娘子，回去未曾開墾的那片田〉（1976.5）、〈最後的一場戰爭〉（1976.10）及〈海與大地〉（1977.12），針對的是白色恐怖陰影、太平洋戰爭夢魘和外省老兵在台命運等三個不同題材，不約而同地將時空拉回前行代的記憶當中，描寫了近代台灣歷史上的悲劇性人物，若和上一節所述相連，那不被瞭解的「父親的歷史」於今已躍現於紙上，不也正說明瞭戰後知識分子已自走上「回歸」之途！

一、〈娘子，回去未曾開墾的那片田〉❷

　　從十九世紀末開始，發生於法國的法蘭西第三共和國（1870-1940）時期之巴黎人民反抗梯也爾政府的起義行動中，就以紅色做為進步、反抗不義的階級解放符號，而以白色代表反動、保守的勢力，並稱其一切恐怖鎮壓行動為「白色恐怖」（White Terror），此詞便一直沿用至今❸。如同論者所言，「白色恐怖」乃是擁有政權的統治者，運用國家機器中的暴力手段，針對反抗革新勢力進行的摧毀行為，但他對人民施暴的重點往往不在真正的死亡威脅，更多的是造成人民心靈上的恐懼，製造恐怖氣氛，本質上即是一種「恐怖主義」（Terrorism）：「所謂Terrorism（恐怖主義）是指『意在全體居民中散佈恐嚇、驚慌和毀滅的一系列行為』。它的施暴量往往不成比例，

❷ 原刊《中外文學》48，1976.5。現收於《等待燈籠花開時》，台北：前衛出版社，1988.5。
❸ 藍博洲，《白色恐怖》，台北：揚智文化事業公司，1993.5，頁13-16。

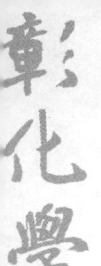

表面上是任意的、蓄意的象徵性行動，意在『殺一儆百』」❷。

　　一九五〇年代在台灣所展開的「白色恐怖」大逮捕行動，基本上便是這種兼具屠殺與恐嚇的國家恐怖主義之再現。一九五〇年六月二十五日，韓戰爆發，美國基於反共戰略的考量，支持敗退的國民黨政權重建統治基礎，並使之成為其在二次戰後「冷戰體制」下，位於東亞的反共圍堵陣線之一環；此外，國府因在大陸上的挫敗，「恐共‧恨共」心結因而特別深，對對於台島上的左翼思想視為毒蛇猛獸，因此反共政策勢成為鞏固其統治其礎的重大憑藉。依此而論，一九五〇年國府發動的「白色恐怖」包括了國際的冷戰構造與國內的內戰構造，它的「政治肅清」（Red Purges）對象，除了日治與戰後台灣左翼人士與工農運人士外，也包括了進步的知識分子、醫師、律師、文藝人士、教授、市民等，這種逮捕、拷問、處決、監禁所形成的巨大恐怖，終成為國府獨裁統治的暴力基礎。而戰後四十年間，台灣民間社會莫不因此而活在恐懼夢魘之中，這種極端反共的「新法西斯」支配，對台灣的社會、精神和文化，起了巨大的殘害作用 ❸。

　　宋澤萊的小說〈娘子，回去未曾開墾的那片田〉（以下簡稱〈娘子〉），這篇發表於一九七六年五月的作品，透過圍繞著小說主角阿盛伯的親人、朋友對其一生的回憶，在喪禮那份哀傷的氣氛裏，談論著阿盛伯一生想望的興起同幻滅，同時也伴隨著受難者家屬心中暗藏的陰影，反映了「白色恐怖」迫害下人們所受的精神磨難。

　　〈娘子〉一作在敘事結構上與同期小說一樣，是用「詩化了」（施淑語）的小標題做為不同段落的提示，在不同的段落裡則透過幹事伯與死者（阿盛伯）的妻、子、友人的交談，構成了關於阿盛伯自日據到戰後，包含了徵兵、成家、買地與被捕的經歷，這個敘事結構上的設計基本上明顯地受到芥川龍之介〈竹藪中〉多視點的敘述方式的影

❷ 同前註，頁17。

❸ 同註83，頁119。

響，具有客觀的作用。惟不同在於，芥川用意在表露事物意義與真相的多重性，而宋卻像拼圖一般，重組了阿盛伯的生命史。然而，觸及到了戰後民間所禁忌的「白色恐怖」事件的〈娘子〉，仍無法不閃躲著暗處統治者的鷹眼，而只能自抑而片斷地談論著關於這份恐怖的種種。

從與阿盛伯同赴越南的鐵城口中我們得知，火盛伯在「皇民榮耀」的吸引下，夢想著以藉著宣傳中當兵的好待遇，等回鄉能夠買下屬於自己的田地，「火盛仔的父母是長工，就幫著人家種田鋤草啊，他們死時，沒留下什麼給火盛仔，而他也是一直做長工，直到他長大」。把擁有一塊自己的土地視為畢生夢想的阿盛伯，與龐大的夢想著他們各自夢想的下層民眾一般，曾經以各種方式希望能脫離貧窮，就是由於這個夢想使他叮嚀著：娘子，回去未曾開墾的那片田。但戰後不久他便被捕，一去十五年，那片土地便就此荒蕪了，敘事者引用了火盛伯的自述表現了被捕時的驚惶失措：

但是，同年（案：指鐵城），那是意外呵，警局來了幾個人，說我與安全有關係。那天在家裏搜出那些紙片，一切就沒有了。而我還不知道為什麼，不知道為什麼。所以呵，人不要有差錯。🅢

究竟「與安全有關係」、「那些紙片」這些敏感的字眼指涉了怎樣的現實呢？小說在這個重點上輕輕掠過，固然有其現實考量不得不然，但卻也不得不說，這種省略的確使得原為一名悲劇人物的火盛伯，在現實意義上缺乏了深度，也減弱了整篇小說與死亡的悲哀共同組成的張力效果。

然而，如果我們注意到就在〈娘子〉出現之前不久，尚且還為死

🅢 《等待燈籠花開時》，台北：前衛出版社，1988.5，頁143。
🅢 同前註，頁145。

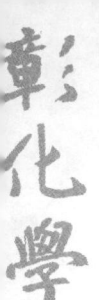

亡惡靈所纏的宋澤萊，於今把這份對死亡的興趣轉而投注到受時代所害的故去的阿盛伯身上時，我們會察覺一個回歸現實的宋澤萊之雛形其實已現端倪。

二、〈最後的一場戰爭〉

> 那時不再有戰爭
>
> 我們將用手臂把太平洋圈成臂膀裏頭的小海灣黑紅白黃
>
> 讓貧窮的漁民燃亮一枚芥子燈然後世界就有楓橋夜泊就有
>
> 小小豐富的睡眠
>
> 那時不再有殺伐
>
> 我們將用溫暖在印度洋邊太平洋岸蓋築廣廈幢幢
>
> 讓辛勤的農人揩汗飲茶讓無家的遊棍住飽
>
> 從此不再有聖賢盜賊不再有貴賤貧愚
>
> 愛鄰人愛自己
>
> ——宋澤萊，〈太平洋戰歌：用這首詩獻給二次大戰在太平洋或死或傷或存或亡的十八萬家鄉父老〉部份 🔘

寫於一九七六年一月的〈太平洋戰歌〉為一首長篇敍事詩，歷述了太平洋戰爭下征夫們的無奈與創傷，我們在這首詩作裡首先窺見了對他影響深重的「戰爭記憶」之現形，他正視了十八萬家鄉父老的苦

🔘 原刊《中外文學》53，1976.10。現收於《等待燈籠花開時》，台北：前衛出版社，1988.5。

🔘 原詩所載創作時間、地點為1976.1.30於鹿港實習教學中，時間上早於〈最後的一場戰爭〉，但由此已可見到宋對戰爭的反省，尤其是詩中描繪逃亡一節，和〈最後的一場戰爭〉中的思考如出一轍，可視為透過詩作對父親歷史的掌握。正文引詩見《黃巢殺人八百萬》，台北：東大圖書公司，1980.4，頁174。

楚，而不再將之視爲絕難理解的歷史，加重他生命負荷的重。如我們在描述宋澤萊現代主義小說中的自傳性色彩一節中所言，除了自身宿疾惡化了他的人生觀外，小說中的父親形象其實也是出於他對現實裡父親的感受所創造，而毫無例外的，父親皆有著南洋戰爭歸來的經歷，且莫不性格顯得軟弱，充滿著時不我予的感傷。對父親這種表現小說主角無從理解，而只能憐憫卻又埋怨這可憐的老父親。不過，在〈太平洋戰歌〉裡我們看到的卻是對戰爭的譴責與受戰爭的傷害的人的歎惋，這個理解態度上的轉變，自與前述小說中的表現大不相同。〈太平洋戰歌〉表現了作者再現歷史的企圖，惜乎未見發表於當時任何刊物中，要能眞正表達了他對戰爭看法，而又能置於戰後文學史中來考察其意義的，應該還是以下我們所要討論的小說：〈最後的一場戰爭〉。

宋澤萊曾題詞將〈最後的一場戰爭〉敬獻給父親，說「以這篇小說獻給家父，他在太平洋戰爭中曾做過毫無代價的犧牲」[90]。這樣，此篇小說在整個書寫意識上就已表達了一種注視著外在現實的傾向，而絕非專注於個人的內心葛藤。事實上從小說內容來看，以細節（details）描摹來再現（represent）整個逃亡的過程，自覺地把自己與前行代的歷史那樣緊密的接合在一起，充分地理解與認同，筆者認爲，這應是此篇小說最大的現實主義底意義。

小說中以意識流的手法，透過福壽伯現在與過去兩種經驗交流交錯呈現，將福壽伯一生重要經歷揭露出來。現在的福壽（里長）伯正登記參選立法委員，希望能爲十八萬袍澤盡力，討回日本政府積欠的軍郵，而他卻在選戰的過程中，不斷地跌入年輕時在南洋的戰爭記憶裡。

時在一九四四年七月，當他以石油開採技師被徵往戰場時，只是

---

[90] 〈最後的一場戰爭〉，《等待燈籠花開時》，台北：前衛出版社，1988.5，頁147。

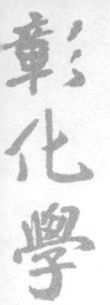

三十歲出頭的壯年，他以及同樣來自台灣的年輕人在波羅洲大陸身傍的打拿根小島上為日人工作，但此時日帝在各地都受到同盟國軍隊的反擊，敗象已露，打拿根不久亦在一九四五年四月受到澳軍攻擊，軍伕們在日軍潰敗下只能各自逃亡。

〈最後的一場戰爭〉於逃亡時人們的行動與心態著力最深，軍伕們在南洋叢林裡如為野獸追趕的羔羊竄逃不知止於何處，在這塊陌生的鬼域裡做著逃亡的惡夢。他們身無餘糧，捕食著像蜥蝪般的四腳蛇，吃著蝸牛，甚至「吃」著澳軍的大皮鞋，徘徊於飢餓線上的軍伕們精神逐漸地趨於瘋狂，戰爭的罪惡在為飢餓與死亡所凌遲的人身上顯露得教人驚心動魄，那就是對逃亡者當中一名日本兵士「食人」的描寫：

他們齊齊看過去，泥沼的一棵棕樹下，一個日軍躲在那頭，他藉著陰蔽的隱蔽，在那邊啃著一隻手臂，剛卸下來的肢體染了鮮紅的血……那人瞧了瞧福壽一群人，赫地抓起小刀來，淒淒然笑起來。地上的落葉黃綠了一地，小草開些花朵，有一些螞蟻排著隊來到那人的腳趾邊，泥沼的水淺薄地倒映湛藍的天像一面鏡，一條細緻的土人行走小路通出林外，路上死了一個新鮮的屍體，被撕的肢體流滿淫淫的血。⑫

敘事者不帶絲毫激動的敘述語氣，平淡地把最血腥也最悲哀的場面如一枚相片般植入我們眼中，「林梢招了一些風開始唏唏嗦嗦搖盪了，他們的汗從赤裸的皮膚沁出來又乾去，葉縫灑下的斑斑陽光一逕是那樣無痛苦無哀傷」⑬。戰爭的冷酷就如同陽光一般是那樣無痛無悲，亦無表情，榮耀歸於勝利的統治者，死者荒涼，生者何堪？

---

⑪ 同前註，頁185。
⑫ 同註90，頁183。
⑬ 同註90，頁183。

　　尋回了「父親的歷史」的宋澤萊無疑地也尋回了台灣的歷史，雖是悲情至極，卻無法逃避，惟有〈最後的一場戰爭〉中對前行代歷史的全然擁抱，期許那是「最後一場戰爭」（事實上當然不是），也才開啓了七○年代宋澤萊描寫農村問題小說的可能，因爲他在此得到的是對台灣的「瞭解、感情及責任」：

　　……我本來並不瞭解台灣，後來慢慢長大，漸漸瞭解台灣在歷史上的命運，原來是這樣的悲慘、困悶、窒迫，我們的故鄉在戰爭中死去那麼多人，我的父親、叔叔，從戰禍中受到那麼痛楚、那麼難忘的精神上與肉體上的折磨，這種命運無法自主的悲劇感，在早期作品我描寫了不少，我對台灣的瞭解、對台灣的感情，甚之對台灣的責任，可說都是得自於我的父親。❾❹

三、〈海與大地〉❾❺

　　服役期間的宋澤萊以他的軍中經驗寫下〈海與大地〉這篇小說，他曾描述寫作的動機與內容說：「此篇小說在敘述即將退役的老兵，用錢去買山地女人結婚的故事，是我當兵目睹的事實，無非在說老兵們的想望和他們的奮鬥無告罷了」❾❻。

　　綜觀宋澤萊小說中的題材，類似〈海與大地〉這樣以軍中經驗爲主的小說實不多見，主要是他所關注的老兵命運，在離開軍伍後已爲更切身的台灣現實所吸引；不過，〈海與大地〉所描寫的近代中國歷

❾❹ 張恆豪等，〈靈魂的搏動：從廖偉竣到宋澤萊的變奏和迴響〉，《台灣作家印象記》，台北：眾文圖書公司，1984.5，頁273。
❾❺ 原刊於《小說新潮》3，1977.12。現收於《等待燈籠花開時》，台北：前衛出版社，1988.5。
❾❻ 宋澤萊，〈文學十日談〉，《誰怕宋澤萊？：人權文學論集》，台北：前衛出版社，1986.6，頁254。

史中的悲劇性人物——渡海來台的老兵，卻也表達了宋對弱勢者問題關注的傾向。在進入鄉土寫實時期前，此一軍伍經驗提供了他省視歷史與現實的機會，這是宋自己也承認的影響。他說：「當兵期間，軍中的一些活生生的近代中國悲劇經驗，更強化了我熱忱地擁抱現實，展現台灣社會的多樣面貌」[97]。

〈海與大地〉據宋澤萊自己所言，原名為〈兩個退伍老兵和一個山地姑娘的故事〉[98]，而在小說中，實際上兩位老兵都各自娶妻，只是其中一位的妻子棄他與人私奔，於是我們在小說中可以看到作者所描寫的兩種老兵命運，一為老兵歐笠與原為寡婦的妻子相濡以沫的貧窮卻平安的新生活，另一種則是在妻子與人私奔後，齎忿以歿的老士官鄒諒的悲慘故事。

一九四九年後隨國府來台的兵士，背井離鄉，反攻大陸重返家園的願望隨著兩岸政權的對峙，終而成為無可實現的幻夢，由於在台灣無親無故，多為孤家寡人，其苦悶令吾人難以想像，成家娶妻的問題便是其中大者。他們一方面懷著失鄉之痛，一方面則又面臨異地生存的困局，〈海與大地〉中便藉著老兵娶妻一事來傳達這種時代悲劇。小說中分述歐笠與鄒諒以數萬元買來山地女子，渴望著新建立的家庭來撫慰流離失所後的孤寂，卻各有不同際遇。

在歐笠一方，他與妻子林雅蘭的生活如同象徵弱勢者的互助，一個六十歲老兵，一個丈夫死於工廠事故、弟弟逃兵、父母老邁且又獨自撫養一雙子女的寡婦，作者以抒情的筆調來渲染這種結合的可貴，代表作者對苦難終結的衷心期盼。

但在鄒諒方面則不如此，他似乎被描寫成苦難者的代表，不僅雙眼失明，又發現山地妻子「帶走所有的現款和首飾」與人私奔，這一切說明的是作者對老兵悲慘遭遇的極大同情。

---

[97] 同註94，頁282。
[98] 同註94，頁287。

　　很顯然地，宋澤萊在〈海與大地〉裡對兩種老兵命運的描寫，或者過於樂觀，或者非常同情。因過於樂觀所以相信弱者結合後一切都將美滿和樂，無形中解消了老兵在現實中面臨困境時的掙扎過程，而顯得缺乏張力；而非常同情的結果又使得人物成爲一切苦難的承受者，過強的傳奇意味反沖淡了可信度。

　　不過即便如此，這篇小說對老兵的人道主義情感是毋庸置疑的，它已說明曾經只能捕捉自己死亡意念的作者，如今是眞正關注到現實中許多人不幸的遭遇，這個轉變是顯而易見的。如果與五、六〇年代大量軍中作家所寫作品相較，眞正軍人所認同的是統治者宣揚的「犧牲小我、完成大我」的國家論述，卻少見有人寫這夾縫中的老兵同袍，而對照之下也足以顯示，宋澤萊在七〇年代回歸現實書寫的眞正價值所在。

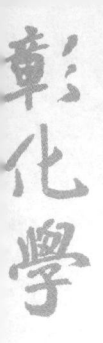

第3章 悲情鄉土的召喚：鄉土寫實時期小說析論

一、七〇年代的時代變遷與現實主義文學

　　無論從時代或個人的角度上來看，宋澤萊七〇年代前期的作品，與五、六〇年代知識分子面對的問題反而更接近，例如「政治冷感症」或「歷史失憶症」使人疏離現實，個人精神或肉體上的苦痛也傾向於由文學來緩解，凡此都說明宋澤萊早期作品與七〇年代現實的「絕緣」。

　　不過，在接下來的階段，宋很快地揚棄了早期的小說風格，而逐漸與當時的鄉土文學作者取得同步節奏，並成為新起而備受矚目的鄉土小說家。他崛起之速除了說明作品本身的優秀外，另一個不容忽略的問題可能還在於，其作品精神與七〇年代新「文學典範」（Literary Paradigm）之相契。

　　如我們所知的，七〇年代鄉土文學本就是對官方文藝政策及現代主義文學的一種反動，而在多位作者及評論家的策動下，文學反映台灣現實的基本精神逐漸為眾人服膺，從而造成鄉土文學之興起。並且由於文學反映現實對官方造成的壓力，又在七〇年代後期引發一場激烈的「鄉土文學論戰」。這說明鄉土文學運動形成的「文學典範」具有的「顛覆性」，而宋澤萊的小說恰恰就在這點上與當時的作家亦步亦趨。

　　本節目的首先在說明七〇年代鄉土文學運動興起的社會、政治等因素，及時代變遷下文學生態、文學環境的移易；其次，在說明鄉土文學運動所形成的是何種「文學典範」，並指出宋澤萊與鄉土文學陣營的互動關係和他的創作路線。

（一）現實主義傳統的復歸：從政治、社會背景到文學的探討

如同我們所知的，一九七〇年左右，台灣的知識分子興起了層面廣泛的「回歸鄉土」運動，而不僅只在文學上，政治上如國際地位、國家認同的思考，在經濟上如對美、日經濟殖民的批判，都顯示了知識分子對台灣問題的總反省，這個總反省直接導源於當時台灣在政治、社會方面所面臨的重大變局，此一變局暴露了台灣社會內部隱藏的各種問題，趨使知識分子重新檢討過去二十年間所謂的「台灣經驗」。

一九五〇年六月二十五日「韓戰」爆發，當時的台灣統治者是剛自國共內戰中失利潰逃到此的國民黨政府，台灣以其重要的戰略地位，成為以美國為首的西方集團防堵共產主義擴張的遠東「前哨站」，從而被整編入東西方冷戰結構的體制中。一九五一年美國正式軍、經援助台灣，一九五四年簽訂「中美共同防禦條約」，「由於中共『抗美援朝』的運動以及『解放台灣』的政策，美國和國府找到了共同的敵人；美國利用台灣謀求圍堵共產集團的戰略利益，國府則利用冷戰的矛盾找到存命的活路」❶。這個情況可以一直延續到一九六五年二月「越戰」爆發，台灣成為美軍轟炸北越的中途補給站與「渡假中心」，台灣之受美國「保護」可見一斑。美國此一動作無疑使得剛在國共二黨內戰中失利，倉皇避退台灣的國民黨政府獲得了重生的契機，而也由此成為此後台灣在政治、經濟、社會的依賴性格形成的源流。

在美國長期經濟援助下，至七〇年代來到為止，台灣已經初步完成了依附於美國資本主義體系底下的邊陲資本主義國家本質的改造。而二十年來避藏於美國的保護傘下，被西方民主國家承認為代表中國合法政權的國府，亦不斷透過「黨國一體」的「教化詮釋體系」（江

❶ 文馨瑩，《經濟奇蹟的背後：台灣美援經驗的政經分析（1951-1965）》，台北：自立晚報社文化出版部，1990.1，頁92。

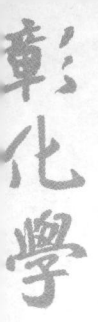

迅語）❷，灌輸台灣人民一個以國府統治爲核心的中國體制，使台灣人民相信「在台灣的中華民國是世界五強之一，是中國唯一合法的政府」，同時也在世界性反共浪潮下，以「戒嚴令」爲利器進行「白色恐怖」統治，完成了威權統治所必需的一切武力、思想布建。國民政府的親美、從美性格基本上便是由此培養而來的，而「美援文化」所代表的尚不只此，包括美式價值觀、意識型態及軍、政、經勢力都大量而廣泛地滲入台灣群眾的生活中。

　　但隨著七〇年代初期以來接二連三的外交危機之衝擊，這一切教化及依賴瞬息瀕於粉碎，而爲民眾及知識分子帶來難以言喻的巨大衝擊。依時序來看七〇年代伊始影響台灣命運的事件有：

　　一九七〇年十一月，發生「釣魚台事件」，引發了知識分子民族意識覺醒的「釣運」。

　　一九七一年十月，中共取得聯合國的中國代表權，國府被迫退出聯合國。

　　一九七二年二月，美國總統尼克森訪問，與周恩萊共同簽署「上海公約」。

　　一九七二年九月，日本與中共建交，隨即台、日斷交。

　　這些事件的發生象徵了國府「中國正統」神話的破滅，不消多說自然是七〇年代美、蘇兩國的全球戰略，由原先的「冷戰體制」轉變爲「以和談代替對抗」的結果，冷戰體制的解凍使得依賴其生存的國府「中國體制」，也不能不隨之瓦解 ❸。這樣的神話在幾年間突然破滅，所帶來的衝擊之大可想而知，正是這種局面導致了台灣知識分子對台灣整體問題的大反省，其實踐即是如今大家熟知的「回歸鄉土」運動。「台灣何去何從？」因而成爲七〇年代知識分子在全面反省台

---

❷ 語見江迅，〈鄉土文學論戰：一場迂迴的革命？：一個文化霸權的崛起與崩解〉，《南方》9，1987.7，頁29。

❸ 陳芳明，〈七〇年代台灣文學史導論：一個史觀的問題〉，《典範的追求》，台北：聯合文學出版社，1994.2，頁226。

灣社會文化時，所必須面對的一個根本問題❹。

　　由上述的回顧來看，在七○年代知識分子認知到「回歸鄉土」的重要性之前，整個戰後五○到六○年代二十年間台灣的社會，便是在國府的中國體制教化與美援文化雙重力量下被打造成形的，最終整個社會的情形正如評論家呂正惠所描述的是：「政治保守、經濟、文化西化」❺。

　　興起於七○年代的「回歸鄉土」運動是一牽涉層面廣泛的本土反省運動，它的引發雖直接來自當時一連串的國際變局，但考察起整個運動中批判問題之由來，卻與上述國府的「中國體制」教化與美援文化密切相關，包括「鄉土文學」在內的「回歸鄉土」運動思索的究竟是哪些具體問題呢？

　　首先，冷戰體制解凍所帶來的國府「中國體制」合法性的問題，使得知識分子必須正視統治教化對台灣社會造成的後果。從國民黨倉皇撤退來台後，五○年代除了傾力宣傳反共意念之必要外，為了鞏固統治基礎，在美國方面的默許下，於台灣進行對左翼人士獵殺、拘捕的「白色恐怖」活動，並一直繼續至六○年代，「其中雖有不少『匪諜』份子受到懲治，更多的是抗日的民族運動者和民主運動的知識分子，也在冤、假、錯案中，一掃而盡」❻。由於國府的反共教化及「白色恐怖」統治，使得台灣人民對政治產生恐懼和冷漠，也對「公共事務」層面的問題採取了遠離的姿態，可說國府早期的統治乃是帶有「恐怖主義」色彩的方式，也的確達到了統治者的目的。

　　但在七○年代「中國體制」教化顯然已失去了有力的支持，對內統治機制的鬆動給予改革派以改革的契機，於是才有以《大學雜誌》

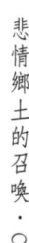

❹ 何永慶，《七○年代台灣鄉土文學論戰研究》，文化大學中國文學研究所碩士論文，1995.12，頁20。
❺ 呂正惠，〈七、八十年代台灣鄉土文學的源流與變遷：政治、社會及思想背景的探討〉，《文學經典與文化認同》，台北：九歌出版社，1995.4，頁66。
❻ 郭楓，〈四十年來台灣文學的環境與生態〉，《新地》2，1990.6.5，頁8。

爲代表的文化刊物，企圖爭取青年參政的自由，至一九七四年《大學雜誌》分裂，分爲《台灣政論》（1975.8創刊）一系的本土反對派和《夏潮》（1976.2創刊）的左翼民族主義派兩系，繼續開拓民間言論與參政的空間，這說明「政治冷感症」如今正在痊癒，而知識分子勇於關切現實、批評時政的新風氣已漸打開。

其次，台灣社會內部的問題除了政治問題外，另一個引人注目的問題則是台灣現代化所帶來的種種後遺症，而台灣在戰後的現代化歷程無疑地以經濟發展最能看出其成效與後果。

美國的經濟援助（美援）是戰後台灣社會重建的一大力源，從一九五一年到一九六五年宣告終止的這段期間，十五年內美國每一年的援助約達一億美元 ❼，其目的都是爲了配合美國的遠東政策，維持一個穩固的軍事基地。台灣的國府雖然在初期一心一意以反攻大陸爲念，但事實證明缺乏美國在軍事、經濟上奧援的情況下，國府根本不可能在短期內達到這個目的。即使如此，國府在五〇年代初期仍在接收日本人的龐大官民營企業的基礎上，配合美援開始台灣的經濟建設，也開始了台灣社會的另一波現代化歷程。

經濟學者劉進慶曾分析台灣戰後（1945～1995年）經濟的發展指出，台灣戰後經濟是由國家資本主義向民間資本主義的發展過程 ❽。在歷經了穩定經濟、進口替代、出口擴張的階段後，民間私營企業已在一九六五年後成爲台灣經濟發展的主流，而這個產業結構的變化，「美援」在其中扮演著舉足輕重的角色。簡單來說，五〇年美國恢復對台灣經援主要目的在於幫助國府維持強大軍事力量對抗中共，穩定經濟是次要目的。但由於美國本身在戰後的產業結構起了變化，跨國公司興起並積極向外發展，要求新的國際分工，爲了輸出資本，也爲了需開發中國家勞力密集的製造業提供廉價勞力，台灣乃成爲經

---

❼ 文馨瑩，《經濟奇蹟的背後：台灣美援經驗的政經分析（1951-1965）》，台北：自立晚報社文化出版部，1990.1，頁268。

❽ 劉進慶，《台灣戰後經濟》，台北：人間出版社，1992.6，頁7-10。

援下被要求改造成爲適合於外國資本發展的邊陲資本主義國家，這資本主義體質使得台灣進一步被整編入國際資本主義體系內，而台灣社會也就在經濟高度發展的動力下，逐步由農業社會轉變成爲資本主義社會的形態 ❾ 。

一九六五年美援停止，但整個社會並未因此而停止了對美國的依賴，由美方先前所培植的台灣買辦官商資本繼續對台灣社會的介入；而約莫同時，日本的經濟勢力則重新投入台灣，使得台灣對日的貿易逆差逐年擴大，從一九六五年的入超額五千四百十二萬三千美元，到一九七四年的十三億六千八百一十萬美元，十年間足足增加十三億一千餘萬美元 ❿ 。美、日等資本主義在台灣急遽擴張的結果，使台灣的經濟型態有重大的改變，這就是「跨國公司」開始在台盛行的背景。

台灣經濟依附美國發展的結果，跨國企業與民間資本家快速成長，使得台灣整體的經濟結構產生變化，即由農業社會轉變成爲工業社會，但台灣經濟的依附性格與「以農養工」的經濟政策，卻使得農業部門不斷萎縮。原本的勞動人口大量向城市轉移，這樣不均衡的發展不僅在農村形成土地荒置與人口老化的現象，城鎮之中新興的工人階級也面臨新社會結構形成當中的生存問題。此外，台灣城鄉的兩極化與貧富差距的擴大，或生態環境的破壞，可說累積了許多開發中國家現代化歷程下的種種社會問題，這正是當時知識分子據以反省並尋求修正，「回歸」一正確航道的廣闊社會背景。

如果說，七〇年代「回歸鄉土」運動，乃是對中國體制與美援文化影響下的台灣進行總反省。那麼，作爲「回歸鄉土」運動之一環的台灣鄉土文學運動，它對五、六〇年代以來，同樣在中國體制與美援文化作用下的「反共懷鄉文學」及「現代主義文學」又做出了何種

❾ 此段分析另可參見何永慶《七〇年代台灣鄉土文學論戰研究》中的詳細說法，文化大學中國文學研究所碩士論文，1995.12，頁 15-17。

❿ 侯立朝，〈論買辦主義對鄉土文學的劈剌〉，《鄉土吾愛》，台北：博學出版社，1977.12，頁 74-75。

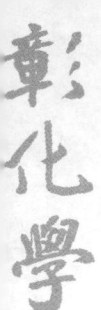

「反省」?

　　因應台灣戰後政治環境而產生的文學作品,在五〇年代最具特殊
性格的便是所謂的「反共文學」、「懷鄉文學」(或稱「回憶文學」)。
反共主義支配下的作家,泰半為隨國府遷台的大陸軍中作家,他們的
作品「補白」了因省籍作家在白色恐怖陰影及語言障蔽而空虛下來的
戰後初期文壇,但由於與台灣原有的文學傳統毫無辦法產生有機關
聯,因而「缺少生根的土壤」,甚而演變成一種「掃除赤色、黃色、
黑色為主的戰鬥文學」⑪。就如同社會學家蕭新煌所言:

　　　　這種幾乎是「由上而下」的政治性文學意理,就反映及認識台灣社會
　　的意義而言,幾乎是交了白卷。……在這類的文學作品裡,「台灣社會」
　　幾乎是不存在的。在作品裡它所展現的時間與空間也都是模糊的。⑫

　　「反共懷鄉文學」的發展因教條化而逐漸僵死為「令人生厭的、
劃一思想的、口號八股文學」⑬,於是在五〇年代末期就有「現代主
義文學」的反動文學路線出現,「這是官方對思想控制之後的一個反
射。現代主義作家在思想上找不到出路,而開始在精神上從事流亡。
他們能夠發現的窗口,恰好就是美國政經影響下所帶來的西方文化」
⑭,於是存在主義,心理分析學派,喬埃思、吳爾芙的意識流便經由
《文學雜誌》(1956年創刊)、《現代文學》(1960年創刊)等刊物引

⑪ 尉天驄,〈三十年來台灣社會的轉變與文學的發展〉,中國論壇編輯委員
　　會編:《台灣地區社會變遷與文化發展》,台北:中國論壇雜誌社,
　　1985,頁450。
⑫ 蕭新煌,〈當代知識分子的「鄉土意識」:社會學的考察〉,《知識分子
　　與台灣發展》,台北:中國論壇雜誌社,1989.10,頁187。
⑬ 葉石濤,〈七十年代台灣文學的回顧〉,《沒有土地,哪有文學》,台北:
　　遠景出版公司,1985.6,頁34。
⑭ 陳芳明,〈七〇年代台灣文學史導論:一個史觀的問題〉,《典範的追
　　求》,台北:聯合文學出版社,1994.2.20,頁226。

進，其中當然也包括以紀弦為代表的「現代派」詩人的西化運動。

從某個角度來看，現代主義文學雖在威權統治的窒悶空氣裡不得對現實有所批評，但由於強調「把人的生活重心放在自己身上，進而做到自我解放和探索」，因而亦不無「對抗政治」的意義寓焉❶，彭瑞金亦因此而肯定地說：

當然在那個大統治機器之前，個人完全不受尊重，人性受到嚴重渺視、扭曲的時代，強調自我解放的意識仍是值得寶貴的覺醒，而且也是有勇氣的反叛。❶

然則，戰後的現代主義文學的發展，雖崛起於五○年代末期，而在六○年代成為文壇上的「主流」，並且也具有某種程度上的「反叛」意味，但作品與作者所表現出來的是「現實意識」的闕如則無可否認。其結果是強調個人內心感受而變為「逃避主義」，強調藝術表現不免淪為「形式主義」，究其實這種逃避與形式主義性格之形成並非「現代主義」的錯，彭瑞金說：「而是錯在台灣的現代主義者選擇了現代主義做為面對作家任務的避難室」❶。此說道出現代主義文學在台灣發展的問題所在，而這無疑地也正是七○年代知識分子亟欲扭轉的時代風氣。

現代主義者在威權統治的心理狀態下，接受了西方（以美國為首）的思想、文藝，「模仿」西方的現代主義，卻普遍不瞭解本土現實，顯現的是「無根」的病徵，是一種無批判地對美國文化的「附庸

---

❶ 如當時現代主義小說家白先勇事後便回憶說：「我那時的觀念是：不談政治即反抗政治，不去正面指涉它或根本當它是不存在的——就是對當時不能直接去批判的『威權政治』的反抗」。見《中國時報》，1992.4.9。

❶ 彭瑞金，《台灣新文學運動四十年》，台北：自立晚報社文化出版部，1991.3，頁110。

❶ 同前註，頁113。

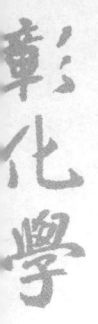

化」，這和台灣於五、六〇年代，在政治、經濟結構中呈現的「依賴性格」本是同一構造。如果說，台灣政治、經濟在美援文化的滲透下，以自成為依附於美國資本主義體系下的邊陲資本主義國家及反共前哨站；同樣地，現代主義在六〇年代取反共文學代之而成為新的「文學典範」，亦正是移植自西方的「邊陲典範」（一云「邊陲範型」）（Peripheral Paradigm）**⑱**，而「打開了通往失去現實的無國籍文學」（松永正義語）**⑲**，就是在這種典範支配下，當時文學界主流在心態及內容上最傳神的寫照。

　　進入七〇年代後，在「保釣」以降的一連串事件引發的「回歸鄉土」運動的歷史動向下，文學界無法再聽任現代文學者繼續寫那「無國籍」的文學，於是乃先有關傑明、唐文標等人引發的「現代詩論戰」批判現代詩，爾後「鄉土文學」運動便潮水般湧動起來。旅日學者陳正醍曾精要地提出「回歸鄉土」運動的意義，一方面除了同樣可看做是對「鄉土文學」運動的詮釋，亦可看出鄉土文學與現代主義文學根本性的差異：

　　七十年代裏的「鄉土文學」的抬頭，是這個時期的整個文化層面以及社會思想方面的「回歸鄉土」的動向之一。這個「回歸鄉土」的動向，反映出如下多層意義：處在七十年代初期的國際情勢的逆轉裏的台灣知識青年的意識之變化，亦即應對台灣的命運關心所觸發的「民族、鄉土」意識之高昂；以及包含社會改革意識的對社會大眾之關懷所造成的「鄉土」情懷之形成；還有就是對一向的過分的模仿西洋之反省所形成的對傳統文化的重新評價等。**⑳**

⑱ 同註 12，頁 197。
⑲ 松永正義，〈台灣文學的歷史與個性〉，葉石濤譯，《彩鳳的心願》（台灣現代小說選 1），台北：名流出版社，1986，頁 141。
⑳ 陳正醍，〈台灣的鄉土文學論戰（上）〉，路人譯，《暖流》2：2，1982.8，頁 23。

由於有對台灣命運關心而生的「民族、鄉土」意識——其實也包括對美、日文化及經濟殖民的批判在內，以及對社會大眾生活關懷的社會改革意識，台灣的鄉土文學論者便開始一方面批判現代主義的無根、西化與自我中心，一方面便試圖以理論和實踐提倡反映現實的文學。從而形成了一個新的「文學典範」——具左翼色彩的批判現實主義。因此，下文我們將考察新「文學典範」的具體內容，並進一步指出宋澤萊在其中所走的文學路線與位置。

（二）民族意識／階級觀點／「使命文學」

戰後在台灣所發展出來的現實主義文學，在反共懷鄉與現代主義文學當令的五、六○年代，其描寫的現實大抵為當時台灣社會占絕大多數的農村社會，並且在書寫的意識上被迫要與政治現實保持距離。因此若按照習稱，將此類現實主義文學名之以「鄉土文學」，那麼五、六○年代的鄉土文學與七○年代的鄉土文學相較，可以看出因受時代局限而表現出的兩種特徵。

其一、五、六○年代的鄉土文學以廣大台灣農村為對象，暗含的是與當時未完全建立起來的都市文明對稱的意思，其內涵以田野風光與農民生活為主，是論者所謂的「一般的鄉土文學」[21]，僅僅以未都市化前的農村社會來加以描寫、記錄。

其二、五、六○年代鄉土文學的創作者多為戰後台籍第一代作家，或由於受限於中文寫作的束縛，或是對一九四七年以降二二八事件與白色恐怖猶心生恐懼、厭惡，鄉土文學自日治以發展出來的「抗議文學」特質已不復見，少數延續這個傳統的作者則只好以「抗日題材」來表達台灣文學的現實性，這種特徵自然是戰後特殊的政治氣候所造成的。評論家南方朔對此時的鄉土文學亦表達了類似的看法，他對當時的本地作家的評價雖有部分偏差，但他對鄉土文學在戰後的描

---

[21] 齊益壽，〈鄉土文學之我見〉，尉天驄編，《鄉土文學討論集》，台北：遠景出版社，1980.10，頁591。

述卻頗能與上述互爲參證，他說：

　　……因爲戰爭而與世界文學活動斬斷了臍帶的本地作家，大致只能限定在農村社會事務的描寫上，馳騁文學抱負；他們素朴的寫實風格，對當時的文學主流是一種聲音微弱的頡抗。光復後的文學發展，最早所謂的「鄉土文學」，就是指這一類以台灣農村事務爲對象，而以素朴的寫實主義去創作的文學，除了極少數作品外，這種所謂正統「鄉土文學」由於和反帝反資的日據時代主流已因社會的改變而脫離，同時，整個社會也缺乏批判事務的能力因而遺失了對社會作正確描述和批判的能力。[22]

　　南方朔認爲：不只主流的反共文學與現代主義文學，缺乏對社會作正確描述和批判的能力，鄉土文學也難以發揮台灣現實主義文學傳統反映和批判現實的特長，這種狀況到了六〇年代中期後才開始有了轉機，而進入到七〇年代後，鄉土文學更展現了與前此迥異的面貌。

　　七〇年代，「回歸鄉土」運動在文學上的表現就是現實主義文學思潮的再興，直接促成了鄉土文學在七〇年代的主導性地位。它一般的特色是主張「文學爲人生而做」，強調文學反映社會功能，正如彭瑞金所說：「接受寫實主義徵召的七〇年代文學，強調了文學參與的態度，提出文學反映社會、反映現實、反映人生的主張，並建立以人道主義爲基礎的反省文學」[23]。但這樣描述出來的鄉土文學，恐怕仍是功能過於寬泛而顯得面目模糊。究竟七〇年代鄉土文學所反映的社會、現實與人生是否針對著某一固定的對象？抑或是在現實主義的大旗下也存著不同文學路線的不同關懷？又，更重要的是，本論文所探討的宋澤萊在七〇年代末期所創作的系列鄉土小說，置諸鄉土文學的

[22] 南方朔，〈到處都是鐘聲：鄉土文學業已宣告死亡〉，《中國自由主義的最後堡壘》，台北：四季出版社，1979.9，頁195-196。
[23] 彭瑞金，《台灣新文學運動四十年》，台北：自立晚報社文化出版部，1991.3，頁153。

寫作群中其關懷重點與文學路線究竟如何？

　　文學評論家葉石濤曾在《台灣文學史綱》裡指出，鄉土文學之名早在三〇年代日治新文學運動初期即出現過，並且還掀起了激烈的「鄉土文學論戰」，此後台灣的文學發展雖未完全延續鄉土文學作家（黃石輝）所主張以台灣話文作書寫工具的做法，卻是發揚了「頭戴台灣天，腳踏台灣地」描寫台灣民眾被殖民／反殖民經驗的使命❹。這個傳統在戰後一度中斷，雖有《台灣文藝》及《笠》詩刊力圖回歸現實書寫，可惜未能引入注目，直到七〇年代開始才出現了足以形成風潮的現實主義文學，葉石濤先生說道：

　　一般說來主張鄉土文學的《台灣文藝》以及主張現實主義的《笠》，都是殊途同歸，以台灣本土現實為依歸的文學，然而在時代的重壓下，他們只是微弱的聲音，未能造成澎湃的浪潮。倒是從一九七〇年開始，黃春明、陳映真、王拓、楊青矗等作家的現實主義色彩濃厚的小說和小說集陸續出版，跟時局的動盪相互呼應，使得整個台灣文學界逐漸分為兩個陣營，爭論台灣文學應走哪一條路線，什麼叫做台灣鄉土文學等問題。❺

　　葉石濤的陳述，導引出台灣鄉土文學在七〇年代發展的一個關鍵性問題，並涉及鄉土文學轉變後的特質。這個關鍵性的問題是：七〇年代的鄉土文學運動一如其他層面的回歸鄉土行動一樣，其重點在於反對盲目的西化而重新建立具有民族性與社會性的文學，至於文學中的統、獨意識則根本尚未成為論爭焦點。我們若能理解這點，就必需承認七〇年代大規模的回歸鄉土浪潮，用今日的術語言即「本土化」浪潮，事實上仍是以「中國意識」為主導的，而這正是把台灣作為中

---

❹ 葉石濤，《台灣文學史綱》，高雄：文學界雜誌社，1987.2，頁142-143。
❺ 同前註，頁143。

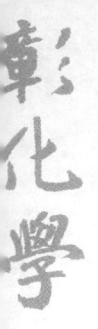

國當然代表的一代人必然的傾向。至於創作上只能以台灣社會為對象所產生的文學是否真能反映「中國」這個概念,在當時是難以被深究的。楊照便曾以當時知識分子的「文化認同」來說明,七〇年代的「本土化」其實是要回歸中國立場的,這與文學上的民族主義立場其實不謀而合:

> 以文化認同來說,「本土化」最早其實是以「回歸中國」的姿態出現的。那時候依然把台灣看作是中國的當然代表,不管是楊弦、李雙澤帶起風騷浪潮的「唱自己的歌」運動,或是影響層面更廣的「鄉土文學論戰」,其基調都是要暴露出「西洋」做為宰制性他者〔dominating other〕的「本質」,進而予以揚棄,回返自我,而這個自我統括了「中國」的名字。㉖

在七〇年代台灣社會條件的變動下,以「鄉土文學」為名的現實主義文學,出現了內容及表現方式的重大變革。和早期鍾理和或黃春明、王禎和六〇年代的作品相比,如今的作品更強調文學介入生活。如果說前此的鄉土文學乃是「素樸的寫實主義」,七〇年代則已轉變為「批判的現實主義」,評論家何欣更曾以「使命文學」來命名㉗。「『使命文學』恰如其分的點出了鄉土文學運動一開始就具備的強烈反抗意識,一手向官方的文藝政策砍出利刃,另手則向學院的主流文學走向——現代主義,祭出向土地認同的招牌」㉘。無論如何,七〇年

㉖ 楊照,〈台灣人,日本款?:台灣大眾文化中的日本因素〉,《倉皇島嶼:歷史與現實分析》,台北:遠流出版公司,1996.11,頁114-115。

㉗ 何欣,〈七〇年代的「使命文學」:論楊青矗和王拓〉,《中國現代小說的主潮》,台北:遠景出版社,1979.3。

㉘ 蔡詩萍,〈一個反支配論述的形成:八〇年代台灣異議性文化生態與文學的考察〉,孟樊、林燿德編:《世紀末偏航:八十年代台灣文學論》,台北:時報文化出版公司,1990.12,頁462。

代的現實主義文學展現的是另一種風貌，這是毋庸置疑的，而批判的現實主義小說尤其能代表此間文學的動向與特色。

從七〇年代「回歸鄉土」運動所反省的方向看來，台灣經濟、文化、社會的過度「西化」，與現代化過程中顯露出來的各種制度上的錯誤與後果，是知識分子關切的焦點，也因此，做為「回歸」、「反省」運動之一環的鄉土文學，也相應地負起反映現實的「使命」，從而造成了「批判現實主義」（critical realism）在七〇年代的復甦。

從七〇年代現實主義小說的發展來看，可以明顯地發現一種「主流」、「典範」的文學路線，他們或是以小說來批判帝國主義的經濟、文化侵略，或是描寫台灣工、農小市民階級社會生活的景況，分別帶有「民族主義」與素樸的「社會主義」色彩，不約而同地在揭發台灣經濟發展中所暗含的殖民地（西化）性格與階級剝削問題。更具體地說，七〇年代的批判現實主義作品有兩種傾向：在批判「西化」的面向表現出**民族意識**，而在批判現實、反映現實的面向則表現出**社會意識**。

鄉土小說在七〇年代初期是從批判美、日的殖民經濟及跨國公司開始的，因為無論從文學形式到文化意識的取向，根本為上個時期「現代主義文學」的悖反，文學著意復歸為民族立場的意圖自然就格外顯著。

一九七二年，黃春明發表〈蘋果的滋味〉，小說中以俯視的、施捨的美國人與仰望的、悲微的台灣人並舉，已透露出他對台灣仰賴美國這種不平等關係的觀察。之後，他又有〈莎喲娜拉・再見〉（1973）、〈小寡婦〉（1975）和〈我愛瑪莉〉（1977）諸作，對台灣人因經濟利益而屈扭人格加以嘲諷。和他個人在六十年代末期所作的小人物素描相比，「反西方」的意識型態加強不能不說是他在七〇年代展現出來的新風格。

另一位風格轉變的作者王禎和，也從描摹萬發這樣卑微的小人物，轉移到城市當中為西方文化所捏擠而成的畸型人物。〈小林來台

北〉（1973.10）與規模擴大化了的《美人圖》（1981），對充滿了西化空氣的台灣社會嘲弄不止。

當然，論及描寫台灣受美、日經濟、文化殖民剝削，具有民族意識的小說，我們無法略過陳映眞「華盛頓大樓」系列小說的成就。無論是深刻地批判帝國資本主義對民族主義的踐踏（〈夜行貨車〉，1978.3），或資本主義社會下的人性腐蝕（〈上班族的一日〉，1978.9），以及力氣懸殊的勞資抗爭（〈雲〉，1980.6）^②，乃至於〈萬商帝君〉（1982.12）——這爲陳氏所自稱「……比起華盛頓大廈其他三篇，較深入探討跨國企業下的文化、民族認同、人間疏離這些問題。」的小說^③，在這些以美國在台的跨國公司（小說中的「華盛頓大樓」）爲主要場景的小說裡，陳映眞凝視並批判了台灣「特殊」的資本主義化的經驗，其寓意殊深，另人印象深刻。

至於站在下層民眾立場，揭發台灣經濟成長（現代化）所產生的「階級剝削」問題，正是宋澤萊在七〇年代末期寫作的重點，因此格外值得注意。

七〇年代早期，王拓與楊青矗便分別以漁民、勞工爲對象，完成許多關切漁民、勞工生活的現實主義小說，如王拓的〈炸〉、〈海葬〉，楊青矗的〈工等五等〉、〈工廠人〉等。作者對台灣經濟發展所持的態度是，下層階級的民眾非但未享受資本主義社會帶來的便利、富足，反而受資本家的剝削，或者，以傳統技術維生的人們只能艱困地與貧窮苦鬥。

由於對台灣經濟發展抱持有上述看法，七〇年代的作者要求文學要介入社會，甚至是改造社會，因爲這個社會是「一個被帝國主義變

---

❷ 以上對各篇小說的內容描述見詹宏志，〈尊嚴與資本機器的抗爭：評介陳映眞的作品〈雲〉〉，《陳映眞作品集14・愛情的故事》，台北：人間出版社，1988.5，頁88。

❸ 《陳映眞作品集12・西川滿與台灣文學》，台北：人間出版社，1988.5，頁12-20。

相侵略，被錯誤政策犧牲，以致於許多人在底層流離受苦的社會」，於是一種「文學行動主義」便逐步形成[31]。例如王拓便曾提出文學與社會運動結合來改良社會的說法，認為：

文學的發展必需能與當時的社會發展相一致；文學運動必需能發展一種社會運動，或與社會運動相結合，文學未能更有效地發揮它改良社會的熱情和功能。[32]

葉石濤與王拓不謀而合，他如是評論楊青矗作品：

小說對於楊青矗而言，似乎已不再是駕馭文字以再現或幻想的形象化，而是一種行動化的實踐過程。它夢想著依靠小說來「喚起民眾和政府」，以便有助於改善勞工的生活。[33]

這種強調文學社會功能的文學觀，代表了作家「淑世」、「入世」的熱情，在七〇年代具有「使命感」的作家裡，這種心態可說是極具普遍性的[34]，而宋澤萊在七〇年代末期所創作的農民小說，無疑地也正是走著這種文學路線。

---

[31] 楊照，〈從「鄉土寫實」到「超越寫實」：八〇年代的台灣小說〉，收入封德屏編，《台灣文學發展現象：五十年來台灣文學研討會論文集（二）》，台北：行政院文建會，1996.6，頁137-138。

[32] 王拓，《街巷鼓聲》，台北：遠景出版社，1978，頁91。

[33] 葉石濤，〈評〈工廠女兒圈〉〉，收入楊青矗小說集《在室男》，台北：敦理出版社，1978.6，頁278。

[34] 例如女作家曾心儀便曾如此說過：「我對文學的認識：它不再是裝飾生活，不再是消遣，而是一種使命，為人們說話，說出痛苦，說出願望，說出方法。它是一把利刃，劃破虛偽的面具，看出它的病徵。它是我們的力量。」此說正可視為為人民代言的「使命文學」的「正確說法」。見曾心儀自序，《我愛博士》，台北：遠景出版社，1977.9，頁14。

二、「打牛湳村」系列農民小說❺析論

　　一九七八年三月，《台灣文藝》革新號第五期（總第58期）刊載了宋澤萊的〈打牛湳村：笙仔和貴仔的傳奇〉，迅即在文壇上引起廣泛的迴響與注目❻。在當時，陳映真便曾給予極高評價，認為「〈打牛湳村〉是一條康莊的、寬闊的，許諾了無限發展可能的寫作道路。……他的〈打牛湳村〉，已把爭訟紛云的『鄉土文學』推向一個新的水平」❼。自此篇小說起至翌年，宋澤萊又陸續發表了另外三篇以「打牛湳村」爲背景的系列小說，而宋澤萊也就是以這系列農民小說在「鄉土文學論戰」硝煙未散的當兒，建立起他爲「鄉土小說家」的聲名。

　　事實上，在宋澤萊以「打牛湳村」系列擺落了他早期書寫心理小說的格局，成功地創作出「鄉土文學論戰」後的「農民小說」路線之前，台灣鄉土文學在七〇年代的發展，在陳映真、王禎和、黃春明，及至於稍晚的王拓、楊青矗諸人的創作影響下，已自形成了一種具批判與社會意識的「鄉土小說」風潮。因此，宋澤萊會在七〇年代末期「轉型」而成爲鄉土陣營的小說家，從一個大環境的角度看，應該更能解釋宋澤萊在創作路線轉變上的外在因素。

　　「打牛湳村」系列共計四篇作品，從創作的時間來排列，分別是〈花鼠仔立志的故事〉、〈大頭崁仔的布袋戰〉、〈打牛湳村：笙仔和貴仔的傳奇〉、以及〈糶穀日記〉。這四篇小說雖然都發表於一九七八

---

❺ 此處所指「農民小說」，泛指站在農民立場、關懷農民生活、描寫農民生活經驗的小說，而不限定作者是否具有農民身分。定義參見石弘毅論文，《台灣小說中「農民形象」的歷史考察》，成大歷史研究所碩士論文，1996.7，頁7。

❻ 〈打牛湳村：笙仔和貴仔的傳奇〉當年曾獲得的文學獎項有：1978年10月，獲第一屆時報文學獎推薦小說獎；1979年4月，獲第10屆吳濁流文學獎。

❼ 許南村，〈試評〈打牛湳村〉〉，《現代文學》復5，1978.10，頁63。

年，不過創作時間卻落在一九七六至一九七八年之間❸。

　　系列中最早的〈花鼠仔立志的故事〉，寫於一九七六年春的鹿港，彼時宋澤萊猶爲中學的實習教師，並等待著十月的入伍。這篇小說據作者所說，當時僅把它送給朋友林梵（林瑞明），而「把稿子藏了起來」，直到一九七八年十二月的《台灣文藝》第六十一期才見發表❸。〈花鼠仔〉在形式上仿效了話本的形式，企圖以花鼠仔這個中心人物來表露農村中新一代年輕人受西風影響而不耐農村生活的面相。在時間上〈花鼠仔立志的故事〉應視爲宋澤萊「轉型期」的作品，因而整篇小說情節線索凌亂，主題也不夠明確，頗能看出初次嘗試以農村爲背景的寫作者的生澀。不過，我們可以在這篇小說中窺見宋澤萊以固定場景，一個小世界（microcosm）內的人物活動爲探討

---

❸ 〈花鼠仔立志的故事〉，寫於1976年春，發表於《台灣文藝》61，1978.12。〈大頭崁仔的布袋戲〉，出處不詳，但據宋澤萊〈從《打牛湳村》到《蓬萊誌異》：追憶那段美麗、淒清的歲月（1975-1980）〉（《打牛湳村系列》序言，台北：前衛出版社，1988.5.15）一文中所述，應爲「打牛湳村」系列之第二篇作品。〈打牛湳村：笙仔和貴仔的傳奇〉，發表於《台灣文藝》58，1978.3；亦見於同年8月《夏潮》29。〈糶穀日記〉，發表於「前衛」文學叢刊第二輯：「福爾摩沙的明天」，1978.10.25。以上四篇合稱爲「打牛湳村」系列小說，皆收錄於作者重新整編的《打牛湳村系列》小說集中，台北：前衛出版社，1988.5。下文中引文皆出自該書，直接在文末標明頁數，不另加註。

❸ 據林瑞明的說法，宋澤萊曾在1977年將〈花鼠仔立志的故事〉手稿寄贈，原題爲〈打牛湳村一九四五──一九七六第一篇：花鼠仔立志的故事〉，並給一函謂：「它是去年七月所寫。影印本在《夏潮》，未見刊出，以前曾爲《中外文學》退稿。我個人無法爲它做評價，希望它不是一篇沒有價值的文章。」由此可知，1.〈花鼠仔立志的故事〉應爲「打牛湳村」系列最早之作品。2.「打牛湳村」系列原本即是有計畫的系列創作，且是以戰後（1945）至當時之打牛湳村歷史爲對象，顯現出濃厚的歷史意識。以上引述參見林瑞明，〈從廖偉竣到宋澤萊：寫在〈變遷的牛眺灣〉刊出之前〉，《台灣文學的本土觀察》，台北：允晨文化公司，1996.7，頁175。原載《民眾日報》副刊，1979.2.22。

的傾向，以及模擬他生長故鄉的「打牛湳村」之出現，可說是以後幾篇小說的基本背景。

宋澤萊在「打牛湳村」系列中構設了一處名喚「打牛湳」的農村●，這個取材於真實地名的場景的設定，以及小說中著意描寫的剝削瓜農與騙穀事件，都極為明顯地表達出作者把焦點集中於農村內部經濟問題上。這種關照顯然與傳統農民小說專重人物性格、命運的角度不同，它的關照毋寧說是以整體農村為巨視對象的。因此就像彭瑞金所言：「〈打牛湳村〉一反傳統農民小說以個別農民或單一農民家庭為對象的描寫方法，而擴大到農民群生活體制的分析，這個獨特的著眼點，的確為他的小說帶來了不平凡的意義」●。更明確地說，「打牛湳村」系列小說最大主題乃在於：**揭露戰後台灣社會在全面資本主義化／現代化的發展下廣大農村的困境與變遷的實景**。

以下的探討將分為兩部分來進行，第一部分試圖自作品中把宋澤萊筆下的六、七○年代台灣農鄉圖象加以還原，這部份的工作主要在於探討宋氏小說題材的現實性格，因此當我們將其置於台灣從日治以來之農民文學傳統脈絡裡時，便不難看出各時代農民文學作者關切的其實是不同的現實問題。以第一部份為基礎，第二部分將側重在作者批判意識與社會意識的探討，這個思想性的探討無疑地也是「打牛湳村」系列小說中最值得注目的一點。

● 「打牛湳村」在現實中確有其地，據莊華堂所言，現實中應稱為「打牛湳庄」，位在雲林縣二崙鄉來惠村，為一甘蔗專業區，距宋澤萊生長之地不過咫尺。且莊氏又稱，「湳」字，客家話裏意為爛泥，打牛湳，即因雨季運蔗趕牛（打牛）而造成路面上的爛泥巴，因此打牛湳不僅是客家聚落，而宋本人亦為雲林平原上極多的福佬客（福佬化的客家人）之一。此說參見莊華堂，〈打牛湳與大牛欄：從方言島看客福佬與福佬客問題〉，台灣客家公共事務協會：《台灣客家新論》，台北：台原出版社，1993.12，頁188-189。

● 彭瑞金，〈〈打牛湳村〉簡介：現代農民圖〉，《泥土的香味》，台北：東大圖書有限公司，1980.4，頁185。原載《一九七八台灣小說選》，台北：文華出版社，1979.5。

（一）農村的黃昏

本節雖是針對宋澤萊的農民小說進行研究，但我們絕難忽略宋澤萊的農民小說其實是來自於一個農民文學傳統的事實，葉石濤先生便曾言明此一傳統的傳承：

日據時代的新文學作家大多數來自於廣大的農村，他們最熟悉的莫過於土地景觀和農民四季耕稼的轉換了。因此，新文學作品中常出現的是農民悲歡離合的生活，日本殖民地政府的橫暴苛斂以至於大自然與土地之間的密切關係。這種傳統寫實主義的農民文學的香火一直沒有中斷，占了台灣文學最豐饒的一方領域。戰後的鍾理和、鍾鐵民父子以至於宋澤萊的許多小說中，我們可以看到台灣農民文學的輝煌傳統。⑫

因此，在進入宋氏小說的正題前，回顧自日治以來農民小說的發展，並指出其間不同時期的作家所反映的農民處境，關於此一文學傳統的理解，不惟能發現不同時期的台灣農民面對的各種問題，同時也更能說明宋澤萊的農民小說與此傳統中的作品一樣，都是從他生存時空的實際農村問題出發的台灣現實主義文學。

日治時期的台灣農民小說反映的是殖民主義統治下，台灣農民被殖民者與依附於殖民者的資本家、地主聯手剝削、壓迫的一頁悲史。因此，日治時期的農民小說最常見的人物是「失去土地」的農民，他們常是向製糖會社與地主租地耕種的佃農；或者，他們甚至因無力承租而不得不淪為長工、牛車工或妓女、奴婢⑬。葉石濤對日治時期農民小說的說明正可引為例證：

當時的台灣民眾百分之八十為農民而且幾乎是沒有土地的佃農，所

---

⑫ 葉石濤，〈文學（Saga）來自土地〉，《聯合文學》7：3，1991.1，頁16。
⑬ 許俊雅，《日據時期台灣小說研究》，台北：文史哲出版社，1995.2，頁646。

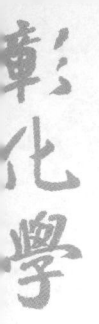

以我們的先輩作家張文環先生常說：「台灣是沒有人生存的條件」的地方。既然所有台灣民眾都是赤貧的農民，台灣新文學的主題都離不開農民爲主題，描寫農民在殖民地政府和大小地主的雙重壓迫下如何生存的現實問題。[4]

歸納這些人物所構成的小說情節，不難發現日治農民小說中呈現出許多類似的殖民地的農民問題，反映殖民地台灣農民的普遍性境遇[5]。

在描寫佃農的命運時，製糖會社、土地政策與封建地主的「鐵租」[6]便成爲無可避免的題材。像賴和的〈豐作〉便描寫了製糖會社以反覆的採割規則和動過手腳的磅秤對農民的剝削，台灣民間流傳的俗語：「第一憨，種甘蔗乎會社磅」，就是對此一問題的自我解嘲；至於蔡秋桐的〈四兩仔土〉中主角的命運，完全來自殖民者與製糖會社不合理的土地徵收政策。像這樣土地的侵奪，我們在楊逵〈送報伕〉中也看得到。而楊守愚〈凶年不免於死亡〉的農民「林至貧」，更因無力交租，竟要賣掉女兒阿英（由此又可帶出農村女性命運的問題，如楊雲萍〈秋菊的半生〉），最終連妻子也因而傷心病死。

至於殖民者的形象，農民小說中往往是藉日本帝國主義的統治末梢——警察（大人）來傳達，無論是做爲執行製糖會社土地併吞的幫兇，或者散布在街市角落隨時對無辜農民濫施權力，做爲殖民者之

---

❹ 葉石濤，〈恢復優秀的台灣農民文學傳統〉，《走向台灣文學》，台北：自立晚報社文化出版部，1990.3，頁84。

❺ 關於日治時期農民小說的主題與表現方式之詳細分析，可參見石弘毅論文，《台灣小說中「農民形象」的歷史考察》，第三章〈日據時期台灣小說中的農民形象〉，成功大學歷史研究所碩士論文，1996.7。

❻ 「鐵租」之意從當時作家的描寫中便能清楚知道，如徐玉書的〈謀生〉中說：「不管有收成或否，所約束的田租，無論如何，在地主方面，一粒也不讓你減少的，這樣的田，農民號爲『鐵租』。」以上文字轉引自許俊雅，《日據時期台灣小說研究》，台北：文史哲出版社，1995.2，頁438。

走向激進之愛：宋澤萊小說研究・082・

「分身」的警察，在小說中與製糖會社、資本家、封建地主，同樣成為台灣農民苦難的源頭。呂赫若〈牛車〉中的楊添丁，亦是無力承租而去趕牛車載貨的農民，雖然他的命運表面上是新運輸工具出現下的必然，然則，農民卻無法有土地耕作，究其實背後更大的力量還是日本殖民帝國。

這個簡單的回顧主要還是要與戰後農民小說中的現實作一對照，從日治農民小說來看，小說具有抗議性格自是清楚明白的，因此就出現了壓迫者——日本殖民帝國（以警察為代表）、製糖會社、地主，以及被壓迫者——多半是佃農或被迫轉行的農民。因此，日治農民小說表現的便是當時台灣農業社會裡的民族矛盾與階級矛盾，留下的是日治時期農民具體的被壓迫史。

戰後農民小說的演變，首先與戰後國府的農村政策密不可分。

戰後初期在台灣所展開的「土地改革」政策，無疑地是台灣農業發展產生結構性變化的最大變因：先是一九五一年的「三七五減租」，稍稍減輕佃農的負擔；接著是一九五二年的「公地放領」，釋出部份公地給農民，從而培養了一批自耕農；到了一九五三年實施的「耕者有其田」後，已使得傳統的「地主——佃農」階層構造全面崩解，而農村地主階級崩潰的結果則是產生了更多的中小自耕農與半自耕農，自耕地的面積佔全省總耕地面積的百分比，到一九五六年的時候高達84.90%[1]。這種現象是自清領、日治以來所不曾有過的，在剝去了大租、小租等不合理的重壓後，儘管身上仍背負著一定時期的債務，但由於獲得了屬於自己的土地，卻使農民提高了生產的意願與農業投資，從而提升了農地的生產力。因此，五〇年代的台灣經濟、社會各方面雖仍未重建起來，農民的生活仍處於貧瘠的狀態，但卻對未來充滿了信心。

---

[1] 黃俊傑，《台灣農村的黃昏》，台北：自立晚報社文化出版部，1988.3，頁130。

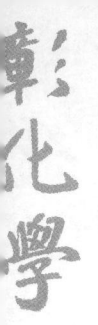

　　戰後回台的鍾理和（1915～1960），在他所創作的〈故鄉〉四部、〈菸樓〉、〈阿遠〉等小說中，以家鄉美濃一帶為模型，記錄了台灣土改初期農村與農民的實況，而當中的人們總是時時懷著對未來的嚮往，陳映真為之注解說：

　　在鍾理和的農村中，農人依然很貧窮，但他們卻異常的勤勞，卻差不多沒有怨言。至少，對於新得耕地的無數分散的小農，總是相信只要拼命地把勞力注入土地，終于有一天土地會償還更好的酬報。❽

　　然則，台灣整體地經濟發展取向卻證明了，脫離了封建關係與殖民剝削的灣農民，他們所等待的未來乃是一個要求「現代化」而擺落了「農本主義」的新社會。「以農業培養工業」，這樣「以農養工」的經濟策略，使得六、七○年代的台灣農村在台灣「經濟奇蹟」的背面，持續的沒落與萎縮，而這正是宋澤萊所成長的年代中親身體會得到的。

　　在許多農業學者的論述中我們都可看出，台灣在完成五○年代的土改政策後，整體的經濟發展基本上都是將農業資源盡可能的「壓擠」，把農業部門的成長和剩餘轉移到工業部門，這也就是所謂「壓擠式」的農業政策❾。蕭新煌便分析說，台灣的壓擠式農政與普世之第三世界國家政府所採的農業政策略無差異，都在加速資源流出以扶植工業成長：

　　農產品價格壓低，可以壓低工資，扶植外銷工廠，提高國際競爭的「比較優勢」；將農業技術及其他生產投入因素的成本提高（如農機、肥料……），吸取農村的現金、存款和儲蓄，投入都市及工業部門，促進國

---

❽ 許南村，〈試評〈打牛湳村〉〉，《現代文學》復5，1978.10，頁44。

❾ 廖正宏、黃俊傑、蕭新煌，《光復後台灣農業政策的演變》，台北：中央研究院民族學研究所專刊乙種第十八號，1986年，頁53。

內工業部門的成長；此外，田賦、水租、及其他各種不同名目向農民課稅的措施，也都是變相的在加緊加快上述「資源流出」目的之實現。[50]

　　從一項農業研究的數據可知，台灣戰後的經濟結構發展確乎是一個由農業轉型至工商業的過程，農業生產佔國內生產值的比率，逐年遞降，分別由1952年佔35.9%，1964年佔28.22%，1972年佔14.2%，至1982年竟降至8.71%[51]，這說明了經過由五○年代「進口代替」到整個六○年代「出口代替」的經濟策略後[52]，七○台灣的經濟已從農業社會轉型為勞力密集、工資低廉的初級工業社會。

　　然而以上的說明同樣也把農業在台灣經濟發展中地位益趨衰微的狀況表露無疑，也等於間接地說明了農村經濟收益的低落與農業已成「夕陽產業」的事實。而在農村實際地表現出這種經濟困境的是，農村人口持續而大量地移入都市（人口外流），而困守農村的多半是老弱婦孺（人口老化），因為農民深刻感受到困守農村的無出路，他們被迫的離開土地，從某方面來看，這不是另一種「壓擠」農村人力投入工業的「壓擠式」農政。無論「移出」或「留守」，在這個過程中輾轉流離於『現代』農村社會的農民，其掙扎、抗拒、努力的各種姿態與命運，乃成為宋澤萊「打牛湳村」系列小說中最具體的題材。

　　如前所述，若說鍾理和小說中的農民在困苦年代中猶能心存冀望地耕作下去，那麼，晚他三十多年出生而成長於五○至六○年代農鄉

[50] 蕭新煌，〈台灣地區農業政策的檢討與展望：事實和解釋〉，收入朱岑樓主編，《我國社會的變遷與發展》，台北：東大出版社，1981，頁494。
[51] 黃俊傑，《台灣農村的黃昏》，台北：自立晚報社文化出版部，1988.3，頁127。
[52] 所謂「進口替代」（1953-1960）就是國家利用外銷農產品所得外匯來扶植國內工商部門的形成和成長；而「出口替代」（1961-1972）則是藉著製造業，如成衣、棉紡、夾板等的外銷打進國際市場，提高經濟成長，台灣在七○年代前的經濟、社會發展可說是在此種經濟政策下造成的。說明參見註50，頁496-497。

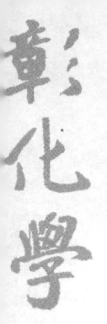

的宋澤萊，在他的小說中我們將看到農民已無法安於貧困的生活，而不得不選擇出走到那新興的城市裡去，〈大頭崁仔的布袋戲〉一作正集中地表現了這一側面。

宋澤萊曾在回憶〈大頭崁仔的布袋戲〉這篇作於軍中的小說時說：

> ……就是這篇小說，讓我的農村描寫落實了下來。我親切地寫著一個我幼年玩伴的故事，猶如我可以觸摸到他的脈膊，聽到他的感嘆……❸

在此篇小說中，宋澤萊將農村迎神賽會中習見的民間娛樂形式「布袋戲」這人間喜劇，巧妙地與崁仔一家命運變動的人間悲劇綰合起來，不惟把農村民間的氣息與聲口做了生動刻劃，也在這悲喜交融的場面中，渲洩了一股當代農村無可如何地步向衰微的淡淡哀愁。

小說中大頭崁仔的母親「始終顛癇著」，而父親、祖父似非傳統的農民，因而當祖父將祖田「在拜拜宴會裏花光」後，父親又因沒有種植經驗而賠上了許多錢，只好「窟守著饑餓的到來」。而在這時，在離鄉到北部煤坑裏謀得了好職業的火獅叔，便恍如象徵著城市經濟的優越勢力向父親伸出手來：

> 同年，不是我要笑著你吧，你一天能賺幾文錢，鄉下畢竟鄉下，現在煤坑缺了人手，你就跟著去。苦是苦一點，但賺的錢多。（頁273）

遠赴煤坑的父親在工作了一陣子後，卻突然地返回家中，因為煤崩坍了，而崁仔也在這才發現父親痰中見著絲絲血跡，「他很能瞭解父親不能再到煤坑裏去了」（頁281）。崁仔的父親為了撐持家計，只

---

❸ 宋澤萊，〈從《打牛湳村》到《蓬萊誌異》：追憶那段美麗、淒清的歲月（1975-1980）〉，《打牛湳村系列》序言，台北：前衛出版社，1988.5，頁11。

好繼續在白天出外打零工，在晚上開始在水圳裏電魚。但，不幸仍然不斷地降臨著，崁仔的父親或者由於電魚殺生所引來的鬼魂做祟，或者正如病院醫生所說是生活反常造成的「腦膜炎惡化」，再加上「嚴重肺疾」（礦工的矽肺病？），而終至於在艱困的辛勞後死滅了。崁仔在此時已幫著師傅演出布袋戲，他眼見父親一生窮困與飢餓卻無一日之福可享，遂不禁對人生產生難解的困惑：

　　阿爸就這樣死滅了。而這雖不知道歸咎誰，但崁仔總覺得虧欠了父親什麼。是這世間原本就瀰漫著一種黑鴉的勢力吧！像魔蝦尊者或萬世天尊這些妖道。他們隱伏在不知名的地方，一張口就把阿爸給吞噬了。（頁287）

　　這樣，崁仔彷彿自他手中舞弄的木偶與父親的一生當中領略到了一種生之無常，然而卻又無以名之，莫知其然。在故事的末尾，崁仔對未來的計劃顯露出年輕人已對農村生活失去了信心，而興起了至城市謀生的念頭：

　　然則，他冥冥中就不想再在鄉下待下去了。祖父的鍊條，阿爸的租田，他的布袋戲都會成為過去的，他已在城裏買下一家機車店，他是有黑手天份的，屆時他只須到城裏去謀發展吧。（頁290）

　　圍繞著大頭崁仔一家所發生的時代戲劇，究其實是農村收入微薄經濟困頓的問題，但從整體來看，我們不能否認，為了求生而遠赴城市遠離土地的人們，其實正在投入一場他們所無能掌握的變動當中，這與他們熟知的生活相去過遠。不過，很顯然地，宋澤萊對這種變遷卻也是除了感歎外，不能不宿命地相信城市也許是另一個希望所在！大頭崁仔父親到北部工作而罹患了肺疾，與他將要放棄布袋戲至做黑手的描寫說明了作者的看法，在這裡，宋澤萊似乎與農村人物有著一

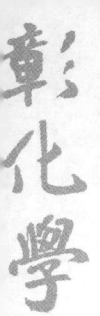

致的無力感。

農村沒落，人口外流的景況在「打牛湳村」系列中亦不斷見於其他小說片斷之中，這幾個觀察總結起來便成為宋澤萊見證下的當代「農村圖」之一大畫面。如〈花鼠仔立志的故事〉當中：

近日姑母又幫鄰居種了幾分田，原來打牛湳的農田慢慢少了人耕種，這陣子城裏流行輕工業，大夥兒都到都市做合板、塑膠、農地荒廢了些。（頁108）

這打牛湳的青年愈發少了，剛國民學校畢業的小孩便也不唸書地到城裏去了。他們說去學技藝，所謂家財萬貫不如一技在身。眾人都這麼想。現在留在打牛湳的人多半是些老貨仔，他們便都是沒有技藝的骸骨，被時代淘汰的渣滓。（頁118）

關於農鄉沒落、人口外流的當代農村現象，〈花鼠仔立志的故事〉與〈大頭崁仔的布袋戲〉所呈現的仍是宿命式的結局，這只能說是承認且記錄了現實，尚未深掘其內裡暗藏之問題。而這種關於農鄉衰落命運的描寫，與宋澤萊同時的洪醒夫的〈吾土〉、〈跛腳天助和他的牛〉，或六○年代黃春明所寫的〈鑼〉等小說，其實也都留下極其真實的農村圖像，這些小說多在為逝去的世界悼亡，感情的基調是懷舊、溫馨、同情的 ❸ 。

參照上述的描述，我們所見到的是與鍾理和時代迥異的農村景況，當彼時，台灣農村猶為安土重遷、道德淳樸之地，作家所描繪的焦點自然地凝視於農村內部的人性與生活；而這個畫面顯然在宋澤萊等人的農民小說中有絕大的轉變，這個轉變最大的是社會結構的變化，城市的興起成為農村「惘惘的威脅」，城市吸去了農村年輕的人

❸ 陳丹橋，《戰後台灣農民小說的類型演變》，清華大學中國文學研究所碩士論文，1996.7，頁61。

力，而呈現出「老弱婦孺守乎農村，年輕力壯者卻散而之都市的蕭條景象……」[35]宋澤萊的「打牛湳村」系列雖不是以農民到城市後的命運為主題的小說，不過，城市與城市的出現卻成為農村變遷的大背景、大變因，因此，宋的農民小說遂因此不再只是描繪封閉地、自足地農村中的人性與生活，城市經濟法則越界的侵凌，與農民置身於變遷的時代中的無措，兩者相互交織小說當中，而歸結為台灣農村內部的新經濟困境，在此宋澤萊展現了一名小說家敏銳的時代感。

（二）悲劇英雄的寓意

如前節所述，宋澤萊對當代農村問題的措意，焦點乃在於資本主義社會裡農村的經濟問題上，更具體地說，其作品的主題即「當代農村如何對應工商業文明新的產銷機制」。

在「打牛湳村」系列小說中，〈打牛湳村：笙仔和貴仔的傳奇〉（以下稱〈打牛湳村〉），〈糶穀日記〉二篇可說是其最具代表性的作品。此外，另一篇具有相同主題，描寫農村豬價慘跌、豬仔滯銷的〈友樂村豬仔末日記〉[36]，雖然晚至一九七九年十二月才發表，但其內容、立意卻完全直承〈打牛湳村〉而來，因此將其納入討論，使能更見宋澤萊這系列小說的寓意。

綜觀上述三篇小說之內容大要為：〈打牛湳村〉所描寫的，是資本主義社會下的農村，農產品成為「商品」，而農民對詭譎多變的市場遊戲規則又毫無所知的情況下，受到「瓜販」及「包田商」欺詐的事件。〈糶穀日記〉則企圖更加生活化將農村的生活場景與人物納入其中，但更重要的是描寫因霪雨稻穀收穫不佳的情形下，村中所發生的一樁騙穀案。至於〈末日記〉則描述農村因過量養豬以及大企業

---

[35] 黃俊傑，《台灣農村的黃昏》，台北：自立晚報社文化出版部，1988.3，頁135。

[36] 原發表於《春風》2，1979.12。後收入氏著《弱小民族》，台北：前衛出版社，1987.8，本文所引即依此書版本。

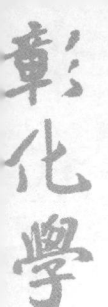
機器養豬造成的豬價慘跌。這三篇作品都相當集中地反映了宋澤萊對當代農村的觀察。

從小說情節來看，商業資本以「瓜販」、「包田商」、「騙穀商人」、「大企業家」等「分身」爲代表，對農民進行程度不一的剝削，這種剝削是農民昧於資本主義文明的產銷機制、交換法則所付出的代價，也即是處於六、七○年代社會轉型期下台灣農民的眞情實況。除此剝削外，與農村經濟問題交纏在一起而爲作者所指出的，是「農會」以及其所隱喻的「政府」在農村政策上的無能，缺乏明確的農業政策再加上資本主義制度的剝削本質，台灣農村經濟乃呈現了宋澤萊小說中如斯風貌，這一切恐怕皆不是出於土地的貧乏與農民的懶怠，而卻是「外力」的侵凌打敗了他們。彭瑞金對小說中這層寓意的闡述，筆者甚有同感：

但是這一切並不是單純的土地貧乏，而是土地以外的力量把他們打敗了，因此他們明知道土地永遠無法滿足他們，但也不肯捨棄對土地的一份希望，這就構成了台灣農民長期以來對土地的一幅不求勝利的爭戰圖。❺⑦

宋澤萊所描寫的「土地以外的力量」在〈打牛湳村〉中有具體而典型的形象──「瓜販」與「包田商」，他們的力量充份展現在操控「梨仔瓜」❺⑧的收購價格上。

瓜販與包田商並無本質上的不同，只是一爲在瓜仔市場出沒，另一種則出現於瓜田之中，他們都有雄厚資本、運銷工具，並且熟稔各

❺⑦ 彭瑞金，〈《友樂村豬仔末日記》簡介：一九七九的農村震盪〉，《一九七九年台灣小說選》，台北：文華出版社，1980.6，頁297。
❺⑧ 在小說中爲村人在稻作的間隙種植的水果，具有短期收成的特性。梨仔瓜在台灣民間亦名黃香瓜，又稱黃瓜或香瓜，短筒圓形，瓜皮黃色。參見王禮陽，《台灣果菜誌》，台北：時報文化出版公司，1994.4，頁164。

地商情。我們試以〈打牛湳村〉中「瓜仔市風雲」一節的描述為例，來看瓜販們如何訛詐瓜農。

在「瓜仔市」穿梭的商人，「伊們都穿花衣裳，戴著運動帽，穿著運動鞋，口裡嚼著檳榔，大半都有一顆凸肚皮」。他們在市集當中等待農民將瓜果採摘洗淨後拖運到市集裏，再用各種方式來壓低價格收購，陳映真即明確地指出在〈打牛湳村〉裏，我們至少看到三種訛詐的方式❶：

其一是佈置幾個人串通包圍，局部封鎖市場上的行情，然後製造瓜價猛跌的錯覺，逼使農民賤價賣出。

其二則是延宕戰術，利用農產品保存時間不長，農民必須急速脫手的條件，商人拖延收購時間，逼使農民在焦急的情況下，折價出售（見「怒在棺材店」一節，頁62-66）。

最終，則是利用口頭契約的不明確性來訛詐農民，使農民吃虧上當，在「約定」說「只買好的，壞的我不買」後，笙仔原以這次是以稍好的價錢做了一筆生意，怎料商人精挑細選，把笙仔「好」的瓜都挑光，而賸下半數品質稍差的梨仔瓜或次級品，最後把撿剩的瓜推回給他說：「好了。」

「好了？」笙仔疑惑起來，他看看還有半載的瓜仔沒裝進去。

「好了。」他們快樂地笑著。

「喂，莫囉！還有半車咧！」

「那些綠的我們不要。」他們站直著身子來說，有些還把汗衫脫下來拭汗，露出強壯的臂肌。

「你講瘋話咧！這些你不要，我們拿去賣誰？」笙仔緊張了，他說：「好的你都揀去，留下這些幹什麼？」

「我們都買好的。」當中一個說，他纏著一條白帶子在腰部，都像

---

❶ 許南村，〈試評〈打牛湳村〉〉，《現代文學》復5，1978.10，頁50-53。

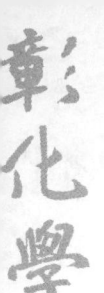

電視裏的打手。

「鬼咧！天下那有這種賭贏不賭輸的，都是強盜！」

「你說話客氣一點，我們只買好的，你又不是沒聽我們事先說明。」一個三角肌的也站出來。

「要打架沒關係。」白帶子的說。

「死人！走呀！」笙仔的妻子一看場面不對，她便不敢說，只怕笙仔被欺侮了，就想拉他走開。

「鬼咧！你們都是強盜。」

笙仔的和煦暫時跑掉一秒鐘，禁不住也要叫起來。（頁52-53）

透過敘述者所講述出來的此一場景，深刻地揭露了如「牛蜂」一般商人無情冷酷的貪慾。而我們甚至可以這樣說，現代資本主義制度將一切商品化之後所要求的品質統一與大量生產，使缺乏運銷制度，如小說中對現代產銷機制全然無力干預的農民，成為最大的被剝削者。然則現實世界似乎就這樣總這樣地猙獰冷酷：

一個個的販仔都躲著不肯出來，他們都像玩猴子的人，他們深知下雨的打牛湳和十二聯莊是最焦躁的，一則面臨瓜價下跌的命運，一則又面臨瓜仔腐爛的劫數。伊們要等到這批老骨頭來央求伊們廉價兮兮地購去，讓老骨頭淋夠雨，把價格淋成一斤五毛錢！（「恕在棺材店」頁66）

我們在敘述者極盡嘲諷的語調中，似乎也正感到一股令人窒息的、乏力的，屬於現實中無可迴避的經濟壓力。

當我們充份理解〈打牛湳村〉所揭露的農村經濟困境的現實性後，同樣地，對〈糶穀日記〉的騙穀案，及〈末日記〉中因豬仔拋售而大賠其錢的養豬農民，我們亦不難循上述理路而掌握其底蘊。

在〈糶穀日記〉中，林白乙（「白蟻」的諧音？）在水患稻穀發

芽而穀價低廉，農會的收購行動根本無濟於事的情況下出現，將全打牛湳的稻穀以高於市價的價格收購，並預付三成先付金，言明等完全收購後再付清餘款；當然，這建立在誠信之上的「口頭契約」再一次訛詐了打牛湳村的農戶。至於〈末日記〉中因農鄉經濟困頓而尋找以各種「副業」來生存的農民，在六、七〇年代的台灣實非唯一，除了飼豬的友樂村外，「比如牛埔村種小白菜，來惠村養鱉魚，頂番婆飼牛」[60]。但昧於商情的投資反換來增產後的滯銷與價格慘跌：「但福摩莎一向都是無頭蒼蠅，看到一塊糖果，便飛上去爭食，把它一下給分食吃光，也不管後日會不會挨餓。若有人在糖果下了毒，他們也照吃不誤」[61]。挹注了資金與人力的養豬戶必須面臨的最大競爭者，乃是以機器養豬的大企業家，這樣，大量生產而價低的豬仔湧入市場，豬價又怎能不跌？而原意以飼豬補貼家用的農民們又怎能不在這場競爭中痛失心血？

在現實當中，剝削是如此鮮明的裸露著，令人驚心；不過，我們在宋澤萊描寫人物的手法上卻又看到，他總是出之以傳奇與寫實相融合的筆調，試圖「把嚴肅的主題諧趣化，把殘忍悲痛的事件輕淡化」[62]，從而在某種程度上「扭曲」了人物與現實，而淡化了寫實主義的色彩，甚且還成了具有滑稽荒謬意味的「卓別林式的」小說[63]。

然而即使如此，我們仍不難深切地感受到小說的指控力量。他的人物行為舉止之誇大，與小說中敘事者時時出之的嘲諷筆調，事實上是圍繞著農村中沈重的剝削事件而展開的，而這樣的「扭曲」可見是作者一種有意的設計。就如同宋澤萊所自述的，他的小說人物中在性

[60] 《弱小民族》，台北：前衛出版社，1987.8，頁33。

[61] 同前註，頁32。

[62] 彭瑞金，〈〈友樂村豬仔末日記〉簡介：一九七九的農村震盪〉，《一九七九台灣小說選》，台北：文華出版社，1980.6，頁298。

[63] 此詞為宋澤萊向陳映真形容自己小說的類型時所用，引見許南村，〈試評〈打牛湳村〉〉，《現代文學》復5，1978.10，頁59。

格與行為上之趨於一種「極端」，事實上只在求取一種藝術上的「可能性」，而這種「可能性」則是代表一種群眾，或者一種集體的心態：

> 說實在的，我的寫作路線並不是純粹的寫實主義。……我筆下的人，都經過我相當程度的「扭曲」。經過「扭曲」的處理後，這些人物已經不是寫實，我只是希望透過這些典型的人物，造成某一種「象徵」。⑭

> 我寫那些作品的時候，背後是有著企圖：我不要寫單一的，我要寫的是很多人的群體。⑮

在「打牛湳村」系列裡令人印象深刻的人物當中，有許多形象的是我們在過去的鄉土小說中依稀可見的，雖然在此處他們的表情與動作都更誇大了些，例如〈打牛湳村〉中的「笙仔」那般良善和煦的好好先生，他唯一的宿願是老時可以養一大群藍瑞斯豬，在帶有糞香的空氣中悠閒地瞭望著四際田野；或者是〈大頭崁仔的布袋戲〉裡頭把一齣「一江山報父仇」演得活靈活現的大頭崁仔；又或者是〈糶穀日記〉中包含的更加眾多的打牛湳村民，牽豬哥的萬福、天生一張善鬥的嘴鼓的陳鴛鴦（潤嘴鴦）、堅持大家族制度並堅不分家的李鐵道、大道公廟中跳童的老鼠仙、乃至於幻想著領一筆日軍積欠的軍郵錢就可以成為打牛湳首富的廖樹林……。由於宋澤萊成功的描摹，這些鄉土小人物重新獲得了藝術上的生命，施淑便對此評論說：

> 在他的激情的滲透下，被瑣碎雜亂的日常生活活埋了的農村，恢復了詩樣的生機和豐富性，一向與知識分子作家和讀者缺少共同詞彙的農

---

⑭ 高天生，〈鷹鸇何事奮雲霄〉，《書評書目》93，1981.1，頁116。
⑮ 同前註，頁116。

民心理，也在他的語言藝術下，無限生動地活躍了起來。

　　不過，在這些成功地塑造起來的鄉土小人物的藝術成就之外，筆者以為，「打牛湳村」系列也企圖建立起另一種人物，及此種人物的精神與意識。宋在某種程度上堅持了以農民的角度、弱勢者的角度，「質疑」了戰後台灣農村所遭受的「災難」。也由於七○年代鄉土小說這種「意識形態」的強化（呂正惠語）⑥，宋的小說有了更強的社會意識與批判意識。

　　屬於「打牛湳村」系列中較早創作的〈大頭崁仔的布袋戲〉，大頭崁仔對父親因奔波於城市與農鄉之間辛勞過度，竟爾病重死滅的事件表達了他的疑惑。他雖也不明白應把阿爸一生的窮困和飢饉歸咎給誰，但依稀感覺得到「這世間原本就瀰漫著一種黑鴉鴉的勢力」（頁285）大頭崁仔的困惑是對農村變遷衰微的不解，對農村日益貧窮而不得不流落城市的命運的無奈，可以說大頭崁仔的「困惑」其實是宋澤萊批判意識的初步展現。

　　到了〈打牛湳村〉中有了蕭貴（貴仔）的出現，這個農村的小知識分子（高農學歷）由著他受的教育，習慣性地去批評甚至想改革這個世界，然而也由於貴仔總是要煽起打牛湳的悲哀來，教人想到一、二十年來打牛湳始終在貧困中過活，因而貴仔便被孤立且被視為打牛湳的芒刺了。如果說〈打牛湳村〉裏蕭家兩兄弟是宋澤萊所成功塑造的「七○年代台灣農村的兩個典型的人物」⑥，而把笙仔這位沒唸過書，為人易滿足又脾氣極好的「古意人」，視為農村中慣於逆來順受的「傳統派」人物的代表；那麼，貴仔無疑地就成了農村中的「改革

⑯ 施淑，〈大悲咒〉，《宋澤萊集》序，台北：前衛出版社，1992.4，頁11。

⑰ 呂正惠，〈七、八○年代台灣現實主義文學的道路〉，《戰後台灣文學經驗》，台北：新地文學出版社，1992.12，頁62。

⑱ 許南村，〈試評〈打牛湳村〉〉，《現代文學》復5，1978.10，頁54。

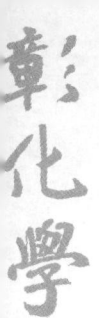

派」，他對於任何方面的剝削與陋規都要反抗，而這就會使他的命運
趨向於一種極端的「悲劇」性格。

貴仔的反抗首先是他洞察瓜販與包田商的「本質」，他們既有卡
車，在北市又有商行，更重要的是，他們懂得打牛湳人的心理，總會
大力地殺價來吃死打牛湳這群老骨頭。但從沒有運銷制度的打牛湳，
再加上對商情的無知，連貴仔遂也不免三番兩次地成為被剝削的一員
（見「躊躇三叉路」一節）。眼見著辛苦種植的梨仔瓜被人廉價購去，
心血被剝削殆盡，伊終於喊出了心聲：

> 伊娘咧！這個縣農會的人都死光了，沒派半隻蒼蠅來約束這批瓜
> 販，硬派警察來管制我們，我們豈都是憨人，一年到頭，操勞筋骨，如
> 今又要勞心，我們都是一個個傻瓜……（頁67）

或者當他看見有人將梨仔瓜轉運到鄰近鎮上，卻為競爭而爭相殺
價求售給水果店時，使他更加激動的說道：

> 你們都是愚昧的牛，都不曉得自己的悲哀麼？還要吵些什麼？世界
> 都在擠壓你們，你們卻拚命擠壓自己，都是愚昧的笨牛！（頁71）

貴仔反抗的另一面是針對村民的愚騃。他感到人們將收成寄託於
神明的迂腐，但如果從村民的心理動機來看，多少是在無從理解與把
握現代市場商情的情況下產生無力感，而轉求神明庇佑，再花錢搬
戲、捐錢修廟裡得到一絲安慰與希望 [21]，但對貴仔而言這樣根本是
於事無補的：

> 你們就不會討論怎麼地把瓜仔賣出去的事嗎？只會做些蠢事嗎？修

---

[21] 石弘毅，〈從宋澤萊的《打牛湳村系列》看七○年代台灣農村的變遷〉，
《書評》18，1995.10，頁9。

什麼廟？梨仔瓜賣不出去修什麼廟？你們一世人只做憨頭，駛伊娘咧！會議是用來宣揚理想和決策緊急的，不是做這些鬼怪的事啊！（頁77）

　　然而與此相對，村民也時時嘲弄貴仔的怪異行徑與想法，小說中的「打牛湳村」被擬人化而常出現如：「打牛湳」聽了都很不高興、「打牛湳」又爭相鷹覰鵠望起來等，「打牛湳」對貴仔的嘲笑，實際上就是嘲笑他們自己，作者正是透過此一反諷（irony）的手法來指出「打牛湳」的不思抗爭，而以荒謬爲正常的性格❿。

　　從上述引證來看，貴仔的角色性格是鮮明的，而他最令人印象深刻的也即是他時時迸出的「抗議」之聲，他個人的反抗雖受到打牛湳的譏諷嘲弄，就像是孤立於人群中的「先知」（或「瘋子」？），表面上他像一名小丑，或是喜劇裝佯者（alazon），但實際上卻不失爲一位「悲劇英雄」⓫。也就在貴仔的「改革主義」受到徹底孤立時，使我們益發要注意到貴仔的存在對於現實世界所產生的批判性與現實性。

　　貴仔在小說結尾處，奮筆直書「建議要改革崙仔頂的瓜市場市場」、「鼓勵打牛湳的人團結起來打商販」的文件，張貼在打牛湳村四處，然而蕭家兩兄弟卻因此被請到警察局去了（頁84）。這種鼓動人們行動的人物塑造，不正是一種「文學行動主義」的表露，我們因而更能看出此時農民小說對介入現實、改革現實的渴望，而〈打牛湳村〉的現實主義意義也於焉藏寓其中。

　　除了〈打牛湳村〉外，〈糶穀日記〉當中作者也設計了村里民大會中的情節，藉鬧哄哄的眾口提點出當代農村的實際問題。試舉幾則爲例：

---

❿ 鍾肇政、蔡源煌，〈現實的扭曲：談〈打牛湳村〉的文體與觀點〉，《台灣文藝》58，1978.3，頁127。
⓫ 王德威，〈從老舍到王禎和：現代中國小說的笑謔傾向〉，《從劉鶚到王禎和：中國現代寫實小說散論》，台北：時報文化出版公司，1986.6，頁156-157。

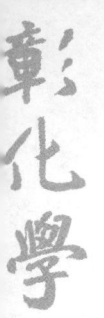

若田賦不能免，今年繳賦穀，大家的稻都發芽，應該不分損害深淺，一律徵繳，用不著過分要求。（頁203）

要增加農民的收益應增加收購稻穀數量，減少大小麥進口，還要鼓勵餘糧輸出。（頁204）

要想辦法提高穀價，如果現在不能無限制地徵購，也要多徵一點，一公頃只收九百七十公斤，實在是裝做表面罷了。（頁204）

透過這些打牛湳村民陳述出來的意見，在整篇小說中或許只是那生活戲劇中的一幕插曲，然而無可否認的是，打牛湳村騙穀案之所以發生，不正源於上那些自人民的意見幻滅所致？

而這一次我們除了在代表資本經濟之貪欲的商人外，還窺見了無能解決問題的「政府」。所謂的「政府」，不僅無法適時處理農村的實際問題而任由商人訛詐的產生，甚至還可能反過來制止了農民爭取權益，所謂「法律」的保護對象竟荒謬地顛倒過來，在戒嚴時代因集會遊行的禁制，〈糶穀日記〉一文中的農民也只能透過謾罵來表現這種不公平的現實：

伊娘！搶一塊錢判死刑，搶一百萬一千萬的人卻連一點罪也沒有，這款的法規！（頁251）

緣此再和〈打牛湳村〉中的農會、警察相比附，是否也正隱喻著國家機器與商業機制互為結盟的現實呢？在作者嘲謔、扭曲的筆法裡，一切已是呼之欲出⓻。

總而言之，「打牛湳村」系列小說乃是「以理性的認知所寫的近

⓻ 亦可參見謝淑如，〈試論台灣文學中農民形象的政治性格：以洪醒夫〈吾土〉、林雙不〈筍農林金樹〉及宋澤萊〈打牛湳村：笙仔與貴仔的傳奇〉為例〉，《台灣文藝》156，1996.8，頁59。

世農民血淚史」❼，農民掙扎的姿態在小說中雖被刻意誇張滑稽的筆調而沖淡了悲劇的哀感，但作者仍在其中適時地表達了批判的意識，彭瑞金的提點也正與筆者所欲申述者不謀而合：

　　然而宋澤萊譴責了利用農人善良美德而實施有計畫、有組織地予以迫害的強大力量。雖然他沒有明白地告訴我們那個究竟何所指，但我們大家都能想像得到的。❼

三、憤怒之愛：《變遷的牛眺灣》析論

前言：農淚／傳奇／變奏曲

　　隨著「打牛湳村」系列小說於七八、七九年在文壇獲得廣泛迴響與肯定（如文學獎）同時，宋澤萊幾乎是以驚人的速度繼續構設著他新的小說，這當中包括了下一節才要討論的《蓬萊誌異》部份小說以及《骨城素描》（含兩個中篇），此為其所自稱「自然主義」時期的作品；而介於「打牛湳村」系列與《蓬萊誌異》之間的作品，即為此處所要討論的八萬字長篇小說《變遷的牛眺灣》❼。

　　從一篇訪問稿當中可知，《變遷》的原名有二，分別為《農淚》及《牛眺灣傳奇》❼。僅由這二個「原始」的書名也足以令我們聯想到，《變遷》極可能是另一個充滿辛酸血淚的農鄉變遷故事，而事實

---

❼ 彭瑞金，〈〈打牛湳村〉簡介：現代農民圖〉，《泥土的香味》，台北：東大圖書有限公司，1980.4，頁 187。原載《一九七八年台灣小說選》，台北：文華出版社，1979.5。

❼ 同前註，頁 187。

❼ 《變遷的牛眺灣》，台北：遠景出版社，1979.6。以下引文直接在文末註明頁數，不另作註解。

❼ 張恆豪等人的訪問記，〈靈魂的搏動：從廖偉竣到宋澤萊的變奏和迴響〉，《台灣作家印象記》，台北：眾文圖書公司，1984.5，頁 286。

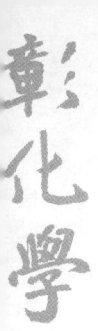

上，這樣的「望文生義」卻也頗能言中小說之意旨。甚至我們可以將
《變遷》視爲「打牛湳村」系列的一闋「變奏曲」（variation），在《變
遷》中我們可以見到「農鄉沒落」這個主題的重複出現，只不過這一
闋變奏曲的曲調卻顯得格外喑啞與淒厲[77]。

變遷中的台灣農民出路大抵有兩個可能方向：其一是設法繼續生
存於農村之中，其次便是自農村出走圖存於市鎮與城市裡。生存於沒
落而日益崩壞的農村之艱難，我們在「打牛湳村」系列中見之多矣，
在《變遷》裏我們同樣可以讀到關於困守農鄉的描寫；與「打牛湳村」
系列較爲不同處在於，《變遷》深化了「鄉下人進城」（人口外移）
的情節描寫，輾轉流入城市工廠的農民在下層社會中拼命掙扎的姿態
成爲另一個小說的重點；然而，宋並非想寫城市中的工人問題，他的
重點毋寧還是從農村出發，而把促使農村瓦解的力量與農民在此過程
中的流離掙扎呈顯出來。

《變遷》是一部關於農村由衰敗到崩潰的小說（以李寅一家爲代
表），同時也是一部關於鄉土人物在城市中到處受到壓迫的小說，用
宋澤萊的話來說便是：「從李寅家族的變遷，描寫他們對五十年代的
農村社會的失望所在和希望所托」[78]。整部小說人物包括了父親李
寅、李寅的兩位兒子——李村與李竹，以及李村之妻吳娥。李寅代表
舊日社會安土重遷的上一代，雖意識到農村已無可作爲，卻猶不願輕
易賣掉土地，但是最終受到土地重劃中一次人爲陰謀的欺詐，將他的

---

[77] 《變遷的牛眺灣》一作確切的完成日期未見記載，惟據張恆豪等人的訪問
記〈靈魂的搏動：從廖偉竣到宋澤萊的變奏和迴響〉一文所記，宋澤萊即
稱剛完成《變遷的牛眺灣》，訪問時間爲 1978 年 12 月 30 日（原書所載時
間有誤，據林瑞明《少尉的兩個世界》改，台南市立文化中心，1995.4，
頁 261）。此外林瑞明發表 1979 年 2 月 22 日的〈從廖偉竣到宋澤萊：寫在
〈變遷的牛眺灣〉刊出之前〉中亦提到《變遷》即將刊出。綜上所見，
《變遷》之完成應不至晚於 1979 年 2 月，視爲「打牛湳村」系列之「變奏」
自有其時間與內容上的延續性。

[78] 同註 76，頁 286。

土地變更成貧瘠的耕田，使得老父親也要捨棄家園遠赴城市。至於年青一代的李村、李竹及吳娥則更早即流入城市之中，他們皆有各自的遭遇。在小說中我們恍如瞥見了一群聖經中的「現代約伯」，他們身負了「神諭」一般在接受著各式各樣的苦難磨練。就這樣，原屬於農村的父子兩代相逢於城市裡，就中可以敷衍出多少「農民之淚」？且讓我們仔細揣摩。

（一）可咒的城市 V.S.悲情的農村

「牛眺灣村」，這個位於台灣西部嘉南平原上的農村，一如台灣各地的所有農村一般，歷經了日本統治、太平洋戰爭、祖國接收，而終於能夠在「光復」後由「三七五減租」與「耕者有其田」的土改政策底下，分配到些許屬於自己的土地，逐不禁喊著：「翻身了！」「努力掘地呵！努力掘出黃金啊！」，但二十年過去，卻只見牛眺灣人把子弟送出牛眺灣，「他們不問出外好不好，只要離開自己的家園就是對的，即使把身體靈魂摧毀了也不在乎，因為他們的耕種發生問題」。（頁3）

小說的伊始便是一則死訊，牛眺灣村長程噯在臨終前苦勸眾人絕不能再讓後代如前一代苦守土地了，這遺言忠言就此為整部小說立下基調，而註定著牛眺灣在未來的沒落：

其實我們都在欺瞞自己，現在我們種的田都是賠錢的，但我們還想勉力地想在地上掘黃金。（頁8）
我種的田比你們多，一甲多的地，但我一年只淨賺一萬八千元，又要繳稅……我不要你們有我的下場，應當想法子離開牛眺灣啊！（頁8）

至於另一位李寅老人雖曾堅決地說過：「我永遠也不會離開牛眺灣的」。但多舛的命運終逼迫得他走上「不歸路」。首先是收成欠佳積欠了二萬斤賦穀的困境，又遇上農機行老闆為修理李寅租用的抽水

機，竟爾意外地死於爆炸，李寅出於良心的不安，答應賣地來作爲給付喪家的賠償費。「傳奇」性悲劇命運尚不止此，因爲土改農地日益零細化所所造成的道路、渠道的破損，「當局」決定進行農地整頓，稱之爲「土地重劃」。但鄉村地主，現任鄉民代表、鄉長之弟勾結著地政課的人員將李寅的土地移到荒涼又僻遠的八角亭去，而讓原有土地變成建築用地，等待著良田成工廠，生意人賺大錢。宋不選擇以較爲合理的敘述方式，而企圖把農村變遷的實況集中地藉李寅一人傳達，其粗糙與缺乏耐心的缺陷自是顯而易見，這個敘事上的問題稍後將會再行探討，此處想先指出宋澤萊似有意將農村沒落的原因歸因於政治力量，從小說中敘事者的議論可以得知，無疑地這種指控是既明確又尖銳的，例如以下引文：

　　這件事（按：指李寅被迫賣地一事）在說明一件平常的問題，一個深植在我們政治、經濟決策的一個問題。它是在說明在這個農業和工業蛻變的社會裡，我們的決策者在犧牲一些孤苦的無告者。霸道的、沒有仁慈的、偏頗的法律沒有照顧一些受苦者，某些集團用盡一切的手段來榨取廣大的低收入者，當決策者高喊經濟成長時，而經濟成長的骨子裡的是什麼？（頁99）

　　有沒有人來替他說話呢？沒有，一個也沒有！我們的偉大的議會政治到那裡去了呢？議會緘默了嗎？是的，有人不讓它說話，因爲大家知道，任何的事都有人操縱。（頁105）

　　我們似乎可以察覺到，《變遷》在意識型態上的激化，明顯地表現在它批判對象的益發清晰，似乎小說與「反映」這個基本的寫實主義原則隔開了距離，眞正成了改革的「工具」或「武器」。

　　除了農鄉沒落這一情節的主軸外，《變遷》另一主軸實爲城市／鎭中由農轉工的勞動階級的生活。十八世紀法國的盧梭說過這樣的

話：「一個人的財富不應當很多，否就他就能買下他鄰居！一個人的財富也不能過分缺乏，不然他將被迫出賣自己」[29]。這很能使我們聯想到當「被迫出賣自己」的貧困鄉土人物遇上「能買下鄰居」的資本家的景況。

六、七〇年代，隨著台灣社會逐漸由農業轉型為工、商業社會，城市中高度成長的工商業部門及沿海加工出口工廠（如高雄地區）成為農鄉經濟沒落後人口移動的方向，從而形成所謂「都市勞動階級」（urban working class），李寅家族中的成員便是其中的典型人物。

在《變遷》一作裡，是由對個別人物命運的描寫而構成整部小說的，因此我們先敘述李寅家族在城市中的遭遇，再進一步剖析作者如何面對這些問題。

李村：李寅長子、小說中李村的面目是模糊的，他或者當一個海員，或者在城市中做一名木匠，總歸是艱苦的「賺食人」，他與吳娥的結合是海員與妓女的結合，雖然作者對人物形象的描寫粗糙已極，我們仍能從此看出作者讓窮苦的下層階級相濡以沫的理想性格。

李竹：曾為村醫的次子李竹，其形象與經歷或較能喚起我們對城市勞動者的印象。在北地工作的李竹自鷹架上摔落成了殘廢，老闆卻不願賠償分毫（商人總是如此惡劣？）；李竹同樣地遇上被賣為侍女的「山地人」林姑並且同居，然而不久林姑為躲避老闆「追捕」也離開了：

於是有一天，一個在都市靠努力來維生的年青人，當他把被窩掀開，發現他的腿殘廢了，身上剩幾個銅板，賴以共生的苦命女子走開了，他感到這世界是屬於什麼樣的一個世界！（頁77）

---

[29] 伯納德·克里克（Bemard Crick），《社會主義》，台北：桂冠圖書公司，1992.4，頁13。

　　吳娥：這位被李喬稱之為宋澤萊筆下最偉大的女性，是正義的實踐者與愛的具像化的人物[50]，因受養父母凌虐而逃往北部，為了照養私生子而不得不淪為娼妓，她在城市中是全然無助的：

　　這個城市的高樓好像富泰富足，但是卻沒有一個可以讓吳娥走進去的地方。她被摒擋在巨大城市的無形的牆外。她的焦急沒有人瞭解。（頁26）

　　綜觀《變遷》中李寅家族成員在城市中的生存樣貌，不難得出一種印象，即作者或有意或無意地將城市中的人事予以「二元化」，從而使得城市中的資本家（老闆）與勞工階級對立起來，其中無妥協餘地，而只見剝削／被剝削、壓迫／被壓迫、強者／弱勢關係的存在，這種「罪化城市」的書寫心態顯而易見是作者在認同上對農村傾倒有關[51]。

　　「罪化城市」或者「反城市」的主題在許多鄉土小說中都可見到，著名的如黃春明在〈溺死一隻老貓〉中寫到，阿盛伯為了阻止清泉村中建立泳池（城市化的象徵），不惜以死抗爭。作者雖對之寄予同情，但終歸讓泳池如期建立起來，遂可知城市化已被認知為無可避免的事。

　　然則，在宋澤萊的《變遷》中城市卻成為資本家剝削勞工的場域，而勞工階級只能彼此相互扶持，相形之下宋的「反城市」、「反資產階級」的傾向顯然更為濃厚。很好的例證是當吳娥為患肺結核病的女士楊素向廠方借貸時，廠方竟要求加班，而成為一天勞動十四個小時：

[50] 壹闡提（李喬），〈文史一家：宋澤萊〉，《書評書目》83，1980.3，頁38。

[51] 馬森，〈城市之罪：論現當代小說的書寫心態〉，鄭明娳主編，《當代台灣都市文學論》，台北：時報文化出版公司，1995.11，頁190。

伍廠長說：「每天再加班三小時，兩天算一天薪水，你（指楊素）做十個月後，就增加了一萬三千五百元的薪水，十個月後，我再把三萬借給你吧！」（頁145）

僅從這種人物塑造的方式我們就不難理解，作者對城市中勞動階級的同情之巨大，然則這種同情所付出的代價卻是人物造型的「樣板化」與「公式化」，也就因此犧牲了作品在藝術上的價值。

（二）無邊的現實主義

高天生曾在一次訪問中請教宋澤萊，爲何他在《變遷的牛眺灣》裡將淪落向中下層的農村子女，單面地寫成本性善良，且爲他們的淪落抱屈，「農村子女是否都如你所描述一般，無例外地善良和純樸，我們感到懷疑？」宋澤萊的回答充分表現了七〇年代現實主義文學家的典型「風格」，他說若把出入大飯店花天酒地與整日在狂風暴雨下辛勤耕作的兩批人做比較：

……如果我寫出入飯店那一群純樸善良，而在狂風暴雨中辛勤耕作的不純樸善良，我會良心不安。這就是作家的良心問題。……即使把這兩類型的人位置對調，我一個作家被迫站出來，還是要同情在暴風兩下的一群。因爲只有這樣寫才對得起自己良心。❷

在這段引文當中，宋澤萊有三次提到「良心」，並一再強調惟有將辛勤耕作的人寫成「純樸善良」始能心安。我們不能忽略的是，在這段自白背後所預設的「意識型態」與「價值評斷」，其實正是宋澤萊寫《變遷》時所依據的一套判準。參照「作家良心論」的提法，再對應上述我們所分析的「城市」與「農村」中的事件，想必更要能解

---

❷ 以上所引皆見高天生，〈鷹鶼何事奮雲霄〉，《書評書目》93，1981.1，頁119。

釋人物與情節構設上作者的傾向性。

在處理「農鄉變遷」這一主題，《變遷》已失去「打牛湳村」系列當中那種嘲弄筆調，轉而極其嚴肅慎重地板起臉孔，不斷地任由敘事者（即「隱匿作者」（implied author））出入其間為牛眺灣村民「申冤」、「抗議」，從而把農村沒落與農民的苦難與「議會政治」、「決策者」、「某些原因」相互勾連，頗有將「政治力量」做為批判目標的意思；當然，囿於七〇年代的台灣政治氛圍，這種批判還只能是處於「呼之欲出」的階段。

至於鄉土人物在城市中淪為勞動階級的處境問題，李寅一家在城市中屢受盤剝壓迫，卻不失「天涯淪落人」相濡以沫的溫情，發出一種草根的屬於勞動者的積極精神；而城市中的資本家則千人一面地冷酷絕情，勞工殘廢分文無償，重病借貸則要求加班，更毋須說青少年所遭受到的榨取了：「這些秘密合法化的罪行，包括工資的低廉、工時的過長、衛生狀況的不佳、福利制度的缺如……等等」（頁130）。此處所批判的資本主義制度與資本家便是《變遷》中另一個殘害勞動階級或農民的惡勢力，小說中的一段議論頗能道出作者對資本家與勞動者兩個階級的觀感：

> ……我們的人民，每個人都是肯做的，只要能有工作的機會，他們便會把工作當成一種神聖的事，努力去做它，永不懈怠。只有一些不工作的人才把工作當成是下賤的，他們賤視體力勞動，看不起體力勞動，他們自稱是「勞心」者，並說：「勞心者治人」。（頁125）

《變遷》在批判精神的昂揚上遠遠超邁了「打牛湳村」系列寓針砭於嘻笑怒罵之間的層次，而把「憤怒」毫不保留的潑灑開來，此種憑藉了「作家良心」的道德力量來書寫的現實主義文學，在七〇年代可謂「正色之作」。然則此間的問題在於，《變遷》同時也是一部「主題先行」的作品，往往是人物的出現只為了委身於早已設定好的

「十字架」上，而失去了人物與環境的有機連結，看不見人們身處於變遷時代中心靈的藤葛；又或者是敘事者失去了讓情節來表現思想的耐性，而不斷以議論的方式「凌遲」了文本，徒然使得敘述的語氣變得支離破碎，惟剩憤怒的回響。因之，我們無論如何難以同意李喬對《變遷》所作的推舉：

　　《變遷的牛眺灣》是一部迄今為止，對於台灣農村在「工業化」過程中所受的破壞──所作最冷靜，最眞實的記錄。[51]

　　相反的，《變遷》是宋澤萊對資本主義文明與政治操控機器所做極其嚴厲的控訴，充滿了主觀情緒。對「可咒的城市」（李竹語，頁160），顯然敘事者有無法渴抑的激忿怨言；而面對「悲情的鄉土」，敘事者則流露了一種孤苦無靠的悲愴情緒。總而言之，《變遷》其實更像一曲台灣農村的悲歌，淒清的曲調中，不時迸裂出令人難耐的控訴的高音。

　　如同我們所常見的肯定具批判性的「鄉土小說」的批評，總是承認「內容」重於「形式」，「思想性」高於「藝術性」，若我們承認了這個批評模式的「正當性」，《變遷》實則無論在道德勇氣與思想高度上都已盡到作家對社會的責任。當然，我們可以以一種更具批判的角度來看待這樣強調「社會功能」的作品，並用恩格斯（F. Engels）的話語來思考：「傾向性應當從場面和情節中自然而然地流露出來，而不應當特別把它指點出來」[52]。循此論點，《變遷》中不自然的議論與刻板的人物形象似乎又成了昭著的缺陷。我們是否能眞正為《變遷》做出文學史上的評價呢？筆者以為這恐怕仍會因不同文學路線的爭執而難以定論吧！

[51] 壹闡提，〈文史一家：宋澤萊〉，《書評書目》83，1980.3，頁37。
[52] 轉引自孟樊，《當代台灣新詩理論》，台北：揚智文化事業公司，1995.6，頁156。

四、「福爾摩沙庶民圖」：小說家的鄉愁與歷史企圖

（一）前言

　　文學評論家林瑞明曾在〈從迷惘到自主：第一代到第四代的文學旅程〉中提到，宋澤萊的創作過程呈現出逐漸推展描寫範圍的傾向，預期他以村落、農鄉、市鎮為對象之後，會繼續以大城市乃至台灣全島為對象，從而完成一幅「福爾摩沙庶民圖」❸。這個預期證諸宋澤萊後續的創作活動大致上是應驗了，然而自小說實際的取材角度來論，宋澤萊倒是跨越了較早的農民小說階段，而把觸鬚伸向更為廣潤的平民社會當中，並自覺而「有意地」發展出他自稱的「自然主義」時期小說❸。

　　從一個回顧的角度來看，宋澤萊的「鄉土寫實」時期自一九七八年初之〈打牛湳村〉起，約莫只持續地創作了不到三年的時間，而在一九八〇年元月以《蓬萊誌異》之出版宣告了此一時期終止。在此時期之初，我們得到的一個印象是，宋澤萊似乎多取材於他個人較為熟悉的農村經驗，並竭力把六、七〇年代台灣農村受資本主義經濟機制盤剝，屬於當代農村經濟困境的問題給予揭露和批判，「打牛湳村」系列與《變遷的牛眺灣》是其中最具代表性的作品。

　　除了這類「農民小說」外，宋澤萊也發展他所謂的「浪漫主義」時期與「自然主義」時期小說；不過，筆者以為在這兩個「時期」當中的作品並不存在畫分為不同時期的根本差異。換言之，在這些作品裡容或存在著某些表現上的變化，例如強化了人物的傳奇性格、「象

❸　林瑞明，〈從迷惘到自立：第一代到第四代的文學旅程〉，《台灣文學的本土觀察》，台北：允晨文化公司，1996.7，頁85。原載《台灣文藝》83，1983.7。

❸　宋澤萊，〈從《打牛湳村》到《蓬萊誌異》：追憶那段美麗、凄清的歲月（1975-1980）〉，《打牛湳村系列》序言，台北：前衛出版社，1988.5，頁17。

徵」的運用或著重景物的描寫（浪漫化），然則流盪於作品底層的「精神」卻具有高度的「同質性」。這種「同質性」的「精神」／「意識」說穿了其實仍然與「農民小說」相承一脈，它的眼光所及皆爲台灣的下層社會，無論其爲可悲可喜可歎可惡之諸般眾生事都成作者筆下題材；因此，我們亦不妨將「平民精神」視爲這些作品的一大特徵。

此外，這些作品還存在著另一特徵，即「歷史意識」的昂揚。對許多鄉土作家而言，描寫鄉土小人物之生存樣貌與時代變遷自是尋常不過的事，但這多半自個人的經驗出發，而隨著觀察能力的高低呈現出各自不同的深度。宋澤萊在此之餘，展現了他欲藉書寫來構成一龐大的、具體的台灣「庶民圖」之企圖。於是他綜合了台灣史、社會學以及經濟史的知識，揉入戰前或戰後下層社會熙攘的生活之流中，例如他在小說中不忘註明事件的年代，並著重戰後幾個關鍵年代中人物的反應即爲很好的證明。

綜上所述，宋澤萊於「農民小說」之外所呈現的另一種小說風貌，乃是以「平民精神」與「歷史意識」爲其特徵，最終在透過小說來繪出戰後台灣平民社會變遷的畫幅，因之稱爲「福爾摩沙庶民圖」，本節的探討即圍繞這部分的小說而展開。

「農民小說」之外，宋澤萊在「鄉土寫實」時期小說結集的另有：《骨城素描》（內含〈兩夫子傳奇〉、〈救世主在骨城〉兩中篇），《蓬萊誌異》與經整編後的《等待燈籠花開時》❺。在這些小說當中，《蓬萊誌異》是最後創作，同時也能較完整地將「庶民圖」理念表露出來的作品，如同作者在原書序言〈悲喜的人世間小書〉中所稱：「在這本集子裡，題材大部份來自鄉村和小鎮，偶爾有港口和

---

❺《骨城素描》，台北：遠景出版社，1979.6。《蓬萊誌異》，台北：遠景出版社，1980.6；後由前衛出版社再版，1988.5，收入33篇小說。《等待燈籠花開時》，爲作者自稱之「浪漫主義」時期作品，原散見當時之小說集中，後輯爲此書，台北：前衛出版社，1988.5，收入13篇小說。

都市。不論怎樣看，它完全是屬於平民社會的」**❸** 。

由《蓬》與《等待》中部份小說來看，當中較明顯地流露出追索戰後平民社會變遷真貌的「鄉愁」，其角度鮮少是批判的，而毋寧更接進於「感性」，這不啻是戰後世代作家對「鄉土經驗」表示更積極地認同態度，值得深入剖析。

至於《骨城素描》及幾篇收於上述二冊集子中的小說，與《蓬》所傳達的「感性」實有極大差異，這些小說多以宋氏嘲諷筆調寫成，集中表現在對台灣教育界（宋本身即為教師）、政治界與社會現象諸般荒謬情事的嘲弄批判之上，性質上接近於「社會小說」的類型，其中描寫的對象有獰惡的中產者、教育家、政客與商賈，作者以其為「負面人物」之代表，其中究竟又隱藏了作者對台灣社會變遷的何種態度呢？

（二）庶民圖之一：以《蓬萊誌異》為主的探討

對於《蓬萊誌異》所反映的「庶民圖」其範圍之大，評論家王德威曾予以讚許曰：

> 《蓬萊誌異》三十三篇作品所概括的時間約從日據時代到台灣與美斷交前後，其內容則自日軍征夫、地主淪落、小鎮姦情、鄉情特寫、工廠剝削、選舉恩怨至杏壇醜聞等無所不包，儼然構成台灣五十年變遷的浮世繪，其規模之大，堪稱獨步。**❹**

面對這樣包羅著各式各樣人物際遇的小說群，倘若真的將之併而觀之，按照作者本人的說法，對於台灣平民社會的實況與人的心靈狀

---

❸ 《蓬萊誌異》，台北：前衛出版社，1988.5，頁21。

❹ 王德威，〈原鄉神話的追逐者：沈從文、宋澤萊、莫言、李永平〉，《小說中國：晚清到當代的中文小說》，台北：麥田出版公司，1993.6，頁262。

態必能有完整的觀照，如原書序中所言：

> 寫這本書包括我預設的兩個目的：①記錄一九七九以前的平民經濟
> 狀況；②並在那種環境中去探討他們的反映。[90]

或者如作者在多年後回顧創作的心情所說的，作品中所藏存的即
是他的「社會見證」：

> 我的企圖是描寫1979年前，台灣的下層社會（農村、小鎮、港市）
> 的真相，我拼命地想留下我的社會見證，他們的畸慘超乎了中層以上社
> 會知識階級所能想像之外。我以伸冤的心情在營建這些故事。[91]

準此而論，《蓬萊誌異》所「誌」之「異」即是台灣下層社會在
經濟困頓年代中，各種「傳奇」、「畸慘」的遭遇，而作者這種「誌
異」的書寫姿態，遂因而具有「追憶逝去年華」的意味，因此王德威
乃稱之爲「原鄉神話的追逐者」[92]，在敘事抒情的模式中，隱含著一
種淡淡鄉愁，是對即將在變遷中消逝的世界的追憶，這些小說無疑都
具有「原鄉文學」的特性[93]。

在追憶「原鄉」的情感動機下，宋澤萊企圖透過小說來呈現的是
他所觀察、理解的台灣庶民生活，那不僅是他所成長的出處，同時也
是一切記憶的源頭，但對宋而言，台灣社會變遷史顯然又是沾滿了小
人物的心血。宋透過小說所重建於世人之前的台灣下層社會，盡是充

---

[90] 同註88，頁21。
[91] 同註88，頁18-19。
[92] 見註89引文篇名。
[93] 李豐楙，〈台灣鄉土小說中的社會變遷意識：60、70年代鄉土小說的主
題：貧窮、命運與人性〉，龔鵬程編，《台灣的社會與文學》，台北：東大
圖書公司，1995.11，頁168。

滿了不由自主地成爲命運犧牲的小人物，而「命運」在此便指涉著艱苦的年代，貧窮的年代。

描摹鄉土可以有各種模式：「或緬懷故里風物的純樸固陋、或感歎現代文明的功利世俗，或追懷童年往事的燦爛多姿、或凸顯村俚人事的奇情異趣」❿。而在此之前，由於上述這種追憶原鄉的情感動機，與他對台灣平民社會艱苦歷史的感恩心態，宋澤萊的小說中則表現爲對苦難鄉土與前行代的感恩，並直接「認同」於鄉土經驗的價值，可以說在《蓬萊誌異》裡，宋氏藉此說明他企圖爲台灣平民留史的情感來源，在批判性格強烈的農民小說後，我們看到作者的台灣意識以極其孺慕的姿態表達出來，筆者認爲這是《蓬萊誌異》首先應加注意之處。

例如〈蕉紅村之宿〉中，小說主角一位年輕人談起當地曾發生的一樁故事，是一件少妻老夫、紅杏出牆的悲劇。當這少妻生下的頭部畸形的孩子長大後，赫然發現自己生父竟是另一人，由是他感到自己必需去尋找失蹤的父親：

> 一切的依戀中，沒有比對父母和土地的依戀更令人感動的。❺

而在另一篇〈省親〉當中，則描寫了受父親遺傳不知名「病毒」的年輕畫家，在父親歿後，翻然憬悟到自己多年習畫的空想和無用，終而循著父親勞動的精神，改做有益於國民生計的工藝生產：

> 是的，一切最不能反抗的便是遺傳，對的，一切都不要緊了，父親施予他的一切也不必苛責了，他要諒解父親。❻

❿ 同註89，頁249。
❺ 《蓬萊誌異》，台北：前衛出版社，1988.5，頁67。
❻ 同前註，頁217。

　　這裡我們可見自然主義所強調的「遺傳」（Heredity）的「決定論」（Determinism）似重現於此，這種套用有著明顯地不自然之處，不免使人感到作者只是搬用理論來說明意旨而已，但我們仍可以感受到，作者把結尾設計成對鄉土經驗的全面認同與承續，無論如何表達了他對「原鄉」深厚的情感。

　　宋澤萊既要藉小說來構設「福爾摩沙庶民圖」，小說中便涉及平民社會中各種人物的不同遭遇，其範圍之廣已如前述王德威氏所歷數，有「日軍征夫、地主淪落、小鎮姦情、鄉情特寫、工廠剝削、選舉恩怨至杏壇醜聞」等等。我們此處的重點不欲從事另一次的作品分類解析，卻想從作者描摹歷史的角度出發，解析他小說書寫的情節模式。在整體觀察後，我們發現作者似乎傾向以某種人物命運（尤其是女性），與重大歷史事件、時期裡人物命運來形成小說獨特的情節模式，這一傾向無疑是作者以小說寫史發展出來的個人化的歷史觀察角度，筆者便從此出發對宋澤萊的「福爾摩沙庶民圖」進行析論。他是否因此成功地達成其歷史企圖？或者他還在「記錄」之外表現了對社會變遷的某種看法？

　　如同某些論者所指出的，王禎和的筆下最喜處理「死尪的女人」，並把女性對抗習俗與命運的壓力與掙扎刻劃入微，而表達出往昔台灣社會中「原型性女性的共同命運」❾⃝❼。王禎和的女性描寫或出於某種自傳經驗，但他所描寫的其實也正是台灣社會中所習見的女性形象，投射了一時代的氛圍；極相似地，宋澤萊的筆下也出現了不少彼此具有共同命運的女性形象，頗能看出宋將其視為變遷年代中一類「象徵性」人物的想法，我們不妨將這些女性稱之為「背叛家庭的女人」。

　　像〈燈籠花牆〉寫妻子因長工丈夫無力養家而與村人私奔；〈春城的重逢〉寫妻子離開嗜賭的丈夫與人同居；〈回來〉則寫妻子不甘

---

❾⃝❼ 同註93，頁176。

貧困、落寞而出走，終於成為富商之妻；〈杜里的故事〉中的林萱雖失身於董事長之子而後悔，但終於還是認清：「但我若跟你杜里又有什麼好處呢？你要多麼努力才能養一個家呢？我後悔都不可能！」⑱

　　這樣的故事情節乍看之下，活脫是「嫌貧愛富、愛慕虛榮」的通俗劇裏的橋段，而把女性出走的動機僅僅描繪成難以忍受貧窮，轉而投入經濟能力較佳的人的懷抱，恐怕難逃醜化女性之嫌罷！然則，我們或許可以怪罪作者在性別議題上的缺陷，指責作者在人物塑造上對於簡化所造成的缺乏深度的問題，但我們未嘗不能以另一個角度來看，或許仍能同意男性在經濟上的無力持家，使得女性選擇「背叛家庭」這種發生在轉型期台灣社會的「家庭悲劇」，確乎是「畸慘」的令作者驚訝不置，乃引之為貧窮命運所能給人的壓迫之巨大與悲慘罷？

　　例如在〈春城的重逢〉中，當男女主角重逢時，僅是由妻子金花交給丈夫許進一筆錢，讓妻子探視生病的孩子而已，妻子的離去在簡短至極的敘述句裏，似乎暗喻這悲劇之無從避免：

　　在那農村殘敗的年代中，他（指許進）染上了賭癮。他的財產全在賭場中輸光，於是村人曉得，他的妻子在一個晚上離去了……⑲

　　一個無能而形貌猥瑣的男性，一個出走而「回來」時已改善了生活的女性，一樁家庭瓦解於困頓經濟年代的情事，這是宋澤萊為這「畸慘」的下層社會的悲劇所留下的一則「典型命運」。如同〈回來〉中在兒子婚禮時歸來的母親所說的：

　　實則我離開後便自責著自己，我一直想回到家來，然則，那已然是

⑱《蓬萊誌異》，台北：前衛出版社，1988.5，頁137。
⑲ 同前註，頁97。

無可換回的局勢啊。我一直地打滾，於今，我有了一種自己的天地，然則，我沒有再生育任何的子女啊。⓾

「背叛家庭」而始終不能再回去，對宋澤萊而言這就是他們認知的「無可挽回的局勢」，是貧窮年代裡「宿命式」的結局，也是必然的悲劇。

女性在轉型期的台灣社會中，「出走」變成她難以抗拒的命運，這是宋澤萊所觀察到的部分現實，至於更多的市井人物的描繪，則是建立在更廣闊的社會變遷歷史上，由不同職業卻同樣奮力和貧窮掙扎的人身上。在多數的小說裏，宋澤萊都扣住台灣經濟、社會上重大事件與時期，並由此來解釋其小說中人物的命運同環境的關連。在描述農村地主沒落的小說〈舞鶴村的賽會〉當中，承襲了自日治以來的祖產的地主李高，便是從戰後的土改政策後，步上衰敗的過程：

然而，李高的家況慢慢轉變了。那便是土地政策的改變，一九五〇年以後，李高的土地慢慢地少了。那些土地逐漸在變遷中發放給鄉人了。⓫

如在〈鷓啼村小佳〉裏，描繪了農村中密醫盛行的事實，這是在現代化的醫療設施尚未進入農村前所發生的誤診悲劇，當時的農村顯然仍處於較早期的落後階段：

一九六〇年後，新一代的子弟成長了，那正是整個經濟剛要變壞的開始。農鄉的父老把子弟送到城裏去，由於農業的沒有指望，父老都不希望子弟再耕種了……⓬

⓾ 同註98，頁319。
⓫ 同註98，頁26。
⓬ 同註98，頁143。

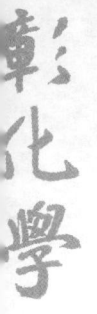

　　然而更重大的社會波動恐怕還在七○年代，無論是農政上「計劃收購稻穀」的失敗，政治上台灣的國際地位因冷戰構造瓦解所受的衝擊，經濟上國際性的能源危機所造成的物價飛漲，社會結構上持續地由農業社會改變爲工商社會所造成的城鄉差距、人口外移，凡此種種，莫不被作者引爲參證。

　　〈許願〉中以一個囤積「撈錢」的投機小商人來代表純樸人性的惡化，與時代變遷也息息相關：

　　一九七七年到了，這是一個變遷的年代，隨著石油漲價和糧食的危機，物價一再的波動，那便是小民生活辛苦而商家可以趁機撈錢的時候……（〈許願〉）

　　一九七○年以後，隨著時代的變遷，鄉間的娛樂休閒方式產生了巨大的變異，那即是電視機的來臨……（〈棲鷹山城行腳〉）

　　一九七○年前，鄉村的困苦迫使一些人向著這個市集來了。在白鷺鎮的周圍伊始有一些手工業的工場了。它們或者是農品加工，或者是雕些木器，往都市去換取些微薄的利潤，那些經歷數十年困苦的人家竟而有部份變成中產者了。（〈白鷺鎮的回憶〉）[103]

　　僅由上述的舉證中我們便可了解，宋澤萊的確是懷著高度的「歷史意識」來從事這系列小說的創作，而活動在這些歷史潮流中的小人物，都相當一致地受到外在環境的支配，做著程度不一的「自我扭曲」，人物缺乏自由意志可言，而成爲失去「主體性」的命運傀儡。因此，似乎可以說，建立在客觀精神上的「歷史意識」雖把小說提昇到爲社會變遷做例證的高度，但在一個充滿主觀的「世界觀」底下，小說中的人物命運其實也就是作者面對現實時的態度之折射，宋澤萊對此有一段眞實告白：

[103] 同註98，頁92，263，246。

我瞭解了人是一種有條件的存在，那些條件與生俱來，可以將人一直帶向淒慘境地，有時他本身並不清楚這種限定，更可怕的，他可能知道這種限定，但無力去革除，他只能張著眼睛，注視悲劇的來臨。[104]

帶著作者「宿命觀」烙痕的小說人物，其命運之坎坷並非個人的毫不做為；相反地，都是人努力地為擺脫貧窮而用盡一切方法，卻囿限於階級、時代、知識等個人的限定，終難能自命運的鎖鍊下逃脫出來。這樣的「宿命觀」或許帶有作者個人的主觀色彩，又把社會的「黑暗面」給暴露出來，這和下層社會那種無助、苦悶的氣息其實也可視為相應的詮釋，我們可以看見的是此時宋反而較清楚地表達一種台灣認同，而較前此的農民小說少了一份抗議的火氣。

然則無論我們同不同意，作者卻恆信：「世界的真貌其實就是那樣的」[105]。當有人被迫必須以殺豬為生（〈石礫鎮的保生會〉）、有人要被迫以廉價來販賣走私布料才能生存（〈礁藍海材之戍〉）、有人寧可放棄救治出生五日的嬰孩，也不願再過昔日窮困的生活（〈白鷺鎮的回憶〉）、有人將孩子的手腳扭斷來搏取表演賞金（〈棲鷹山城行腳〉）時，我們雖不免因著小說部分誇大的情節而半信半疑（這也是強調傳奇色彩的缺點），然則卻也不能不為那苦悶而艱困的時代而感到深沉的憂鬱了，在宿命式地世界觀底下台灣下層社會為現代化所受的苦悶同哀傷，就如同一枚火印烙燒在作者心頭，他真正要傳達的是對父母那一代台灣人的「疼心」。

（三）庶民圖之二：醜陋的台灣人

對宋澤萊而言，福爾摩沙島上的庶民裡，那些極艱苦地掙扎於貧

---

[104] 宋澤萊，〈從《打牛湳村》到《蓬萊誌異》：追憶那段美麗、淒清的歲月（1975-1980）〉，《打牛湳村系列》序言，台北：前衛出版社，1988.5，頁16。

[105] 同前註，頁17。

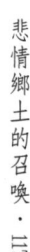

窮線上的人們，總是能贏得他衷心的同情，並且對那也是他自身所出之地充滿著「原鄉認同」的情感。

然而現實世界裏卻也存在著另一些令人嫌惡的角色，在探討《變遷的牛眺灣》那一節裏，筆者曾指出宋澤萊小說中所反映出的城市多半是資本家的天堂，卻是勞動者的煉獄，因而顯得有「罪化城市」的傾向，從而也塑造了資本家冷酷而充滿貪欲的形象，可以稱之的是宋澤萊的「城市情結」。城市與資本家，在台灣逐步現代化（資本主義化）的過程取代了農村與農民，而成為社會中的新階級與新中心，然而也就是在這個取代的過程中，有許多傳統社會中的人被犧牲，對像宋澤萊這樣出身農村，又懷有某種階級觀點的作家而言，似乎也頗能解釋他面對城市與資本家的那種批判姿態之由來。

從這個「情結」出發，同情下層階級的宋澤萊找到了資本家予以批判；同樣地，本節中所要探討的小說則把場景置於更廣泛的市民社會，從他所置身的教育界裏，從那些追逐著商業利益與政治利益的人群裏，宋澤萊也發掘島民身上的劣質性格，而將其形象化地寫入小說當中，雖不脫宋氏一貫的嘲弄筆調，然其間的批判意味自是不言可喻，對這些人物的描寫無疑地亦是「庶民圖」中重要的畫面。

宋澤萊批判教育界現況的小說，與他身為一名國中教師的親身見聞有關。自一九七五年從師範大學歷史系畢業後，宋澤萊便一直擔任國中教師，對他來說，「學校」這個具體而微的社會裏，其實與圍牆外的世界無甚差別，甚至是由於教師原應在知識與言行上較常人有較高標準，他們庸俗勢利的模樣反更令人嫌惡。因此，宋澤萊描寫教育界現況的小說似乎更加地誇大人物的醜態，諷刺也毫無掩飾。

〈督察〉與〈丁謙來了〉兩篇都指陳校園中的收賄事件，前者描述海縣的教育局長原為考察金沙國中的體罰與女教師春光外洩的事件，卻為校長所請來的伍議員要脅（議員有權決定教育局預算），反而收下賄款，皆大歡喜；至於後者則是校長收受了「紅包」，而答應某人成為學校的教師，校長在經歷了貪污家奇妙的、冒險的滋味後，

乃頓悟道：「原來我以前是笨蛋，竟不知大家都在拿錢，原來錢是可以拿的。原來督學也拿錢！」[106] 小說情節平鋪直敘，將校園中收賄（紅包）、關說、體罰、緋聞一股腦兒傾倒而出，直如一場目不暇給的鬧劇，也將教師的形象徹底顛覆無遺。

最能代表宋澤萊對教育界及教育政策不滿情緒的，還要屬《骨城素描》中的〈兩夫子傳奇〉。同〈打牛湳村〉一樣，小說的情節環繞著兩位有極端對反性格的教員開展，李亞是「今朝有酒今朝醉」型的教員，每天和那些狐群狗黨的教員朋友花天酒地，念念不忘賺錢與美食；而吳田則神經過敏，對現行體制不滿又執教升學班，性格懦弱毫無改革勇氣，卻又滿腹牢騷。由關係著這兩個人物的事件，經緯交錯成一篇現代的「校園怪現狀」，其控訴、嘲諷、咒罵教育界與教育制度的確已盡其能事：

但是，目前的社會裡，沒有那個團體要比中等學校的笑話更多了。大家如果談起學校，不是感到悲哀，就是感到荒謬，有時甚至還怒不可遏。比如男校長和女老師發生了戀情，報紙便要用社會版的第一條來報導，標題便打出又黑又粗的字體，還要把他們的關係詳細地描述一番。有時老師打破了學生的頭，便引起了全國人民的騷動。現在的中學校和一般的電影圈實在沒有不同。不是製造色情就是報導暴力。[107]

無疑地，〈兩夫子傳奇〉是預設了目的的作品，只要是實際經歷

---

[106] 《蓬萊誌異》，台北：前衛出版社，1988.5，頁174。
[107] 《骨城素描》，台北：遠景出版社，1979.6，頁142。又，宋澤萊曾在自述其文學創作體驗的文字中提及，教員的庸俗與拜金令他感到忿怒，頗能與小說互為參證：「K君遇到的大半的平民都是認真工作，沒有錢的窮人，卻獨獨這些無所事事的白領階級滿口金銀……究竟這世界是什麼世界！他不禁因厭惡而憤怒起來」。引見〈文學體驗〉，《禪與文學體驗》，台北：前衛出版社，1983.4，頁103。

過台灣升學主義教育的人必能發現，小說中指出的問題都是具體存在的。例如牛頭班被視為自生自滅的一群，而升學班卻為了升學而埋首在模擬測驗裏；教育從來與現無關，就像一首「梅花」唱了半世紀，卻從來見不到梅花；當然，惡補更是我們教育裡比上課更令人重視的事。當吳田在結尾處發病，自稱是玄天大帝派下的金童來拯救苦難人民，他喊出的一句話把這篇小說的主題給提示出來：

> 先生！救救那些孩子吧！不要把他榨成白骨吧！救救他們吧！[108]

描寫台灣校園問題的小說在此之前亦不乏其人，如七等生著名的《跳出學園的圍牆》（原名《削瘦的靈魂》，1976）即是此類作品。七等生曾藉小說主角劉武雄（七等生本名）形容他的學校是一個「充滿精神不正常的教師的學校」，第三人稱的敘事者那樣淡漠遠觀的陳述，使得小說產生了客觀的效果，而被某些評論家認為上述的那句話其實已具有了某種普遍性，而能指涉台灣社會的每一個層面上的某些上層人物[109]。

但〈兩夫子傳奇〉則不然，敘事者就恍如迫不及待要改革的作者一般，直接地在議論當中指出了這樣那樣的錯誤，小說的解讀因而是較單一的；但，這不也正是強調「功能」的作者所設計的效果嗎？於此，我們亦可看出為何在整個鄉土文學盛行的七〇年代，七等生仍被視為走現代主義路子的作家，而宋澤萊被視為鄉土派新生代寫手的差異所在。

宋澤萊對現實批判慣用的嘲諷語調，同樣也出現在批判政治、選舉文化的小說裏，他的喻意顯豁，就是直指台灣某些政治人物的庸俗、無行。

---

[108] 《骨城素描》，台北：遠景出版社，1979.6，頁 220。
[109] 呂正惠，〈自卑、自憐與自負：七等生「現象」〉，《小說與社會》，台北：聯經出版公司，1988.5，頁 107。

　　宋澤萊早期的帶有政治嘲諷意味的小說，所指的是散見於《蓬萊誌異》集中及先前的幾本小說集裡的作品，它們應包括了：〈鄉選時的兩個小角色〉（1978）、〈一九七八、十二月礫鎮〉（1980）指涉台灣選舉文化的小說；及〈豬仔〉（1980）、〈救世主在骨城〉（1979）描繪政治事件中人物反應的小說❿。

　　在上述所提及的小說中，我們可以發現貫串于諸作中的現象：即**描寫下層小人物與政治間的相互關係**。而這種現象的產生，實際上是根源於作者觀察題材時的視角。也就是說，宋澤萊一方面選他熟悉親近的鄉鎮下層小人物做為小說的主角，一方面也注意到去呈現屬於小說人物的政治經驗，這一點頗為重要。因為在一般情況下，這些人並無左右時局的能力，而更常是政治、社會變動下的現象承受者。職是，我們在這些小說中尋找不到尖銳的政治問題，也不見命運曲折幽暗的政治人物影射，所見只是處於政治、社會變遷格局下人們各形各色的「姿勢」。

　　首先，我們就不妨先以〈鄉選〉這一篇有代表性的作品，來審視作者是如何描繪他們的「姿勢」，並以之解析此時期政治小說的意旨和特色。

　　〈鄉選〉一篇，是以一九七七年在南部濱海的鄉鎮海子清中的鄉長選舉為背景，而這場選舉關係著地方上務農派和務漁派勢力的消長。屠夫王雄應聘為務農派的林金協助選，本名馬漁萬的馬包辦則為現任鄉長務漁派的鄭肇財助力。故事的情節分為二線交錯鋪陳，對王雄及馬包辦在整個選舉過程中的舉動，以略顯誇張的筆調來描寫，並或隱或明的加以嘲弄、議論。

---

❿　〈鄉選時的兩個小角色〉：原見《雄獅美術》37，1978.7。今引自《等待燈籠花開時》，台北：前衛出版社，1988。〈一九七八、十二月礫鎮〉：原收於引自前衛版同名書，1988。〈豬仔〉：原見《台灣文藝》64，1980.11。今引自《蓬萊誌異》，台北：前衛出版社，1988。〈救世主在骨城〉：見《骨城素描》，台北：遠景出版社，1979.6。

從整篇小說的敘述重點來看，作者對人物的各種丑角式的表現有濃厚的興趣，這使他的人物人物為了自己虛擬出來的利益而不斷賣力演出。他們不斷為候選人去送禮、賄賂，在政見發表會上帶頭鼓噪助勢，其忠誠愚態之極致正不妨以下面一段來說明：

> 忽然人叢中便大叫一聲，一個光著上身的人背著一枝荊棘，額頭低垂，他跳落到林金協的身邊，一面叩頭，一面指天劃地，那彩帶寫上：「為民做牛馬，人神共明鑑！」大家又仔細一瞧，認出了這人是王屠夫。⑪

對小說中人物的可笑行徑加以嘲弄一向是宋自〈打牛湳村〉以來慣有的特色，我們以為，宋的嘲諷應歸結於他所持有的人生觀，也就是對人的「宿命」，人的天生限制之認定，促使他處理小說中人物命運時，因著他們拙劣的為求取生存而做出的努力掙扎發出嘲諷，而這種嘲諷多少是無可奈何之下的自我解脫方式，因為卑微的小人物仍需如此卑微的活下去，這不免使我們想到王禎和式的笑鬧情境，恐怕皆是出於同一種心態所致。然而我們也非因此斷定宋對他取樣的農鄉人物持有何「惡意」；相反地，在嘲弄背後所透露出來的是同情、諒解，是在接納了命定之後的溫暖包容，而這，恐怕才是宋一系列以農鄉小人物為題材的小說所以動人之處。

準此而論，〈鄉選〉中王雄與馬包辦的下場也正吻合了上述的推論。當鄭肇財順利連任，馬包辦卻因政敵密報他走私而被捕，然而賄選買票無所不用的候選人於此似無所見；至於失敗者王屠則只好尋回他的屠刀，重新回到屬於他的世界，當激情、利益盡成煙雲，小人物

---

⑪〈鄉選時的兩個小角色〉，原見《雄獅美術》37，1978.7。今引自《等待燈籠花開時》，台北：前衛出版社，1988，頁219。亦被收入李昂編，《六十七年短篇小說選》，台北：爾雅出版公司，1979.4。

的戰場仍是瑣屑平凡的生活本身。

顯然，〈鄉選〉的主題並不在揭露甚麼秘聞，因為賄選、送禮、敗德的候選人早已不是新鮮事，宋也的確無意於深一步挖掘其間的諸般細節。它的批判性是呈現而非指摘，「鄉愚」們受到政客利用而不免忘形起舞叫囂，得利者既非辛苦賣力的小人物，那麼究竟是誰更該受到批判呢？

如前所述，在宋前期的政治小說中，多在描寫下層小人物與政治之間的關係，亦即透過小人物的各種反應及心理來反襯出政治之陰暗本質，基本上都不算碰觸到任何敏感的政治議題，也因此並沒有意欲指控的對象而顯得抗議性、批判性並不強。我們如果再看講述「豬仔」議員由來的〈豬仔〉以及寫逢迎於兩位候選人之間的政治樁腳的〈一九七八、十二月礫鎮〉，也是僅止於事象的呈現。寫政治小人物的各式醜言陋行，而且筆調略顯誇張，人物造型突梯，嘲諷的意味與記錄時代的用心顯然高過正面的指摘。

因此從宋早期的政治小說中，我們可以看出整個社會的覺醒意識仍未能自由發抒，它的下一步發展才是八〇年代初如施明正〈渴死者〉、〈喝尿者〉這種大膽暴露國民黨監獄內幕，或者林雙不、陳映真等人指涉二二八事件及白色恐怖的小說。宋把目光置於下層小人物面對政治事件、風潮的反應，或許是時代氛圍的結果，然而他的政治小說也因此而更切近於俗世眾人的經驗，不是秘辛、內幕或沈痛的歷史記憶，卻是當下發生在我們周遭的人事群像。而這一角度可以用來說明宋早期政治小說的特性，就是他把台灣在逐漸邁向民主化的過程中，鄉土小人物置身於時代變化潮流中的心態予以如實的描寫。無論是五項公職人員選舉，或是一九七八年底中美斷交下的政治風潮，都成為人物活動的佈景，在這佈景之下人物的各種心態則成為台灣由戒嚴到民主之間的一則心影錄。

彰化學

第4章 給我一個巨大的時代：宋澤萊與八○年代政治文學風潮

一、啓蒙與再生：「後・美麗島時期」的政治小說地圖

（一）「後・美麗島時期」的政治與文學

台灣社會在七、八○年代之交的變動是極其鉅大的，由於這些變動的衝擊，台灣文學的發展在八○年代呈現另一番局面。

如我們所知，一九七七年的「鄉土文學論戰」把官方文學與民間文學的分野，藉此論戰而將之劃分開來，官方藉助各種力量鄉土陣營的壓抑，說明鄉土文學回歸現實書寫所具有的潛在顛覆性，鄉土文學挖掘的社會眞相正在動搖統治者威權。就在同年，政治運動上也發生了導因於選舉弊端的「中壢事件」❶，是爲戒嚴後第一次大規模的反政府群眾運動。這兩個事件典型地表現官方與民間在文化及政治上的衝突，台灣社會求變的氣氛已經擴散開來。陳芳明曾對這兩個事件的意義加以總結說：「文學運動與政治運動在同一時期發生陣痛，正好可以說明台灣社會已經到達一個大反省、大轉折的階段」❷。然而就在台灣反對運動聲勢日益高漲之際，一九七九年底的「美麗島事件」又引來國民黨政府的彈壓，台灣的政治民主運動似乎又籠罩在巨大的陰影之中。

所以說，八○年代的台灣是以「美麗島事件」開啓歷史悲情的一

---

❶ 1977年年底五項地方選舉中，桃園縣的縣長選舉，因中壢國小的投票所發生疑似選舉弊案，引起群眾包圍中壢警察局，有兩位青年殞命，憤怒的群眾燒毀警局及警車，是爲「中壢事件」。說明參見游勝冠，《台灣文學本土論的興起與發展》，台北：前衛出版社，1996.7，頁245。

❷ 陳芳明，〈七○年代台灣文學史導論：一個史觀的問題〉，《典範的追求》，台北：聯合文學出版社，1994.2，頁223。

頁的，不過，也正由於此事件及其後各種政治迫害，反而引發台籍知識分子及作家的深刻自省，而尤其是眾多作家在政治意識上的覺醒與道德勇氣的勃發，這才引動戰後本土政治文學的一股風潮。因此，要描述八〇年代「政治文學」的興起與發展，必須由「美麗島事件」的發生及後續影響來加以考察。

一九七九年十二月十日，以《美麗島》雜誌為名，串連全島反對運動人士的雛形政團逐漸成形，在高雄市舉辦「世界人權紀念日」演講遊行活動，卻引起軍警的鎮壓，並在隨後遊行大規模地逮捕反對運動之領導人士，如黃信介、施明德等人，並隨後展開大審。彭瑞金曾形容事件發生後的情形說：「……累積數十年反對勢力的反對運動陣營受到土崩瓦解的重挫，台灣社會立時一片愁雲迷漫，進入五〇年代白色恐怖後最嚴重的悲情時代」❸。尤可注意的是，被捕者中也包括如王拓、楊青矗這些作家。

當然，使台灣人民支持反對運動的動力，非僅只來自「美麗島事件」的影響，如其後一九八〇年二月二十八日發生事件中被捕的省議員林義雄家宅白晝母、女被殺的血案，和一九八一年七月留美教授陳文成伏屍台大校園的命案，至今雖猶未能擒兇，但政治謀殺幾已是「共識」。而「美麗島事件」因是直接肇始台灣民眾對反對運動理念的支持，遂一直被視為台灣人爭民主求自由的象徵性「符號」，台灣作家因此而受到「啟蒙」者，不計其數，在後美麗島時代裡，文學創作與黨外民主合流的情形，正是政治文學盛行的最大背景。

換言之，政治家與文學家的入獄，說明兩者對台灣命運的思考得到相同的結論，「國家機器」乃是人民共同的壓迫者，故文學反映政治問題、人權問題、生態問題，直指統治者的禁區乃成八〇年代政治文學的課題所在。對此，陳芳明亦有透徹的看法，他說：

---

❸ 彭瑞金，《台灣新文學運動四十年》，台北：自立晚報社文化出版部，1991.3，頁195。

一九七九年美麗島事件發生，政治的領導者與文學的健將都蒙難入獄。這樣的遭遇，並非偶然。政治運動者與文學運動者，對島嶼命運的思考，果然都得到相同的答案與相同的結論。換句話說，台灣政治與台灣文學的出路，都同樣受到當前體制的阻撓。那麼這兩個運動要尋找合理的出口，只有攜手並進，共同突破政治與思想的藩籬。❹

台灣作家受七、八〇年代之交的政治事件影響者多矣，促使作家再一次思索「文學」在劇烈變動世界裡的定位與作用，就像彭瑞金所形容的：「台灣社會的泛政治化影響力已到了無所不在、無孔不入的地步，作家逃避政治，就是逃避現實。創作不自外於現實，自然不能自外於政治現實，因有政治文學的出現」❺。

許多作家都自承受到「美麗島事件」與林家血案等事件的啓示，並且對創作起了莫大影響，從某一個角度而言，他們亦不妨稱爲「美麗島世代」。

「八〇年代的作家林雙不、宋澤萊、林文義、劉克襄、黃樹根、陳崑崙、莊金國、曾貴海、康原、吳錦發、鍾延豪、洪醒夫等爲數不下數十位，則都曾在公開或私下的場合宣稱，發生於一九七九年底的『美麗島事件』給了他們徹底的洗禮，使得他們覺悟身爲『台灣人』的悲哀，並因之激發了他們在文學創作上的自覺」❻。寫有〈鮭魚的故鄉〉的林文義沈痛地說道：

美麗島之前我們都是政治白痴！我原本也個忠貞的國民黨員，美麗島許信良等人被抓，我們有幾個人在黃春明家，大家都很難過，想怎麼

---

❹ 陳芳明，〈心靈的提昇與再造：鄉土文學論戰與中壢事件十週年〉，《鞭傷之島》，台北：自立報系文化出版部，1989.7，頁52。

❺ 同註3，頁195。

❻ 吳錦發，〈八〇年代的台灣文學〉，《台灣學術研究會誌》3，東京：台灣學術研究會，1988.12，頁117。

會用「二條一」唯一死刑來對付這些讀書人民呢？❼

在八○年代投入積極投入黨外政治運動的林雙不更說，他沒有時間寫小說，因為有更急切的事要做：

林義雄家人被國民黨殺死那天，我整個人都變了，那時我剛好三十歲，我不認識林義雄，但那件事是改變我一生的轉捩點。❽

而本文所論述的宋澤萊亦是受「美麗島事件」洗禮後覺醒的一位，他在八○年代伊始所創作的《福爾摩莎頌歌》（1983.11，前衛），把他對美麗之島的眷戀、疼惜之情表露無遺，他在序言中自述其創作時的心理背景說：

這些詩相關著一九七九年十二月後的我的轉向實際，的確，一九七九年年底恐怕是我們年輕人一個很重要的再啟蒙。我猶記得，在那之前，我還是多麼純粹的一個被瞞在世界真相底下的人……但是那以後，我們突然間改變了，只在一夜之間，我們變成了另一個人。你看！多麼傻，我們的答案就在那兒，而整個歷史的真相就是那樣。❾

受到「美麗島事件」衝擊的台灣作家在目睹了國民黨整肅異己的手段後，終於察覺到台灣社會所有問題的核心就是「政治」，除非對政治機器徹底地加以批判、顛覆，否則台灣社會的任何方面的民主自由都絕無實現之可能。這種認知促使作家的「政治意識」覺醒，從而

---

❼ 邱妙津，〈昨日年輕擊壞歌，今朝掛鎖美麗島〉，《新新聞》266，1992.4.18，頁75。

❽ 同前註。

❾ 宋澤萊，〈序：祈禱與頌讚〉，《福爾摩莎頌歌》，台北：前衛出版社，1983.11，頁5。

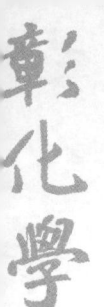

積極投入黨外民主運動。陳芳明自述其思想轉變的歷程，亦正是當時眾多作家的共同體驗：

> ……一方面對中國感到幻滅，一方面又受到受到台灣民主運動的衝擊，我才決悟到，我關心台灣不能只滿足於關心文學歷史，還得關心政治的事務，可是關心政治事務，又不能不瞭解歷史文化，所以這兩方面的問題逼我不得不好好思考，找尋一個前進的方向，因而我得到一個結論「台灣知識份子不能不關心政治！」因為政治才是解決台灣問題最直接的途徑，（略）從那時候起，我領悟到台灣要解決的問題很多，政治的、歷史的、文化的——所以我不能只在文學上努力，只有文學，絕對解決不了台灣的問題。❿

「只有文學，解決不了台灣的問題」的認知，正是關心台灣現實的作家投入黨外民主運動的主因。而除了投入政治運動外，在創作上，台灣文學界因而興起了寫作政治文學的風潮，可謂在政治反對運動外，透過文學的政治化試圖對國家機器的壓迫進行控訴與顛覆。

（二）八〇年代的台灣政治文學

在林燿德的〈小說迷宮中的政治迴路：「八〇年代台灣政治小說」的內涵與相關課題〉一文中，曾將台灣八〇年代政治小說依其政治傾向與識形態的差異，分為包括左翼統派、獨派等七種類型 ⓫，他所過濾出來的這些意識型態光譜，說明了政治小說中所具有的意識型態鬥爭的事實。也即是說，台灣的政治小說各自所表現出來的政治傾向性，若非互為對立，至少也存在著許多異質的思考而難以有統一立

---

❿ 見吳錦發訪問記，〈故人遲遲歸：訪旅美作家陳芳明〉，《做一個新台灣人》，台北：前衛出版社，1989.11，頁 325。

⓫ 林燿德：〈小說迷宮中的政治迴路：「八〇年代台灣政治小說」的內涵與相關課題〉，鄭明娳主編，《當代台灣政治文學論》，台北：時報文化出版公司，1994.7，頁 163-177。

場，例如左翼統派小說中蘊涵的中國統一意識，便與獨派小說的台灣獨立意識格格不入。

從文學史上看來，必須承認台灣政治小說（任何政治文學亦同）中，的確存在著這種差異，因為如果文學創作者將揭發、揭舉出具有支配性的意識型態（相對於自己的）視為使命，那麼「意識形態領域的鬥爭，就會成為必然的趨勢」[12]。然而此處同時也要提出另一種觀點，這關係著以下對政治文學發展的描述。筆者認為，政治立場不同固然使政治文學存在著各種意識形態，然而，如果政治文學到頭來只被視為不同政治立場的鬥爭工具，那麼，不啻是失卻了政治學因應台灣現實產生的真正意義。其實無證是獨派、統派、懷疑論派，相信大多數作品是台灣人民立場來寫作，而企圖打破籠罩台灣人民的各種政治壓迫的，套用王德威的話：「作家的政見表達，或左或右，也無不說明他們對台灣前途的關懷」[13]。例如所謂「統派」政治小說所追究的白色恐怖真相，相信即便是獨派的擁護者都不得不承認其中對統治者的批判性，並且也挖掘出被湮滅的人民心聲。只要掌握住此一政治文學的真義，我們便可以擺落不同派別政治文學中的意識型態齟齬，進一步瞭解不同派別政治文學的關懷與批判對象，這也即是我們分析八〇年代政治文學的基本立場。

從八〇年代政治文學的關懷與批判對象來看，「國民黨」的專制統治顯然是作家共同的批判對象，雖然在戒嚴時代尚且無法正面指出這一對象，但透過不同政治件的描寫，都同樣指向國民黨在台灣施行四十年的戒嚴威權統治，其影響力已深入社會個層面，台灣政治文學所反映的政治現實遂因而包羅萬象。要詳細描述其發展過程與整體面貌殊非易事，因此只針對最具代表性的三種類型加以介紹，並指出宋

---

[12] 見蔡詩萍對上述林文的講評，同前註，頁201。

[13] 王德威，〈大有可為的台灣政治小說：東方白、張大春、林燿德、楊照、李永平〉，《小說中國：晚清到當代的中文小說》，台北：麥田出版公司，1993.6，頁102。

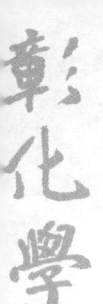

澤萊在其中寫作路線上的歸屬，以作為下文中作品分析的基礎。

首先，八〇年代政治文學中佔有最大版圖的是關於描寫「政治傷痕」的作品，把戰後各種政治事件給予人們的創痕加以揭發，其數量之眾，足令人震驚於台灣人所受政治壓迫之沉重。彭瑞金肯定地說：「如果做為一種政治傷予以檢視，那麼這些文學則反映了台灣一面相當重要的歷史與現實」**⓮**。

描寫「政治傷痕」的小說可以從幾個「次類型」小說來觀察，如「監獄小說」、「二二八小說」與「白色恐怖小說」。

監獄小說，其創作者多半出於當過「政治犯」的作家之手，側重描繪政治黑牢中無人性的世界。其中最早也最著名的當推施明正發表於《台灣文藝》上的〈渴死者〉（1980）與〈喝尿者〉（1982）。前者以外省的青年軍官為主角，由於不甘被污以匪諜罪名，多次求死不成後，終而以褲管綁結在鐵柵門上，以「懸蹲」的方式，「執著而堅毅地」把自己吊死；後者則以金門陳某為主角，由於他以告發獄友來取得減刑，竟藉著喝自己尿液來治療自己的內傷。施明正這位被宋澤萊稱為「牢獄社會的記錄者」的小說家 **⓯**，大膽地突破政治禁區，頭一次描寫了國民黨以黑牢來鎮壓異己的手段給予人性的殘害，其效果如論者所言，是在八〇年代舊體制瓦解的過程中，以突破禁忌的方式呈現為此過程的一部分，「兼有揭發黑幕與譴責國民黨的目的」 **⓰**。

從施明正以降，描寫獄內幕的作者作乍然湧現，如果將他們并而觀之，所顯現的就是國民黨當局依靠情治機構、監獄等統治機器壓抑民主，羅織罪名迫害異己，對政治犯乃至整體社會造成成巨大的肉體和精神創傷的完整畫面。除了小說外，像明哲（柯旗化）與紀萬生

⓮ 彭瑞金，《台灣新文學運動四十年》，台北：自立晚報社文化出版部，1991.3，頁195。

⓯ 宋澤萊，〈人權文學泛觀〉，《誰怕宋澤萊？：人權文學論集》，台北：前衛出版社，1986.6，頁104。

⓰ 呂正惠，〈八〇年代台灣小說的主流〉，《戰後台灣文學經驗》，台北：新地文學出版社，1992.12，頁81-82。

也同樣以坐牢經驗，寫下富抗議性的詩作與散文。

至於二二八事件與隨之而來的白色恐怖肅清，數十年來一直被視為國民黨的禁忌之一，描寫這些政治傷痕的作品，有部份是與監獄文學相重疊的。在二二八事件的描寫上，中、短篇小說就有葉石濤〈紅鞋子〉、〈牆〉、郭松棻〈月印〉、李喬〈小說〉、〈泰姆山記〉等，具代表性的小說皆收入林雙不所編《二二八台灣小說選》[17]。長篇則有陳雷的《百家村》、陳燁的《泥河》等。至於詩作方面，有如明哲〈母親的悲〉、莊金國〈埋冤者〉、陳芳明〈父親、一九四七〉等，數量驚人，目前亦有李敏勇將之收爲《傷口的花：二二八詩集》一書[18]。緊隨二二八事件而來的，綿延整個五○年代（或者更長）的白色恐怖肅清，則是國民黨在恐共情結下對台灣菁英與無辜民眾的逮捕、囚禁與撲殺，陳映眞在〈山路〉、〈鈴鐺花〉、〈趙南棟〉等小說裏追究了歷史的眞象。

無論是監獄、二二八或白色恐怖小說，直接受害者的創痛既已見諸文本中，但這些政治傷痕卻不僅只烙印於政治犯身軀而已。正是由於這「殺一儆百」的恐怖統治，政治傷痕的效力還擴大爲對台灣人民長期而深刻的影響，使人們活在逮捕、刑殺的死懼中，從而使台灣人民被迫地疏離了歷史、土地與現實。陳雷在《百家春》序言中便說：「透過這本書可以發覺，統治者對統治者的意識和手段，在四十年後的今年本質上猶未改變；而一種普遍的恐怖感和無力感，仍是目前台灣民間記憶猶新的惡夢」[19]。表現這種間接，卻又顯然是綿長日久之恐懼的文學作品，便是刻畫政治犯家屬及親族所造成的創傷與影響，並從家屬眼中反映統治機器的殘酷與不義。所謂「死者已矣，生者何堪」，無疑地，這些作品也是政治傷痕所催生出來的血淚之作。代表

---

[17] 林雙不編，《二二八台灣小說選》，台北：自立晚報社文化出版部，1989.2。

[18] 李敏勇編，《傷口的花：二二八詩集》，台北：玉山社出版公司，1997.2。

[19] 陳雷，《百家春》，1988.8，台北：自由時代出版社。

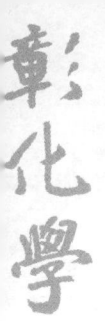

作品，小說如莘歌〈畫像裏的祝福〉、蔡秀女《稻穗落土》、陳艷秋〈陌生人〉、林雙不〈黃素小編年〉等。有一位政治受難著家屬的恐懼之音，也許很能爲上述的作品立下最貼切的註腳。他說，受迫害的陰影使台灣人根本不敢去向政府單位登記、索賠，誰知道日後會不會有另一次白色恐怖呢？他語帶畏懼地說：

　　很多人很害怕，不敢去登記，怕日後惹麻煩，怕又來一次白色恐怖……政府眞的會道歉和賠償嗎？我很懷疑……歷史教科書沒有記載，下一代的子孫也不太清楚這件事……出來說話的人，實在太少太少了。⑳

　　如果說監獄文學與二二八、白色恐怖文學等描繪「政治傷痕」的作品，是在美麗島事件後，激起台灣作家對台灣人之做爲「受害者」形象的記憶，從而以較消極地（相對而言）的態度，也較具歷史性的題材來寫作政治文學；那麼，另一類型的政治文學則多取材於當代的、現實的台灣政治狀況，而且更積極地劈刺國民黨的專制獨裁，就像拉丁美洲在二次戰後有所謂的「反獨裁小說」一般㉑，這類小說也不妨逕稱之爲台灣的「反獨裁小說」；或者，以一個「本土」的術語稱之，如宋澤萊所定義的名之爲「人權小說／文學」。

　　陳芳明曾在一封寫給宋澤萊的公開信中說，美麗島事件後許多作家終於警覺到島嶼的危機，他們的創作是在目睹了政治民主人士與文學家被打入大牢後產生的，「在不公不義的土地上，有人代替受難的山河去坐牢，也應該有人代替坐牢的人繼續發出聲音」，因而他遂把後美麗島時期的抗議文學作品，稱之爲「美麗島傷痕文學」㉒。然而

---

⑳ 張炎憲等採訪，《基隆雨港二二八》，台北：自立晚報社文化出版部，1994，頁262。

㉑ 關於拉丁美洲的「反獨裁」小說，可參考陳眾議，〈社會現實主義〉，《拉美當小說流派》，北京：社會科學文獻出版社，1995.2。

㉒ 宋冬陽，〈傷痕書：致宋澤萊〉，《台灣文藝》89，1986.3.15，頁16。

當一九八六年宋澤萊正式提出「人權文學」的主張後，陳芳明便極為贊同地認為，宋澤萊為一九七九年以降的台灣文學找到了「明晰的性格」，也承認「人權文學」較前此的「美麗島傷痕文學」更為積極而關懷更廣：「我把這時期的作品為『美麗島傷痕文學』，似嫌消極；我寧可使用你所說的『人權文學』。因為它的涵蓋面比較廣泛縱深，它暗示了台灣文學抗爭的、落實的、積極的精神」❷。陳芳明的說法印證了我們上述的分類，在描寫政治傷痕之餘，作家要更積極的爭「人權」、反「獨裁」，這標誌著台灣作家的政治抗爭和批判擴展到更廣闊，普遍的現實生活層面，而非較「特殊」的政治傷痕題材。

關於宋澤萊的「人權文學」論的詳細定義與發展，將在專論宋澤萊的文學主張時另文剖析，此處用宋最為精簡的話語來說，「人權文學」是要反抗統治者「反人權」行為，它要爭的是「人民對自由權、平等權、受益權、參政權的充分獲得，不容打折扣」❷。

八○年代的人權文學作品表現的反人權現象，例如直接反映、批判現實中的政治事件的，如國民黨的謀殺行為，八○年代後的陳文成案，林義雄家宅母、子血案即為「生命權」毫無保障的準政治事件，施明正〈隱刃者〉及陳嘉農（陳芳明）〈給亭均、亮均〉便是在哀痛林義雄母、子血案外，冷冷地批刺了統治者的冷血殘暴。

或者是針對國民黨對人民生活無所不在的政治干預現象加以揭露，是所謂「人不去干涉政治，政治卻要來干涉人」，例如校園中的教官制度和各種因泛政治聯想而來的恐嚇。前者像林雙不的〈大學女生莊南安〉、〈小喇叭手〉，把校園裏的政治文化徹底鑿穿，粉碎了所謂軍人、學生、犯人沒有自由的「管理規則」；而後者則有吳錦發〈消失的男性〉為例，描寫主角李欲奔在進行候鳥觀測時，竟被海防部隊疑為探測地形的走私者，這種無端干涉人身自由的現實也被揭

❷ 同前註，頁 17。
❷ 〈人權詩在台灣的初步勝利〉，《台灣人的自我追尋》，台北：前衛出版社，1988.5，頁 144。

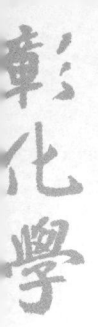

露。

　　然而最為激進且顛覆性最強的，莫過於人權文學之下所謂的「暴君小說」。這些小說尤其在解嚴前後出現頻繁，其攻擊對象明顯地針對國民的某位統治者，當然也連帶地構寫了這個政權的獨裁統治行徑，書寫這類小說的作者在意識型態上多被歸類為「獨派」，具有強烈的「反殖民」與「台灣民族」意識。主要作家及作品如宋澤萊的〈抗暴的打貓市〉，林央敏〈大統領千秋〉，他們不折不扣地站到與國民黨敵對的立場，傾力顛覆了國民統統治者「偉人」的形象，其激烈程度真是前此未見，試看宋澤萊〈抗暴的打貓市〉中對蔣介石的嘲弄：

　　……廣場的中央，有一座他們哥倆黨，政、軍總的乾祖父的銅像，如此親切的乾祖父的像，拄著一支枴杖，微笑地面對著所有的市民，人人都說他們的乾祖父是打貓市的救星…… ⓓ

　　最後，讓我們來看八○年代政治文學中另一型的作品，如果說政治傷痕文學與人權文學都以或顯或隱的立場反對國民黨專制統治，那有另一類政治文學企圖「超然於台灣任何政黨、派別之外，對於他所認定的現實政治中的各種醜惡現象，均無偏坦地加以揭示和批判」 ⓔ；或者是表達了對「政治本身以及相關價值體系的質疑」，也即是揭示「政治參本身的虛妄性」，可稱為「懷疑論式的政治文學」（林燿德語） ⓕ，代表作家有黃凡、張大春、朱天心等。這些作者顯然對台

ⓓ 《弱小民族》，台北：前衛出版社，1987.8，頁292。

ⓔ 劉登翰等編，《台灣文學史》（下卷），福州：海峽文藝出版社，1993.1，頁558-559。

ⓕ 林燿德，〈小說迷宮中的政治迴路：「八○年代台灣政治小說」的內涵與相關課題〉，鄭明娳主編，《當代台灣政治文學論》，台北：時報文化出版公司，1994.7，頁164。

灣數十年來泛政治的現象極端厭倦，他們所質疑的是政治權力使人墮落的問題，黃凡〈賴索〉與朱天心〈佛滅〉等小說，其實亦是極具警示意義的。就如同《大英百科全書》一九八二年鑑評黃凡所云：「黃凡的一些小說……它們不但諷刺中共及台獨份子，而且也批評國民黨政權」[28]。他們所關切地已非與前兩類政治文學樣是台灣人民的政治處境，而轉而對政爭過程較上層的政治理念提出質疑，由於其旁觀、譏刺的意味濃厚，乃有論者稱之為是「曖昧的戰鬥」[29]，不過若從警示人勿因獲得權力而墮落的角度而言，這些作品亦自有獨具的意義。

二、人權／民族／語言：宋澤萊的激進文學話語

（一）前言

經過「美麗島事件」洗禮過的宋澤萊，在一九八〇年出版《蓬萊誌異》後，便為他的「鄉土寫實時期」畫下了句號。此後，宋澤萊為了解除長期以來的人生困境，轉而由參禪、靜坐來尋求另一次「救贖」，他不僅曾把宗教經驗付諸文字[30]，亦且還曾就佛陀教義問題與眾法師激辯，喧騰一時，不過終究非關文學；當然他的宗教經驗亦影響了他的文學，然而這種影響在八〇年代並未清楚顯露出來，還要到九〇年代的小說（如〈一位變成鹽柱的作家〉、《血色蝙蝠降臨的城市》）中才見到關於宗教體驗的描寫。

不過，參禪之餘，宋澤萊的小說創作雖然銳減，但他並未完全與

[28] 高天生，〈曖昧的戰鬥：論黃凡的小說〉，《台灣小說與小說家》（修訂版），台北：前衛出版社，1995.1，頁 213-214。

[29] 同前註。

[30] 宋澤萊重要的佛學論述有：《禪與文學體驗》，台北：前衛出版社，1983.4。《白話禪經典》，台北：前衛出版社，1986.6。《被背叛的佛陀》、《被背叛的佛陀續集》，台北：自立報系文化出版部，1989.8。《拯救佛陀》，高雄：派色文化出版社，1990.7。

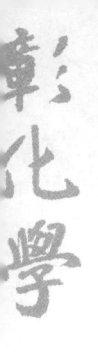

文壇失去聯繫；相反地，在筆者看來，他反而更積極地以其他的創作形式，去實踐他長期以來對台灣現實的關懷。例如他受「美麗島事件」衝擊後所寫的詩歌《福爾摩莎頌歌》（1983），無一不是對台灣之美的謳歌與對台灣命運的期盼；或對台灣文學發展與台灣命運的論述，皆是熱愛台灣的知識分子的實際行動。這些小說、詩歌、論述之形成，都與八〇年代台灣的社會及文學界變動密切相關，因此在我們探究其政治小說前，有必要針對表達其文學理念的文學論述進行考察，並及於當時的各種社會及文學狀況。

綜觀宋澤萊在八〇年代發展的文論，可以分為兩個時期來加以描述，第一個時期約在一九八一至一九八二年之間，在這個時期裡，其主要的文論有四：〈文學十日談〉、〈台灣文學論〉、〈談台灣文學〉與〈致台灣文學界的七封信〉❸。

八〇年代初期文學界的論戰，實際上是八〇年代後台灣社會「台灣結」與「中國結」問題另一面向，論戰首先是在一九八一年由「邊疆文學論」所引起，而後更有「第三世界文學論」與「台灣文學本土論」（南北分派）的爭辯，甚至戰火也延伸到以黨外政論雜誌為論壇的「台灣意識論戰」，這一切都表明了台灣文學本土化論者，嚐試以「台灣中心」取代「中國中心」來定位「台灣文學」的「去中國中心化」取向，是文學「台灣意識」積極提昇的論戰期。即就文學範疇而言，蔡詩萍的說法便頗為透徹：

八〇年代思索「台灣文學前途」的作家，與七〇年代「鄉土文學」作家最大的差異，除了繼續「一方面為貧窮的鄉土人物講話，一方面則攻擊國民黨的高壓統治」外……他們更企圖完成的使命是建立「台灣文

---

❸〈文學十日談〉，《台灣文藝》73，1981.7。〈台灣文學論〉，《暖流》1：4，1982.4。〈談台灣文學〉，《益世》22，1982.7。〈致台灣文學界的七封信〉，《深耕》15，1982.8.10。

學的主體地位」，亦即從文化層面謀求「台灣文化主體性」的形塑。易言之，也就是想從根本處重新建立一個「文學典範」。❷

處於此種時空下的宋澤萊，其作法是透過對日治以降台灣新文學傳統的梳理，極力提攜文學傳統中「反殖民」（解放弱小民族）與「台灣中心」（為台灣人民做見證）的兩個獨特的面向，雖沒有正面批判國民黨與統派的中國中心立場，但顯見其視野全以台灣立論，已表露了強烈的「台灣意識」。

接下來，在第二個時期當中，以《台灣新文化》雜誌為據點❸，從批判「老弱文學」不肯正面台灣現實問題開始，集中於一九八六至一九八七年發表了關於「人權文學」、「台灣民族文學論」及「台語文學」的相關論述，在解嚴前後明確高舉了「台獨」（台灣獨立）文學的大旗。由於宋澤萊及其他持相同主張的人採取了強烈的「反中國霸權」立場，在意識型態上具有較其他文學本土論著更大的排他性與鬥爭性格，因此我們所稱的「激進文學話語」主要乃針對此時期的論述而言。

以下的討論將先略述第一個時期中宋氏詮解文學傳統的意見，再由此時期「台灣中心」立場的文論出發，進一步討論宋澤萊在「人權文學」等文學意見上的「激進文學話語」（Radical Literary Discourse），

---

❷ 蔡詩萍，〈一個反支配論述的形成：八〇年代台灣異議性文化生態與文學的考察〉，孟樊、林燿德編，《世紀末偏航：八十年代台灣文學論》，台北：時報文化出版公司，頁464-465。

❸ 《台灣新文化》（月刊），1983.9創刊，中心人物有王世勛、利錦祥、宋澤萊、林文欽、林雙不、高天生、李喬等人，此刊物具有強烈的「反中國意識」，致力於建構具「主體性」的台灣「新文化」，屢遭統治者查禁。其立場可由創刊號的刊頭標語看出：「過去，我們總是戰戰兢兢地活在中國文化的家長權威，和封建社會制度的重重束縛裡。但是今天，我們台灣新文化，則將以一個在沈睡與清醒間的少壯之軀，頃間衝破繭殼，挺立在世界的競技場上」。

而這正是本節的側重點，也是詮釋宋澤萊八○年代政治小說極重要的
參照系統。

(二) 回向「反殖民」與「台灣中心」的文學傳統

　　一九八一年一月，詹宏志的〈兩種文學心靈〉一文對台灣文學將
在統一後淪為「邊疆文學」的命運，提出悲觀的結論，詹宏志這自比
為中國庶子的「邊疆文學論」，引起了本土作家內心的暗傷與憤怒。
因為他的擔憂或許是出於喪失信心的結果，但事實上這不僅只是台灣
文學價值受貶抑的事件而已，其中更牽連著台灣長期失卻「主體性」
的歷史性徵結。誠如游勝冠所論：

　　詹宏志話一席話，固然是假設性的問與結論，但都強化了美麗島事
件後，台灣受中國支配、壓迫的歷史形象，也觸及了70年代以來因為
國家定位不明所衍生的種種問題。❸

　　詹文的結論明顯地預設了「中國中心」的立場，無論他是以何種
立場自居，在這個立場下所評價的台灣文學是失卻了獨特性與正當性
的，台灣文學因此絕難有自足的意義與價值，而能只成為如詹氏所說
的：「充滿異國情調，只提供夢幻與暇思的材料」的文學❸。

　　就在詹文發表半年後，在文學界一片檢討聲中，空氣裡仍可以嗅
到濃冽的戰火氣息，宋澤萊在《台灣文藝》第七十三期中刊出他的
〈文學十日談〉（1981.7），文中即是針對詹宏志「邊疆文學論」的悲
觀論調提出反駁。通過完全以台灣為中心所梳理出來日治以來的台灣
文學傳統，向世人證明了台灣文學絕非一種「支脈的」、「附屬品的」
文學，它是台灣人擺脫弱小民族命運的工具，也是屬於「第三世界」

---

❸ 游勝冠，《台灣文學本土論的興起與發展》，台北：前衛出版社，
　1996.7，頁335。
❸ 詹宏志，《兩種文學心靈》，台北：皇冠文學出版公司，1986.1。頁45。

的文學。它的價值不待台灣以外的人來認可，因為台灣文學反映的是台灣才有的共通經驗。可以說〈文學十日談〉對台灣文學傳統與價值的梳理，不僅代表宋澤萊本人對這個傳統的紹繼，同也在其中找到「人權文學」在未來發展的啟示。

宋澤萊在〈文學十日談〉一文中梳理的三個台灣文學傳統特質為：

一、台灣文學向來都是為台灣這群人擺脫異族控制而做見證的文學。

二、台灣文學向來都是為台灣這群人爭取政治的民主而做見證的文學。

三、台灣文學向來都是為台灣這群人為爭取經濟平等而做見證的文學。

從這三點他乃歸納出台灣文學的價值說：

這樣，在這種傳統中，台灣的文學價值就隱約可見了，它豈不在：（一）擺脫弱小民族的桎梏，（二）朝向富足的天地的大道上邁進。基本上，台灣文學是屬於所謂的「第三世界」的，既不類歐美及其附庸，更不類蘇共及其邦國。台灣文學有她的獨特經驗，在血淚中提供了未來即將邁向自主的第三世界國家一種寶貴的範例。而有那一個人膽敢宣稱台灣文學是一種「支脈的」、「附屬品的」文學呢？[36]

而對於台灣文學傳統所具有的反抗異族侵略的「反殖民」與記錄台灣人反殖民經驗的「台灣中心」特質，宋澤萊在〈台灣文學論〉裡亦有類似的說法：

---

[36] 以上引文皆見《誰怕宋澤萊？：人權文學論集》，台北：前衛出版社，1986.6，頁251-253。

　　什麼是台灣人的感受或者什麼是台灣文學所記錄下的台灣人感受？
我想用「被殖民感受」最恰當。……如果這群人對「被殖民」有了感
受，一定會反映出被殖民的行為，但殖民地通達到自立之路，離不開抵
抗──反叛──解放的這條路。❀

　　宋澤萊在〈文學十日談〉當中對「邊疆文學論」的批駁，或〈台
灣文學論〉強調的台灣文學反映「反殖民」經驗的特質，都明確表現
新生代作家對文學傳統的認知：一方面將台灣文學視為台灣人擺脫弱
小民族命運的「工具」，這是突出了台灣文學「反殖民」的面向，並
且在「反殖民」的意義上與第三世界文學取得了相同的位格，而非中
國文學的「附庸」、「支脈」；另一方面將台灣文學視為台灣擺脫弱
小民族命運的「見證」，這是突出了台灣文學「台灣中心」的面向，
因為台灣文學「反映」與「見證」的只是台灣一地的現實，宋澤萊所
說文學特質與價值之「不類歐美、不類蘇共」的話語背後，其實只差
沒有說出「不類中國」而已。

　　因此，宋澤萊所提出的台灣文學傳統，雖起於反駁當時部份論者
對台灣文學所做的不當評價──在這點上他以賴和、楊逵到陳映真、
黃春明等人的文學特質與價值予以有力的駁斥；然而更重要的意義在
於，他此時的論述已表明自己對於這個傳統的深刻理解與認同，尤其
是回向「反殖民」與「台灣中心」這兩種認知，對照於他此後的文學
與政治立場具有的「反中國」霸權傾向，其實在此時已可見端倪。雖
有論者認為：「宋澤萊不論及中國，單面梳理台灣獨立面貌的作法，
雖然排除了中國立場對台灣文學的任何作用，然而宋澤萊也沒有明白
地批駁官方的中國中心立場」❀。不過，宋全以台灣為中心對台灣文
學所作的詮釋，實質上已是以「台灣中心」取代「中國中心」的結果

❀〈台灣文學論〉，《暖流》1：4，1982.4，頁63。

❀ 游勝冠，《台灣文學本土論的興起與發展》，台北：前衛出版社，
　1996.7，頁345。

則顯而可見。就如同宋澤萊所言：「台灣文學，萬事俱足，只欠東風，這東風便是文學傳統的共認，等它一足，台灣文學會打一場大勝仗」^㊴。當中表現出對台灣文學的樂觀期望，實際上已具有文學先行於政治「獨立」的意涵。

除了梳理文學傳統重新確認了台灣文學的本質與價值外，宋澤萊此期另一個值得重視的論述焦點是正式倡議「政治文學」的寫作，認為「政治」是「當前文學的處女地」^㊵，而他也是較早提出「政治文學」寫作的作家。他在〈文學十日談〉中說，「目前我們的政治有問題，如果真的沒問題，怎會有一連串的社會運動，像前一代的民主運動，這一代的美麗島事件，新生代的批評時政，他們的討論遍及意理、制度、人物、權力分配諸問題了，執政者，也深感心虛」^㊶。但，文學上卻毫無反映，就其實將「政治」視為污穢是作家不願寫作政治文學的原因：

……文學上，一個字也不及談論，我試想其中的原因，端在普遍的作家政治覺醒度不夠，與我一樣，錯以為政治就是黑暗的，政治就是污穢的，批評政治是自喪身命的……這種心態如今已蔓延到整個文壇上了，我不只一次地聽到許多人，特別是評論家，以文學者不要參與政治相告誡，或甚至以為，參與政治便作家便污穢了。^㊷

他並且舉索忍尼辛、歐威爾、納京喜克曼諸人為例，說明他們的政治作品不但沒有污穢，甚且如日月星辰，大放光芒，因為他們所說是人民的心聲，足以令執政者畏卻：

㊴〈文學十日談〉，《誰怕宋澤萊？：人權文學論集》，台北：前衛出版社，1986.6，頁290。
㊵ 同前註，頁258。
㊶ 同註39，頁260-261。
㊷ 同註39，頁261。

你且想想，如果舉世作家，都像他們，則世界還會有政治謊話，政治刑場，政治弊病嗎？⓮

宋澤萊的「政治小說論」無疑是視文學為政治社會改革運動的工具，這從他強調文學反映政治民主運動中的問題可以看出，要求文學負起批判社會不公、不義的使命。如果再與上述宋澤萊對文學傳統的詮釋來看，八〇年代的「政治文學」不也正是一脈相承「見證」與「反抗」精神傳統的台灣文學嗎？一九八三年李喬與高天生合編《台灣政治小說選》，正是這些立場相同的作家實踐的產物，高天生在序言中更加突出了文學的「工具性格」，目的在促進民主運動的實現，可引為宋澤萊所論之參證：

> 台灣民主化運動，基本上是所有植根於這塊土地上的同胞（不分先住民與後住民），爭取民主憲政落實的政治、社會改革運動。其終極目標，在於對內使憲政體制落實與正常化，建立新的社會與政治秩序，對外則突破國際困境，開拓台灣在國際社會上的新出路，以使這塊土地上的所有住民獲得更多的福祉和生活保障。
>
> 從文學的外在功能看，政治小說能負起傳播民主理念的社會功能；整合紛歧的政治論爭，喚醒民眾的政治意識，促使民主運動更加普遍、深化和持續不輟，其功厥偉。⓯

以上所述為宋澤萊八〇年代初期之文論，已可見其以文學淑世的強烈傾向，並且積極建構具有「主體性」的台灣文學本土論。這些論點隨著台灣社會政治、社會本土化運動的日益激動，而逐漸發展出具

⓮ 同註39，頁261。
⓯ 高天生序，〈無禁無忌食百二〉，李喬、高天生編：《台灣政治小說選》，台北：台灣文藝雜誌社，1983，原文無註明頁數。又，其中也收錄宋澤萊的小說〈娘子，回去未曾開墾的那片田〉。

有「台灣獨立意識」的激進文學話語，以下便分別析論其激進文學話語的各種主張。

（三）人權文學論

宋澤萊關於「人權文學論」的論述文字主要見於《誰怕宋澤萊？：人權文學論集》一書當中❸，觀乎此書之名，隱隱然有股挑釁的意味。然則宋澤萊所指者究竟是誰？

一九八六年一月，《台灣文藝》第九十八期刊出了宋澤萊的長文：〈呼喚台灣黎明的喇叭手：試介台灣新一代小說家林雙不，並檢討台灣的老弱文學〉，文中在介紹人權文學小說家林雙不前，就先針對當時文學界中的某些人物進行抨擊，並稱之為「苟全亂世的老弱文學」，由於其言詞尖刻激烈「傷人無數」，乃有論者稱之為「宋澤萊風暴」❹。

被宋澤萊點名批判的人包括了三類：第一是「沒有問題的文派」，以戴國煇、陳映眞等統派人物為代表；第二是「卑弱自擂的文派」，有《笠》詩刊詩人、陳千武、葉石濤等本土派先行代被指出；第三則是「煙花過客的文派」，如三毛、席慕容、楊牧等文中存在著「浪漫」思想的作者❺。宋澤萊批判的動機以他自己所說是因為：「凡是違反了人權、阻礙人權、譏笑了人權的人都是我所抨擊的對象。」❻就這樣，人權文學的提出在初始就充滿了鬥爭氣息。

包括筆著在內，有許多評者對宋澤萊這種不將矛頭指向反對陣

❸《誰怕宋澤萊？：人權文學論集》，台北：前衛出版社，1986.6。

❹ 謝春馨，《八〇年代「台灣文學」正名論》，中央大學中國文學研究所碩士論文，1995.6，頁144。

❺〈呼喚台灣黎明的喇叭手：試介台灣新一代小說家林雙不，並檢討台灣的老弱文學〉，《誰怕宋澤萊？：人權文學論集》，台北：前衛出版社，1986.6.1，頁118-128。

❻ 宋澤萊序言，〈初開的盞盞花〉，《誰怕宋澤萊？：人權文學論集》，台北：前衛出版社，1986.6，頁4。

營，反而「操戈同室」的做法感到不解與憤怒，鄭炯明便充滿激憤的回應說：

> ……如果一個作家的成長必須建立在踐踏他的文學夥伴或前輩上，則筆者願意和葉石濤先生，率先趴伏在地上，讓薄弱的身軀做奠基被踏而過，死無怨言。[49]

關於宋澤萊對「老弱文學」的批判，正如同陳芳明所言是「以激憤代替熱情，使得許多文字失去了準確性」[50]。例如他同時的另一篇批判文論裏，形容葉石濤先生「頭腦裝滿舊法國及哥薩克的壞幻象」，形容陳映真先生「頭腦裝滿舊俄、舊中國的老觀念」，並說「我一再意識到不論在理論或個人脾性上，葉、陳兩人都帶有一種舊時代的『封建』和『專制』，而且對民主自由平等一句也不提」[51]，多見情緒而缺少理性批評、討論的精神。

但批評之餘，我們似乎也不妨由另一個角度來理解激進如宋澤萊者的心態，那就是新生代的文學工作者由於強調文學運動與社會、政治運動結合，將文學視為社會、政治本土化運動的一環，強調了文學「運動功能」的傾向，務求掃除一切障礙。意識型態上的堅持代表的是新生代過人的勇氣，他們的思考模式完全是八〇年代社會、政治本土化運動積極開展的時空下的產物，因而認定先行代在思想、行為上的「逆退」就是對新生代主張的阻礙。也即是說，「新生代」自認在思想上較為前進，認為作家應直接在文學中反映或批判人權狀況，而

---

[49] 《台灣新文化》3，1986.11，頁70。又，反駁宋澤萊之激進批評的尚有：〈卷頭語〉，《笠》132，1986.2；黃樹根，〈沒有人性，何有人權〉，《文學界》18，1986.5。

[50] 宋冬陽，〈傷痕書：致宋澤萊〉，《台灣文藝》89，1986.3.15，頁33。

[51] 〈人權小說、反公害小說及脫離現實的文學評論：總評一九八五台灣小說界〉，《誰怕宋澤萊？：人權文學論集》，台北：前衛出版社，1986.6，頁147-148。

「先行代」卻受到各種因素掣肘（如白色恐怖）而顯得保守，宋的表現正透露了他們「顛覆權威」的潛意識，因而不惜與「先行代」「分裂」了❸，宋澤萊曾在另一處說道：

> 我們青年一眼望出那些問題出在體制上。我淺薄的眼光看出了，除了體制，它實際涉及了兩個世代的對立，兩種教育的對立，兩個集團（利益、非利益）及人性及反人性的對立。❸

稱「先行代」文學為「老弱文學」，正是「新生代」企圖與前一時代缺乏「人權觀」的徹底反叛：

> 事實上他們的懦弱、老邁和他們那時代的教育、人生經驗都分不開，變成一種潛存的意識，擴散於他們作品之間。❸

新世代的作家在政治意識與實踐熱情上，已遠遠超越前代，而企圖展現一種結合政治觀的「新文學」，這也正是宋澤萊提出人權文學的主要意識背景。

早在一九八三年，宋就曾在施明正小說集《島上愛與死》序言當中，提出「人權文學」的觀念。這篇〈人權文學泛觀〉歷述了自歐洲、亞洲、拉丁美洲、非洲各地的反人權的統治，也相對的舉出了各地各時的勇於控訴統治者的人權文學家，最終他把施明正〈喝尿者〉與〈渴死者〉的監獄文學上接日治時期賴和的牢獄文學，認為台灣文

---

❸ 實際主張「進步的」台灣文學運動者應不懼台灣文學陣營「分裂」的說法，見於王火獅〈呼喚台灣文學的黎明〉一文，《台灣新文化》3，1986.11。另外「聲援」宋澤萊說法的尚有高天生的〈熱鬧與消沈：關於台灣文學的一些隨想〉，《台灣新文化》2，1986.10。

❸ 《福爾摩莎頌歌》序，台北：前衛出版社，1983.11，頁5。

❸ 同註39引，頁118。

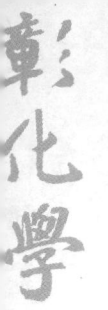

學終於又回到人權文學的道路上。但施明正的小說集旋遭警總查禁
⑤，這篇重要的論文遂無法在當時發揮作用。不過，從論文的內容看
來，除了沒有一九八六年提出時批斥「老弱文學」的論點外，其他對
人權文學歷史的瞭解，以及建立台灣人權文學傳統的觀念皆已大備，
可以看出宋澤萊在八○年代思想轉變的快速，尤其文中對國民黨政權
及文化的批判，已可見出後期「反中國意識」的思考模式：

> 一九四七年以後，後來的華人和「高級台人」延續了統治。我們似
> 乎很難看出，一九四七年的華人政權在人權上會比一九四七年前的日人
> 政權進步多少。由於華人的民主改造在近代不如日本人徹底，她的文化
> 包袱及沒有教養的草莽脾性以及傳統封建的家天下帝王專權，並沒有去
> 除。當今唯一大黨——國民黨——在歷經抗日、反共的戰爭中，實質上
> 已培養一種嚴密的統治手段，和傳統的政治迷思結合成一種怪異的統治
> 機器，一九四七年後，台灣成了背負這個包袱的犧牲者。⑤

　　隨著政治、社會本土化運動的開展，各種禁忌在八○年代後期逐
漸被突破，文學氣候也迅速地轉變，宋澤萊自一九八六年開始的人權
文學主張可以說明民間社會對改革盼望的熱切，這些文學論述除上述
〈呼喚台灣黎明的喇叭手〉外，重要的尚有〈台灣人權文學小史〉、
〈人權小說、反公害小說及脫離現實的文學評論：總評一九八五台灣
小說界〉、〈鄉土心、智慧眼：試介呂秀蓮長篇小說《情》〉、〈文
學、誠命、人權、民德〉（以上皆寫於1986.1）、〈人權發展的歷史背
景及遠景：人權的歷史考察〉（1986.3）等等。在這些文論裡最重要

---

⑤ 據林瑞明編〈台灣文學史年表〉載，施明正的《島上愛與死》在1983年10
月由前衛出版社出版，旋即在1984年2月22日遭警總查禁。〈年表〉見葉
石濤，《台灣文學史綱》，高雄：文學界雜誌社，1987.2，頁346-347。

⑤ 宋澤萊，〈人權文學泛觀〉，《誰怕宋澤萊？：人權文學論集》，台北：前
衛出版社，1986.6，頁103。

者莫過於「人權」的意涵，他指出「人權」的定義說：

　　人權是指人的基本人權。所謂基本人權就是財產權、生命權、參政權，平等權這一類型不可剝奪的人權。[57]

　　然而戰後四十年的文學史當中，事實上並未眞正有人就人權議題加以書寫，宋澤萊所謂的「人權文學」完全是八〇年代出現的新興文類。他認爲「人權文學」與「吳濁流亞細亞孤兒性質的弱小民族史的文學」、「黃春明爲首的反殖民體制的社會、經濟面的文學」都有所不同：

　　在一九八〇年後，由於廣泛的人權活動出現，在台灣形成了另一種文學支派……那就是施明正、李喬、呂秀蓮、林雙不、吳錦發、黃凡、李昂這些人的小説以及詩歌上吳晟、劉克襄、苦苓、李勤岸、廖莫白、陳芳明、洪素麗、鄭烱明的新生代之作，由於他們共同的目標統攝在基本人權的爭取上，反映了戰時，戰後的國際人權四大自由（免於恐懼、免於匱乏、言論、宗教）的要求，所以我稱之爲「人權文學」，這個支派是一種激動的、思辯的、人道的文學，飽含深度的人性思考……[58]

　　由以上所論可知，人權文學是以具體的「人權」項目來檢驗現實的，當現實中的國家機器違背人權、壓迫了人權時，作家就應該直接地加以控訴，而不僅如過去的寫實主義小説雖反映了社會黑暗面卻多流於哀怨、無奈，其中最主要的差別恐怕還在小説中是否敢於直面統治者，敢於描繪統治者的面目罷！

---

[57] 〈「台灣民族」三講〉，《台灣人的自我追尋》，台北：前衛出版社，1988.5.15，頁144。

[58] 同註47引，頁143。

「人權文學」所要求的免於恐懼、免於匱乏、言論自由、宗教自由的要求，與八〇年代民主運動的訴求如出一轍，受過在「國際人權日」發生之「美麗島事件」啓蒙的宋澤萊，如今果眞是打著「人權」的旗號，直面統治者的政治禁區了。

八〇年代的人權文學實際上即是一種政治文學，幾乎在小說中都具體的指涉了現實政治中的某一事件，我們可以說人權文學的「**當即現實性**」的特色，使得文學在反映時代的步調上更爲迅速，也因此與人民的關係更爲貼近。例如當宋澤萊在評析八〇年代的人權詩時，就以施明正、陳嘉農的「反謀殺詩」爲例，他們將八〇年所發生的議員林義雄家宅母、子血案寫入詩中，深刻而痛切地把對事化成詩句，無聲地指責了執政者的暴行。

此外，人權文學的另一特色乃在「**新台灣人**」形象的塑造。由於人權文學是政治覺醒之後的主張，對於作者在敘事策略上必然有所影響，因而對作品中的人物多半突出其抗爭的形象，無論其抗爭結果爲何，一種新台灣人的價值便透過人權文學建立起來。宋在論及林雙不的小說人物時說到：「林雙不的雲林一帶農村風貌要較貧瘠，農人也更粗礪而強硬」[50]。這印證於林雙不小說如〈筍農林金樹〉、〈豬仔攻防戰〉、〈大圳流血〉時，浴血抗爭的人物無非是挺身爲失去的人權而戰，台灣人在小說中的形象是如此「敢怒」、「敢爭」：

「誰不公道我罵誰！」林金樹不甘示弱：「誰是吸血的我罵誰！誰是無血無目屎的花枝我罵誰！誰和農會的人勾結我罵誰！誰專門欺負種田人……」[60]

事實上，當林雙不爲「人權文學」做定位時，也同樣指出人權文

---

[50]《誰怕宋澤萊？：人權文學論集》，台北：前衛出版社，1986.6，頁135-136。

[60]《筍農林金樹》，台北：前衛出版社，1991.11，頁219。

學在人物塑造上與過去現實主義文學的不同，與我們所論若合符節：

「人權文學」則意圖塑造堅強、進步的台灣人形象，並且表達的態度更強硬，要有所爭取。要描寫的是在任何迫害下都絕不妥協的強者。而不是含冤自怨的弱者，是台灣的主人，而不是亞細亞的孤兒。

總而言之，「人權文學」的提出主要是宋澤萊對台灣作家「文學歸文學、政治歸政治」的態度有所不滿。在將台灣文學視為政治、社會本土化運動一環的論者看來，這種態度是要讓台灣文學真正為社會、政治運動所用，讓台灣政治、社會的發展全面本土化最需突破的阻礙。也正因這種面對「殘瘤」政權大無畏的態度，在解嚴前就將絕對化的政治台灣立場引進台灣文學論述中，提出以台灣單一意識建構的台灣民族文學論 ⑫ 。

（四）台灣民族文學論與台語文學論

八〇年代的後半期，宋澤萊在提出人權文學論後，緊接著又提出台灣民族文學論的說法，從他論述當中的思想發展來看，台灣民族文學論基本上可視為人權文學論的延伸，但在意識型態的表露上則更為明確，它不僅像人權文學中強調文學爭取人權、反抗獨裁的寫作方式，同時積極主動地想以文學來凝聚台灣人的民族認同；台灣文學不再只是體制內求變革的人權文學而已，而是表達台灣人獨立建國，反抗殖民的國家文學、民族文學。

事實上，台灣民族文學論並非宋澤萊的專論，它是以《台灣新文化》雜誌為據點，結合起來的一批台籍知識分子所鼓吹的，除宋澤萊

---

⑪ 劉鳴生，〈站在「人權文學」第一線的小喇叭手：林雙不的文學觀〉，《台灣人短論》，台北：前衛出版社，1988.8，頁191-192。

⑫ 說法參見游勝冠，《台灣文學本土論的興起與發展》，台北：前衛出版社，1996.7，頁405-406。

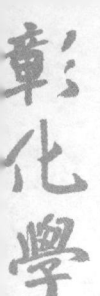

外，林央敏與林雙不的用力尤深，台灣民族文學論的理論內容，主要就是由他們建立起來的。

綜觀宋澤萊的台灣民族文學論述，其實並未如人權文學論那般對其內容與目標加以界定。很明顯地，台灣民族文學論是在台灣獨立運動下所產生的文學論，台灣民族文學論與其說是提出了一套新的關於文學內容與表現形式的論述，倒不如說是宋澤萊等論者，藉由重新定位台灣文學爲台灣民族所創造的文學同時，以此來提襯台灣民族獨立建國的強烈意願。因爲台灣獨立運動堅決地反對中共及島內統派帶有併吞主義的中華民族意識，除非提出台灣民族論、台灣民族意識與之對抗，否則台灣人獨立建國的想望必然會在許多似是而非的論調裡被分化、模糊，而表達台灣民族精神的台灣文化與台灣文學，自然也就被冠以台灣民族的頭銜，其目的都在區別獨立建國後的文化、文學與中國文化、文學的差異。

宋澤萊在〈「台灣民族」三講〉一文中，便舉「台灣作家定位的問題」爲例證，認爲這個問題產生的原因，便在於：

由於「台灣民族」觀念的缺乏，今天談文化的台灣人就容易地宣稱自己創造出來的文化爲「中國（華）文化」，喪失了文化的自主性。❸

在過去，台灣的知識分子自認爲漢人，但在台灣所產漢人文化並非台灣文化的代稱，更無須因此而說漢文化即是中國文化，台灣文化是台灣民族在台灣產生新文化體系，宋澤萊便以此看法提出台灣民族文化來和中華文化、漢文化區別：

台灣漢人文化可以冠冕堂皇地說是「台灣民族文化」，以「台灣民族文化」來涵攝山地文化、福佬文化、客家文化、外省文化，就可以和

❸《台灣人的自我追尋》，台北：前衛出版社，1988.5，頁123。

「中華文化」、「漢文化」劃開，而找到自己的主體。❽

　　可以說上述宋澤萊的看法，較多地在強調如何建立台灣民族、台灣民族文化的觀念，以避免被傳統的中國統一論述所併吞，反而較少就台灣民族文學的內涵立論。因此筆者認爲宋澤萊提出台灣民族文學論的說法，主要是「政治意圖」大過於「文學意圖」，也就是要辨明並建立起台灣民族的「主體性」，從而表露他支持台灣（民族）獨立建國立場，這個強烈反中國殖民、併吞的意識，當然是具有濃厚政治意味的。

　　但，台灣民族文學也非毫無內容地只是爲台灣民族建國運動而背書，其實它也是以台灣文學傳統內涵構築起來的。台灣文學仍是反映台灣社會生活，具有本土性的社會寫實文學，台灣文學也是反帝、反封建的文學。就在同爲台灣民族論者林央敏的論文裡，他爲台灣民族文學內涵所做的申論，不只是爲宋澤萊未加細論的文學部分加以補充，同時也表明台灣民族文學論之提出實際上是爲了區別中國文學的併吞，但並未脫離台灣文學的優良傳統，也並非自創另一個文學流派，其實質毋寧說仍是以台灣爲中心的反殖民文學，林央敏如是闡述所謂「台灣民族文學」：

　　一、是本著台灣人意識，站在台灣人立場的社會寫實文學。這裡所謂的「台灣人」是台灣民族中的台灣人、所以台灣人意識也可以稱爲「台灣民族意識」。

　　二、它的風格與內容是本土性的台灣文學。因此是札根在台灣歷史的、文化的、社會的、民眾的文學、所以是社會寫主義的文學。……

　　三、它的精神反抗壓迫的人權文學。這是亞、非、拉等第三世界及某些陷於共產獨裁統治下的民族文學的共同特徵，台灣新民族文學這一

❽ 同前註。

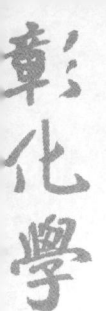

特質也繼承了日據時代台舊民族文學的反帝、反建、反殖民精神……這富於抗爭精神的作品，有人稱之爲「人權文學」。[65]

　　就在宋澤萊提出台灣民族文學論的同時，他也積極地提倡台語文學的書寫，並且，台語文學在他的論述脈絡裡，與台灣民族文學論頗有關聯。也即是說，宋氏認爲台灣民族中既以鶴佬人（閩南人）族群佔大多數，而又認爲以母語才能表達其民族生活與情感，以及民族的智慧[66]，因而主張台語文字化，進而以台語文書寫，這可說是他台語文學論的基本觀點，他說：

　　有啥物生活就有啥物語言、文字，所以講一個地區仝語言，文字無應該也無辦法取代另外一個地區語言……所以咱若嘸寫台灣生活仝文字便罷，卜寫，一定用台語來寫有巧好！[67]

　　因此在宋澤萊的設想中，惟台語文學能保留、發揚本土文化，創作台語文學毋寧是文學家應走的一條路：

　　文學家應該要自覺，卜！咱就用台語文寫詩散文小說；唔用別種語文寫閣巧濟，對台灣本土文化也無外大意義……<u>由「鄉土文學」變成「台灣文學」，再閣變做「台語文學」，這是眞自然个一條路矣！</u>（編按：底線爲筆者所加）[68]

[65] 林央敏，《台灣人的蓮花再生》，台北：前衛出版社，1988.8，頁186-187。

[66] 宋澤萊在〈談台語文字化問題〉一文中，說明台語文字化的重要性時舉出三點，「1.語言、文字會當喊起咱共同个感情；2.語言、文字是一種生活；3.語言、文字蘊藏民族个智慧」，詳細舉例請見原文，本文收於《台灣人的自我追尋》，台北：前衛出版社，1988.5，頁194-195。

[67] 同前註，頁195。

[68] 同註66，頁198。

　　不過，對於台語文學推行的工作，宋澤萊並未提出很多理論，因為他認為實踐比理論更為重要，「台語和恰咱台灣文學的問題，唔是爭論全問題，是『實踐的問題』」[69]，因而在鼓勵實踐外，自己也創作了三萬字的台語小說〈抗暴个打貓市〉，初刊於《台灣新文化》第9期（1987.6），並有北京語譯文，不過這篇小說之後，終八〇年代他便沒有再創作小說，台語文學的實踐似乎和他其他的創作一般，突然地自文學界隱跡，其中的因由尚待進一步探求。

　　由於台語文學在戰後的發展過程頗為複雜，實非此處所能描述[70]，我們此處的重點僅在指出宋澤萊對台語文學的基本態度與其創作經歷。從幾篇具鼓吹性質的文章看來，既以台語文學作為台灣文學發展的方向，其中隱含的「台灣意識」不言可喻，並且它也直接顛覆了國民黨政府長年來將「台語」視為「方言」，而把「北京話」當作官方語言的「正當性」，對一個主張建立以台灣民族為主體的國家及文學的文學家，「台語文學論」正是從語言及文學上對國民黨政府的語言及文學政策徹底的顛覆。

三、末世啓示錄：《廢墟台灣》析論

> 我坐在這裏寫這本書，我並不是對我自己說：『我要製作
> 一部藝術作品。』我寫這本書是為了有些謊話，必須把它
> 拆穿；有些事實，我要讓人注意到。
>
> 　　　　　　——喬治‧歐威爾（George Orwell）[71]

---

[69] 宋澤萊，〈咱來用台語念詩〉，《台灣人的自我追尋》，台北：前衛出版社，1988.5，頁205。

[70] 關於台語文學的發展始末，可參見林央敏，《台語文學運動史論》，台北：前衛出版社，1996.3。

[71] 轉引自陳之藩，〈天堂與地獄：談歐威爾這個人和他的書〉，《一九八四》序，台北：遠景出版公司，1981.8，頁8。

（一）前言

就當一九八四年到臨，喬治・歐威爾（George Orwell，1903-1950）著名的預言小說《一九八四》又重新成為世界文壇熱門話題，然而就在人們慶幸他所預言的那為「老大哥」所掌控的極權世界未曾出現之際，遠在台灣的宋澤萊也正完成了《廢墟台灣》這部長篇小說（翌年出版）❼。這時間上的巧合除了說明《一九八四》或多或少曾影響了《廢墟台灣》的創作外，似乎也暗示了人們政治惡夢的永不終止。

從西方文類傳統來看，歐威爾的《一九八四》乃是一部「反烏托邦」小說，它一反傳統的烏托邦小說給人帶來對美好明天的憧憬和追求，反烏托邦小說帶給人的是恐怖和絕望❼。

而《一九八四》之所以給人恐怖之感，是因為不像烏托邦小說寄望於遙遠美好的未來，且因它離現實太近，而成為現實的可能性太大的緣故。如我們所知，《一九八四》所描述的是對大洋洲國裡恐怖的極權統治可能帶給人性殘害的深切憂慮，在電視螢光幕的監視下，人們無所逃於「老大哥」的控制。《一九八四》雖有社會主義蘇聯和史達林做為背景，但它卻已成為「現代政治鎮壓的原型」，一如美國作家歐文・豪所言：「這本書常被狹義地看作是對蘇聯冷戰的指控，而沒能看到它是對權力的腐蝕性的普遍性的研究……它是本世紀最有影響的小說之一，它抨擊極權主義，警告世人：絕對的權力，不管掌握在哪個政府手中，都導致剝奪人民的基本自由」❼。《一九八四》因

---

❼ 宋澤萊曾在〈從《福爾摩莎頌歌》到《血色蝙蝠降臨的城市》：追憶那段紅塵吟唱與追尋超越的時光（1980-1996）〉一文中說道：「一九八五年，這部小說（案：指《廢墟台灣》）出版。也是在一九八四年就寫好的。」見《血色蝙蝠降臨的城市》，台北：草根出版公司，1996.5，頁11。又，《廢墟台灣》，台北：前衛出版社，原1985.5初版；1995.1再版，本文以此版本為準。以下引文於文末直接註明頁數，不另加註。

❼ 張中載，〈十年後再讀《一九八四》：評喬治・歐威爾的《一九八四》〉，《外國文學》1996年第4期，1996.6，頁101。

❼ 同前註，頁103。

其所描寫的世界與傳統的烏托邦小說大異其趣而被稱爲「反烏托邦小說」，但從上述簡略的回顧裡我們卻也不難發現，《一九八四》同樣也是一道地的「政治小說」，而在一九八四年完成的宋澤萊的《廢墟台灣》裡，似乎也把現實政治的問題納入其中，更說明這些虛構未來的作者卻心懷現實的意圖。

事實上，龍應台在評論《廢墟台灣》時，就曾直接將之稱爲「台灣的一九八四」，並認爲某些模倣痕跡確是顯著，譬如「電視之成爲思想控制的工具，思想警察的恐怖統治，以及一對男女失敗的掙扎與反抗」[15]。然而筆者認爲，在《一九八四》的影響下，《廢墟台灣》卻也不因此而失去了在台灣現實所產生的意義。因爲《廢墟台灣》所繪的未來世界是全然以台灣社會爲模型的，也惟有台灣人民能特別深刻地從中領略到作者的批判、諷喻之處，更何況除了政治體制的批判外，《廢墟台灣》其實也著重對台灣公害肆虐的描寫，統治機器與公害的描寫、批判總合起來才是《廢墟台灣》的完整內容。在這種現實指涉下，乃有論者稱之爲一則「末日啓示錄」，傅大爲因此論道：

> 它類似於七〇年代以來許多未來式的黑色電影，它們的特色都是以「未來諷古典」這和傳統式的「以古諷今」剛好反其道而行……未來的世界往往有更充裕的可塑性，好讓作者自由發揮他黑色的想像力。[16]

在正式進入《廢墟台灣》的討論前，有一個問題是需要先加以釐清的，即《廢墟台灣》是否能稱爲「政治小說」的爭議？由於《廢墟台灣》描寫的二〇一〇年的台灣如何在各種公害肆虐下變爲一座「廢

---

[15] 龍應台，〈台灣的一九八四：評《廢墟台灣》〉，《當代》1，1986.5，頁150。

[16] 傅大爲，〈從廢墟世界來的挑戰與鄉愁：談《廢墟台灣》的一種讀法〉，《「知識與權力」的空間：對文化、學術、教育的基進反省》，台北：桂冠圖書公司，1990.5。此處轉引自《廢墟台灣》，頁5。

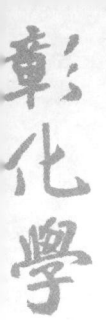

墟」的過程，因此有人將之稱爲「公害小說」❼，也有因其作品的幻設性格而稱之爲「核能災害預測小說」❼，就連宋澤萊也不免以公害、預警、災難等名目來稱呼它❼。

　　無論用公害或災難預警小說等名稱，其實都頗能切合於小說的內容，然而如果注意到小說中對統治者超越自由黨的描寫，由於作者對政治力量作用於公害問題的關注，《廢墟台灣》似乎就很難僅視爲描寫公害的作品，而和同爲八○年代的作品如馬以工、韓韓合著的《我們只有一個地球》，或心岱的〈大地反撲〉等關於台灣生態保育、環境保育的作品等而論之❼。也即是說，如果光用「公害」或「災難預警」小說來作爲《廢墟台灣》的屬性，要說它具有「政治性」那當然是有的，因爲公害的產生往往和政策運作有相當的關連。

　　不過筆者以爲《廢墟》較一般公害小說更具有「政治性」之處，或說因而必需將它納入政治小說的範疇中來論述的原因，是因爲《廢墟》中企圖把國家機器在公害產生過程中的影響具體描繪出來；也就是說，**他企圖讓人們看到國家機器在台灣廢墟化過程中的角色，爲台灣變成「廢墟」如何助其「一臂之力」。**由於未來世界所賦與小說更大的想像空間（也是戒嚴時代的隱形空間），而益顯其一幻設於未來台灣的「超越自由黨」之荒謬統治邏輯，回應於當今時空自有互爲對照的功能；更進一步言，做爲一則末日啓示錄的《廢墟》，又何嘗不

❼ 同註75，頁148。

❼ 武治純，〈台灣八○年代政治小說淺論〉，《台灣香港與海外華文文學論文選》，福州：海峽文藝出版社，1988.9，頁135。

❼ 宋澤萊，〈從《福爾摩莎頌歌》到《血色蝙蝠降臨的城市》：追憶那段紅塵吟唱與追尋超越的時光（1980-1996）〉，《血色蝙蝠降臨的城市》，台北：草根出版公司，1996.5，頁11-12。

❼ 八○年代起，台灣文壇興起寫作關於環境生態的風潮，由於文中多半有關台灣生態環境的困境，有豐富的知識深度，並對台灣的自然生態環境懷抱深情，故引起社會廣泛注意，其中心岱的〈大地反撲〉爲1980年中國時報報導文學獎作品。

可視爲作者運用其「黑色想像力」之結果，當荒謬一再被渲染後，我們也才感受到公害怪獸之猙獰可怖，從而領略到專制政治宣揚之「烏托邦理想」（小說中的「新社會」）之虛妄與潛藏的殘蠻本質。台灣旅美詩人、核能工程博士非馬就說：

> 像宋澤萊的《廢墟台灣》是相當成功的政治小說，因爲他把現實和藝術結合在一起，他所使用的材料，以我學科學來看，他所有推理都相當有根據。所以我覺得，要寫政治小說，就要寫他那樣的政治小說。[51]

　　無疑地，《廢墟台灣》這種「以未來諷古典」的帶有科幻意味的「公害小說」，同時也具有「政治小說」的特質。似乎可以這麼說，宋澤萊的《廢墟台灣》採取了有別於其他政治小說的題材，當八〇年代前期許多以二二八事件、白色恐怖與監獄經驗爲題材的小說迭次出現時，宋澤萊不以這些「政治傷痕」來批剌統治者，而轉以統治者面對惡質化台灣自然、人文環境公害之無能、顢頇爲目標，這樣把未來與現實，把政治環境與生態環境結合起來的思考，使得八〇年代政治小說的領域無形中又擴展了一層。
　　以下的討論中，第一部份將側重探討《廢墟台灣》裏對台灣未來世界的描寫，這等於是以作家之眼預見的未來世界，當中充滿了「廢墟——荒原」的意象（陳映眞語）[52]，其觸目驚心處自有作者憂慮與批判在焉。至於第二部分便是以《廢墟台灣》中的「政治批判」爲重心，看作者如何藉科幻、暗喻、嘲諷的方式進行他對小說中「超越自由黨」的批判，從形式與內容上言都與一般的政治小說不同，在當代政治小說中自有其獨特的地位。

---

[51] 楊青矗等，〈台灣文學的世界性〉，《楊青矗與國際作家對話》，高雄：敦理出版社，1986.4，頁446。
[52] 陳映眞，〈台灣文學中的環境意識〉，《文學評論》1996年第3期，1996.5.15，頁145。

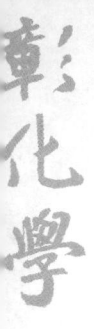

（一）A.D.二〇一〇／廢墟／台灣島

在《廢墟台灣》正文前，宋澤萊便引用了包括史賓格勒、芥川龍之介及藍波的話語來爲小說下註腳，這些話指涉了某一種未來世界的景況，彷彿句句皆暗喻台灣的未來，當中他所引自史賓格勒《西方的沒落》一書的話語，尤其能看出他對二〇一〇年高度資本主義化下台灣的觀感：

> 世界都會的崛起對代表文化的一切傳統，無論其爲貴族、其爲教堂、爲特權、爲朝代、或爲藝術的習俗、爲科學的知識，皆具有不可理喻的敵意。在世界都會中，敏銳而冷酷的理智，淆亂了從前原始的智慧。它對於「性」與社會，所採取的新式的自然主義，使我們退化到原始的本能與原始的狀況之中。所有這一切，都有助於文化的閉幕，而開啓一個新的人類生存狀態，——一個反地域的、蒼涼而無途的生存狀態。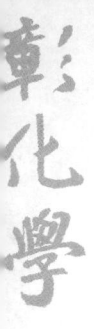

是的，《廢墟台灣》所要描寫的正是一個「文化閉幕」且「蒼涼而無前途」的二〇一〇年的台灣。然而，即使他所勾勒的乃是一個未來社會，但由於小說中一方面直接以台灣做爲場景，一方面他所寫的廢墟化前的種種公害，實是今已有之，只是於未來爲烈。因此，那個未來社會距作者所生活的現實，或我們所生活的現實也僅只是一步之遙而已。《廢墟台灣》雖假託一科幻形式而更能騁其諸般誇大的想像力與嘲諷，當中所列舉出來的各種公害卻無一不自現實中找到對應。

小說中描寫，公元二〇一五年，外國的政治學家阿爾伯特和旅行的地理學者波爾，乘船來到早於二〇一〇年毀滅的廢墟之島——台灣，並在西海岸濁水溪登陸。他們在「斷垣頹壁，草深三丈」的「TNN村」（「打牛湳村」？）見到了倖存的李氏一家人。接著又在仰藥自殺的青年李信夫桌上，發現了他在二〇一〇年二月到十一月間的

---

❸《廢墟台灣》，頁 19。

日記，從而揭開了這個島嶼覆滅的過程。

　　小說描述做爲攝影記者的李信夫，由於預感到某些重大的災難即將發生，而想要記下關於現實裏的各種狀況，「彷彿必須要告訴某些人一些關於即將發生的事」（頁37）。小說寫到，二○○一年，一個由「前數個政權解散再改組合并所成」的「超越自由黨」取得了政權，個政權在台灣施行恐怖統治，但儘管「超越自由黨」每天都「捉人、拷打、恐嚇、審訊、槍斃」，但島上的人民不以爲苦，他們早已對政治高壓下的生活麻木，對「超越自由黨」宰制下的「新社會」（有別於前此的「古典社會」）心滿意足。就是在這個政治高壓的新社會裡，台灣整個島嶼的自然、人文生態，也一步步在走向全面的毀滅與荒蕪：

　　那時島上已經凝聚了巨大的塵霧，天空濃煙瀰漫，工業生產和百姓日用的垃圾成堆放在各條大路，河流的水泛起血一樣的顏色，油污包圍海岸，而且增生出奇的快，好像塵煙會生出塵煙、垃圾生出垃圾、油污生出油污。（頁27）

　　宋澤萊曾將《廢墟台灣》中的公害問題二分爲環境公害與文化社會公害。就環境公害而言，台灣具現了如「浮塵」、「廢水污染」、「核能射線外洩」、「山林濫墾」、「垃圾激增」、「農藥污染」、「住宅區噪量的增強」等現象；而文化社會的公害則包括了「集權政治趨向極端」、「宗教信仰的式微」、「暴力幫派的坐大」、「自我意識的抬頭」、「藝術表現的沒落」、「庸俗文化的非人性化」、「島民生活的物化」諸般狀況[84]，在這些公害佔領下的台灣，恰如陳芳明所形容的：「……不僅是物質腐蝕的台灣，而且也是精神死亡的台灣」[85]。

[84] 宋澤萊，〈一個作家對環境和文化的省思〉（演講詞），《台灣人的自我追尋》，台北：前衛出版社，1988.5，頁152。

[85] 宋冬陽，〈傷痕書：致宋澤萊〉，《台灣文藝》89，1986.3，頁17。

其實，宋澤萊注視這些公害問題絕非自《廢墟台灣》才開始，早在一九八一年所寫的〈文學十日談〉裡，他便提出作家應反映惡質化的「生活品質」的現實，當時他即列舉出如工業污染、青少年犯罪、商品污染、文化公害等問題，可說他的關注到《廢墟台灣》才整個落實下來，並且把全島的公害問題納入小說中來反映❸。

由上述所列公害問題來看，宋澤萊可謂是企圖把台灣全島物質世界與精神世界的各種問題寫入小說中。當小說談論到各種公害問題時，敘事者李信夫雖只是電視台的攝影記者，但卻扮演了「萬事通」的角色，這個敘述者的缺陷就如同龍應台所批評的：「說起台灣來『什麼都知道』，像個博覽的歷史學家，也像個無所不知的預言家」❸。顯然這是作者以第一人稱敘事造成的令人難以置信的結果，實為作者設計上的疏失。然而除此瑕疵不論，小說仍頗有可觀，從敘事者談論事件的方式來看，小說則顯然也有其固定模式可尋，而企圖藉此來描述公害的狀況與過程。小說在談論公害時，多半採取一種歷史演繹的方式，將公害的形成過程與當下的狀況給依次揭露出來。在漸近式步向廢墟化的描述裡，益發使讀者感到一種末日的壓迫感，也才更加強了小說中「廢墟──荒原」的意象。

以下我們便分別以小說中描寫核能污染與對「人」之定義的討論為例，來說明《廢墟》如何來表現台灣走向廢墟的一幕。

關於各種環境公害對人類生存環境與自然生態的破壞，《廢墟台灣》已盡其可能地描摹各種可能的狀況，他描寫的雖是台灣廢墟化的過程，但莫非是以此作為末世毀滅前的「備忘書」與「啟示錄」，在他所描寫的各種環境公害裡，此處試以核能輻射公害為例，說明其表現方式與作者的態度。

---

❸ 《誰怕宋澤萊？：人權文學論集》，台北：前衛出版社，1986.6，頁275-279。

❸ 龍應台，〈台灣的一九八四：評《廢墟台灣》〉，《當代》1，1986.5，頁150。

在《廢墟台灣》中，曾描寫在台灣存在著所謂「廢墟村」，在這個無人敢進的處所，正掩埋著核能電廠使用過後的核能廢料，「宛若一個響動地獄之聲的關口」（頁97）。可以說「廢墟村」之存在已先行在全島廢墟化前，為我們立下最佳的「範本」，預告台灣島的命運。

就如同描寫其他如垃圾、浮塵、農藥污染的情節一般，宋澤萊慣以歷史演繹的手法，把各個年代的污染問題標示出來，在污染層層加重的世界裡，終於要走上廢墟之途。在描寫核能輻射污染時宋首先談到，一九九〇年時台灣已完成至少十座核能發電廠，不僅出售核廠設備的外國公司頒獎給台灣，連外國科技評論家亦說台灣是核能科學的勝地。於是對島上激增的放射線，當局乃能信誓旦旦地說：「放射單位增加與世界的核爆有關，是世界共通現象，無關核廠」（頁121）。但這種輕忽心態使得災難不斷發生，先有一九九三年因地震使西海岸E廠產生傾斜，再有一九九五年核心融化造成二千人感染死亡，但這些並不造成人們恐慌「因為從核廠的建造到一九九五年有二十年時間，二十年只死去二千人是值得的，至少自殺人口每年都不只此數，情況樂觀」（頁122）。終於要有更大的災變引來更多的死亡，二〇〇〇年一次地震造成核射外洩，使二十萬人喪生，台灣果真是「急速朝廢墟的世界奔馳而去」（頁123）。

在描寫的過程裡，宋澤萊時時發揮他的「黑色幽默」，對政府及人民的心態肆加嘲弄，然而嘲弄背後作者所暗示的未來世界寧不令人深自反思，他描寫科技專家盛讚台灣的核科學時說：

……台灣是核科學的勝地，像上帝的榮光一樣把核光顯示給世界的人類看，他說台灣的人都是林白，正在做類如飛越大西洋的壯舉，林白的成功只是林白一人的榮耀，而核電的成功則是所有台灣人的榮耀（當然，如果林白掉到大西洋去，台灣人民通通掉進去），執政黨立刻報導這種榮讚。（頁121-122）

　　然而，「廢墟村」只可能存在於小說中，或者只有二○一○年的台灣才會走上廢墟之途？就在《廢墟台灣》出版翌年，一九八二年四月二十六日，遠在蘇聯烏克蘭的車諾堡核電廠發生爆炸事件，其傷害性究竟有多大？有人將之形容為：「比廣島常崎更廣島更常崎」❸❸。這個事件無疑地適時為《廢墟台灣》中的末世預告做了一次實際演出，宋澤萊身為一名具有優異時代感的作家，又一次「不幸」言中人類的命運。

　　整個朝廢墟奔馳而去的台灣，並不只在自然環境上面臨公害造成的「大地反撲」，與此同時，人性、人心也出現集體「墮落」的情況。宗教信仰不再有約定任何心靈的安定與道德力量，人的自我意識的升高，黑幫與政治掛勾形成黑金政治……，《廢墟台灣》所幻設的這些社會、文化公害，其實都是從現實世界中「合理」推測出來的，與之同當今社會的亂象相對照，我們豈能說這僅僅只是「預言」？這些精神現象無疑地都可以推移到「人」是什麼這一命題上來，小說中二○一○年的台灣人由於徹底推翻古典社會的各種「人」的理論，因為未來社會的人相信：「人不是什麼！」惟有如此，人才能適應一切變化不思不想地存活在未來世界。

　　人是什麼？……這個問題，曾是舊社會的問題。古典社會……他們一直在研究「人」，而提出各式各樣的「人」的理論……諸如米開朗基羅、羅丹、愛因斯坦、佛洛伊德、杜斯妥也夫斯基、卡爾・馬克斯……他們都是談人的行為和宇宙真貌的專家。差不多他們都很敝帚自珍，並且大膽夾纏。在現在的新社會看來，他們多麼無稽。「人不是什麼！」這是新社會有力的論斷，擊垮了一切迷霧，它是半世紀以來台灣發展出來的智慧哲學。（頁196-197）

---

❸❸　方鴻明，〈車諾堡核爆災禍還在蔓延著〉，《核電夢魘：從三哩島、車諾堡到核四》，台北：台灣環境雜誌社，1991.4，頁29。

作者同樣以歷史推演及充滿嘲弄的筆法來進行描寫，在將人性的集體墮落造成的社會文化公害，與環境公害併而觀之後，我們更能意識到作者對台灣廢墟化過程所做廣泛而深入理解的程度。

（二）「公害小說」的「政治性」

作爲「政治小說」的《廢墟台灣》最重要的主題，無疑地是國家機器的專制統治，而且作者似乎也在暗示著，當台灣在各種公害持續嚴重蔓延之時，小說中的「超越自由黨」是如何地漠視現實，並且還進一步加速台灣的毀滅。關於這種傾向，龍應台曾頗爲嚴厲地指責說，在作者筆下壞人就是政府，好人就是受災受難的百姓，這一面倒的指控、黑白分明的價值觀，思想複雜的讀者沒有說服力，這是源於他的泛政治觀點，也即是說，「他把社會上所有的罪惡都歸咎於一個單一的因素——執政黨的獨斷」⓮。

當然，從一個儘可能周全的角度來思考，社會上的罪惡自不可能完全源自於國家機器，無論是環境或文化社會上的公害，除了統治機外，確如龍氏所言，文化、社會上的傳統習性或者人性的墮落都有可能是原因⓯。事實上《廢墟台灣》中也並非沒有針對人民內部問題進行反思，宋澤萊便反駁龍氏的苛評說，他也曾批評執政黨外的其他對象，例如：「台灣人不懂『人』的意義是什麼，知識份子的怯弱，文化的素質低落，科學的認識不足⋯⋯」⓰。配合著宋澤萊在八〇年代後逐漸高漲的「台灣意識」與反國民黨心態，將執政黨描繪爲獨裁而無能的政權，恐怕也是有現實脈絡可尋的罷！無論如何和我們必須特別注意到台灣當代知識分子反獨裁的心態，才能恰切理解此類小說的

⓮ 龍應台，〈台灣的一九八四：評《廢墟台灣》〉，《當代》1，1986.5，頁149。

⓯ 同前註。

⓰ 宋澤萊，〈公平、正義與愛的激進份子：宋澤萊訪問錄〉，《台灣人的自我追尋》，台北：前衛出版社，1988，頁144。原刊於《台灣新文化》1，1986.9。

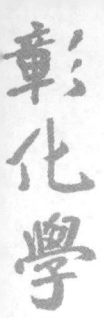

重點與侷限。

在一篇訪問文章當中,當宋氏強調《廢墟台灣》中對執政黨的不滿時便透露了他個人的政治觀,頗可說明《廢墟台灣》做爲政治小說的批判性根源:

> 現在(我強調現在)我們唯一必須做的是,把問題搞清楚,直接要求政治作爲來遏止這個悲劇,不管經濟的、文化上的、民心上的、都提到政治層面來抗爭、這才是民主的法則,才是有希望的。而爲什麼我們不可以把一切都看成泛政治呢?政治的意思不是公眾的事嗎?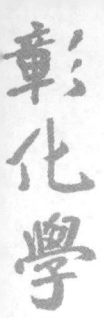

對這個基本思想有所瞭解後,我們便可以進一步就小說中所描寫的,未來社會裡「超越自由黨」的統治方式做一剖析,試看宋如何使用嘲諷、議論、夸飾的方式來描寫存在於二〇一〇年的獨裁政權,並且以此來回應於當今時空,從而使人領略專制統治的殘蠻本質。

作者描述台灣島在未來社會出現的新政權,叫做「超越自由黨」,它從二〇一〇年開始控制台灣,而此黨的黨徽爲一「不」字的記號。針對這個黨徽,作者以各種猜測的口吻爲之定義,以帶有遊戲及嘲諷的筆調,將「超越自由黨」的獨裁本質全盤托出,甚至還影射了現實中的國民黨,頗有意在言外之感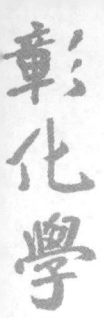。各種對「不」字黨徽的猜測是:

第一,其意爲「禁止」,因爲這個黨徹底戒嚴(與台灣的現象相同),超過二〇〇一年以前的任何政黨,因此「不可集會、不可講演、不可隨便信教、不可試探官僚」。

第二,是「示」字少了一橫,而「示」本意爲「神」,「那麼就可能在暗示人民,超越自由黨就是神」。

 同前註。

 據林瑞明教授課上所言,宋澤萊曾向他私下透露,「不」字標記實爲國民黨(K)之「歪寫」,而加入一豎以掩人耳目。

第三，其意為「威嚇」，認為「不」象徵一個槍架或刑具，任何人違規都會受懲罰。

第四，也可能是一隻手爪或章魚，「那麼就指其具有好的手段和圓滑的統治工夫」（頁25-26）。

而在描述「超越自由黨」獨裁統治的本質外，《廢墟台灣》更進一步言明未來社會的樣貌，即超越自由黨統治下的台灣社會，乃是所謂的「新社會」，這是個「極端『現實』的社會」，「也就是不談其他，只談當前現實生存的一刻」（頁40）而此時的台灣人民卻多半沒有反應，「好不能感知什麼叫『痛苦』」（頁26），這主要是因為：一、超越自由黨的獨裁統治，使人們在強大壓迫下無從反抗，「他們的處罰行動敏捷，對偏激的人一律判死刑或吃藥物，什麼事就解決了」；二、在新社會中嚴重的公害使人們活在各種疾病、死亡的陰影中，空氣污染所造成的肺癌，輻射外洩所造成污染死亡，以及更多的噪音殺人、垃圾厲疫等等，「如今人人不認活著長命是一件好事……很多人願意只活到四、五十歲就用自殺結束生命」（頁41）。這無疑是生存環境的毀滅與政治高壓雙重造成人的「自棄意識」，也是《廢墟台灣》所描寫未來社會關於人的存在狀況。由於敘事者李信夫對於二〇一〇年台灣的這整個認識，遂使他想起超越自由黨治下的「新社會」台灣，竟與「古典社會」時代的「古拉格社會」並無二致了。這種未來、古典社會的相互比附，不正透露了作者「以未來諷古典」，寫未來而實則針對台灣現實的真正底蘊：

　　我在古典的文學作品中發現一本《古拉格群島》，那是描述蘇聯的史達林時代的無數勞改營的作品，內容還好，它的唯一錯誤是把「古拉格」的社會視成「不正常」，事實證明，「古拉格」的出現是一種正常，完全合乎人性，超越自由黨控制下的台灣完全合乎它的要求。（頁88）

《廢墟台灣》雖具有上述這樣明顯的政治批判意圖，但它同時也是由公害問題出發，企圖描寫台灣惡化環境的公害小說。當政治與公害在小說共同成爲內容時，宋的政治批判正是透過統治機器處理公害問題時的態度來進行的，以這個角度來創作政治小說，置諸八〇年代政治文學中亦屬少見。也因此《廢墟台灣》在宋澤萊獨特的關懷角度下，無形中爲八〇年代政治文學開拓了新的空間，也使政治小說直接與現實生活中的問題結合，加深了政治小說的「當即現實性」。和向歷史取材，強調政治傷痕的小說相較，以當代社會爲題材的政治小說，代表的是作者更強烈的政治意識。自宋澤萊以降，像鄭俊清描寫土地遭工業污染的〈黑色地域的呼喊〉（1984），及工運小說《憤怒的山城勞工》（1989）寫一九八五年發生的新玻事件[94]，或林雙不所寫《決戰星期五》、《大佛無戀》、等校園政治現象，其實都可與《廢墟台灣》并觀，視爲政治小說以當代現實爲題材的極佳例證。

那麼，《廢墟台灣》中究竟如何把公害與政治綰合起來呢？小說的表現方式是，透過陳述公害問題的嚴重性時，一方面歷述台灣環境與文化各方面持續惡化的狀況，另一方面則把超越自由黨的各種處理措施描寫爲毫無改善可能；相反地，反而是掩蓋了事實，而使台灣更加「急速朝廢墟的世界奔馳而去」。

例如小說寫超越自由黨面對惡化空氣與浮塵淨化問題時，竟規定工廠集中於一週內排氣，而非徹底尋求解決之道：

> 二〇〇一年開始，超越自由黨淨化市內浮塵的辦法是規定市內市郊的工廠和燃燒機構，必須在每個月的第一週內集中排氣和燃燒……於是

---

[94] 1985年，新玻公司董事長捲款潛逃，因資方盜賣股票，侵吞員工存款，事件發生後公司負債累累被迫停工，員工因而失業，最後員工不得不自立救濟接管工廠，期間頗受政府方面的彈壓與阻撓。說明見宋澤萊，〈台灣第一本工人運動小說：試介《憤怒的山城勞工》及新一代小說家鄭俊清〉，《憤怒的山城勞工》序，台北：前衛出版社，1989.2，頁8-10。

天空就一片地黯黑，浮塵立刻遮蓋了城市。有時如同沙漠的狂風沙，十步之內，目視也難。（頁68）

　　此外，像農藥污染問題使得土地留下世紀的毒藥，就連老鼠也無法生存其中而移向都市，但超越自由黨卻無視於實際問題，反而宣稱：「沒有任何的社會會迫使老鼠這種狡猾的動物走入絕境，新社會卻奇蹟地做到了這一點」（頁91）；至於超量增設核能電廠，而不顧慮輻射外洩與核廢料問題，更是台灣廢墟化最大的「助力」所在。

　　然則，超越自由黨何以又能無視於外在環境的惡化，且一再掩蓋事實，無力或不願去改善這些公害現象呢？莫非這正因超越自由黨也和它所創造的新社會一般，是個「不談其他，只談當前現實生存的一刻」的政權嗎？在《廢墟台灣》中，超越自由黨便為他們的作為提出一套「**合理負擔說**」，從中我們可以看到宋澤萊對國家機器的批判，其實就在於它的短視與現實。而這個批判也提醒人們，對於朝向毀滅的世界究竟是要變革、覺醒，或者就此服從於統治者的「合理負擔說」，試看超越自由黨的說詞：

　　人要生活，這是首要的事實，台灣必須更多廉價的工業才能維持四千萬人的生活，人為了生活就必須負擔，如同歐美負擔世界大戰及核戰毀滅，而亞、非、拉負擔抗爭、疾病、貧困與死亡。台灣的負擔是合理的，浮塵風暴可以在家裏渡過，廢墟村則不去。如是而已。（頁135-136）

　　如我們所知，世界資本主義體在戰後的高度成長，雖使先進或後進資本主義國家積累了更多財富，但相對的也積累了嚴重的生態與環境問題。在台灣，由於它依賴於美、日等中心國家發展的經濟體制，從六〇年代以降，當台灣由進口替代產業向加工出口產業轉換時，「勞力密集、高耗能、高污染的工業，使大量由中心先進國家向邊

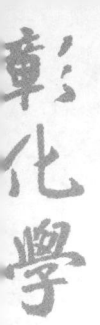

陲、半邊陲國家『輸出』，從而『輸出』了嚴重有害污染，也『輸出』了構造性的自然生態的解體機制」⑮。

以此來參證《廢墟台灣》中那「廢墟──荒原」意象，以及超越自由黨的短視心態、無能作爲，我們便能進一步瞭解，八○年代中期的宋澤萊事實上對台灣現實是深入探查過的，並且也爲現實問題尋找出源於政治、經濟構造上的癥結。他在《廢墟台灣》中所提出的「廢墟警訊」即使在今天看來都甚富啓示，並且也是令人擔憂的，因爲他所提出各種警訊，包括政治、人心、社會的問題似乎完全不見改善，二○一○年瞬目即至，人們會如何面對像《廢墟台灣》這樣預言不祥的小說？

四、〈抗暴的打貓市〉析論

在宋澤萊八○年代數量無多的小說裡，《廢墟台灣》雖對台灣島在公害侵凌下廢墟化的未來慘況予以警示，並隱約地指控執政黨在環境惡化上的無能。不過，這部寫於其「人權文學」觀成熟前的作品，顯然未摻入太多他個人的意識形態，而較無一般政治小說尖銳的對立性。但本節所討論的〈抗暴的打貓市：一個台灣半山政治家族的故事〉（1987，以下簡稱〈抗暴〉）則絕不如此。

在這篇小說裏宋澤萊將其反「中國殖民」的獨派立場藉此表露無遺，其中以半山仔這「中國化」的台灣人表達了對「中國身分」的嫌惡與棄除；而另一方面，國民黨與半山仔聯手對台灣人民的剝削與壓迫（特別是二二八事件）恐怕更是宋澤萊極力要將之現形並予以正面批判的重點。此外，〈抗暴〉在書寫的語言上採用了台語漢字，台語書寫的政治性自是不待多言，因此〈抗暴〉又同時具有台語文學倡導期代表作品的特性。

---

⑮ 陳映眞，〈台灣文學中的環境意識〉，《文學評論》1996年第3期，頁138。

（一）台奸：「身分認同」的傾斜

　　按〈抗暴〉的副題所言，這篇小說敘述的乃是「一個台灣半山政治家族的故事」，在過往的文學作品中，以「半山」為主角的小說誠然極少（類似的角色為日治或戰後為統治者效勞的「告密者」，但不涉及台／中身分認同的問題），那麼作者以此種類型人物為描寫對象其意何在？對此，宋澤萊的自白或可參詳：

　　這篇小說旨在勾勒一種台灣歷史所形成的獨特人類——台奸的面貌。我並不看輕這種人的精明性，但更把重點放在他們的病態人格與殖民地無奈的現實上。⑯

　　然而，宋澤萊以「台奸」稱之的台灣歷史所形的「獨特人類」，在宋對往的作品裡卻又似曾相識，原來在其「鄉土寫實」時期當中即曾以〈糜城之喪〉一作描繪了「漢奸」胡之忠的故事，彼時，「漢奸」乃因台灣人為日人效命欺凌台胞而得名，今日卻又出現了另一種背叛台灣人的「台奸」，這轉變著實透露著深長意味。

　　從批判「民族罪人」的角度言，似乎宋在某種程度上也稱得上是「民族主義者」，寫作〈糜城之喪〉時的宋澤萊堅持著漢人的立場，對胡之忠為日軍幫凶迫害台灣人民的行徑深表不齒，對此「糜城之恥」的羞辱就是極力抗拒他死後回葬糜城，這是他仍殘存著「漢族意識」，或者更擴大來說是「中國意識」時期的精神表露。但到了〈抗暴〉中民族意識的轉變便顯得極其明顯。以台灣民族為號召，極力切開與中國／漢族中心主義之關係的宋澤萊，轉而以背叛台人著為「台奸」，此中台灣與中國意識之消長不也昭然若揭？

　　不過，〈糜城之喪〉雖表露了作者殘存的「漢族意識」，但由內

---

⑯ 宋澤萊，〈從《福爾摩莎頌歌》到《血色蝙蝠降臨的城市》：追憶那段紅塵吟唱與追尋超越的時光（1980-1996）〉，《血色蝙蝠降臨的城市》，台北：草根出版公司，1996.5，頁14-15。

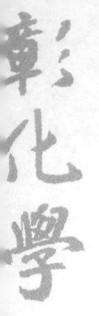

容來看，壓迫者與被壓迫者的糾葛卻皆爲台灣人民內部的問題，它仍然是以台灣人民生活爲中心所寫出的小說。究其實，宋對結合外力以壓迫台人的「騎牆派」者的批判才是小說之重點，只是當時作者仍未完全擺脫俗稱的「漢奸」之名罷了。

〈抗暴〉中所描繪的「台奸」是與「半山」一詞並舉的，而要說明「台奸」與「半山」內容精神的同質性格，則必須簡略地回顧台灣的近代史。

林雙不曾爲宋澤萊的「半山人」下一定義：「指的是那種依附中國人阿山仔、欺壓台灣人而起家的假台灣人，有時叫這種人『台奸』」[97]。林雙不顯然是側重了半山與中國人（尤指國民黨）合作的這一面而言，這自與林雙不及宋澤萊的「反中國意識」有關。從另一些資料我們也可知，半山之依違於統治者之間，其實早自日治時即已開始，他們是在戰時即豢養了對日本政府與國府的各種統治習性的適應能力：

事實上，從大陸回來的「半山」可以分成種種類型……第一種是從重慶後方回來的「半山」，這些人裡頭有的跟國民黨CC派有關，有的則跟情治系統的軍統有關，有的則有國民政府的背景。第二種是從淪陷區回來的「半山」，像吳三連在天津、楊肇嘉在上海、張我軍、洪炎秋等在北京。這些人雖然並不是眞正與日本人合作，但是爲了生存，多多少少還是與日本侵華勢力有過瓜葛的。我們決不能忽視的是第三種類型的「半山」。在日本佔領區特別在閩廣兩地，有一些假藉日本淫威，作惡多端的「台灣歹狗」。[98]

[97] 林雙不序，〈在暗夜裡追尋光〉，《1987台灣小說選》，台北：前衛出版社，1988，頁28。

[98] 戴國煇、葉芸芸，《愛憎二二八》，台北：遠流出版公司，1992.2，頁23。

由上述可知，小說中的「半山」所指是曾在大陸（台灣民間稱之為唐山）生活，在終戰後回台的一群人物，（猶如半個大陸人），由於他們瞭解具封建積習的中國官場習性，遂能利用終戰初期台灣民眾對大陸政情及作風產無所悉的情況下，趁機為非作歹，因此予人借大陸人「阿山」之威來欺凌同為台人的惡劣印象：

對於「半山」，一般老一輩台籍人士多年存有「貪官污吏」的刻板印象，且因同屬台籍，就比對大陸人──「阿山」還要憎惡。❾❾

宋〈抗暴〉中所描繪的「半山」基本上便與上述形象若合符節，透過半山在戰後依附阿山（國民黨）欺壓台灣人民的各種描寫，一方面批判了台灣人性格中的「奴隸」心態，從而表達了與「中國身分」決裂的立場；一方面則批判國民黨政權獨裁野蠻的統治心態，再次否決了自命為「正統」的統治者神話。

〈抗暴〉主要是以李國忠與李國一兩兄弟為中心人物，敘述其自二二八事件後，因「平亂」有功而受賞識，在戰後由飛黃騰達以至於慘死的過程。

作者描寫這「半山政治家族」時，不忘敘述這個家族淵源流長的傳統，早在日治時期李家祖父便深研漢文化的天命思想，得出了「順天者昌」的啟示，而在遺言中說道：

台灣人有三條命，一條是自己的，一條是天的，一條是日本人的。自家的命可以不要，天命也勿須強求，但日本人的命就得看重。（《弱小民族》，頁293）

秉持了這遺言的李氏兄弟之父李順天（「順天者昌」？）在戰時

---

❾❾ 同前註，頁22。

給我一個巨大的時代・171・

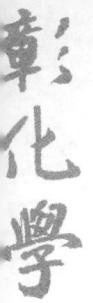

遠走大陸，當戰後回台時便也率領著全家跪在火車站前，頂禮膜拜著陳儀和他的官員：

　　他們的父親將那些人迎入家裏，這個日後二二八事變中出賣打貓市人民的家族立即變成貴族。那時，李順天早就是藍色系統的重要人物，半山派裏的大半山，是人人懼怕的特務爪牙了……（頁294）

　　二二八事件中出賣了抗暴軍的李氏兄弟，在事件中指認著曾參與起義的百姓，就憑著這極大的「功勳」，兩兄弟遂能在戰後結合黑道與特務，甚至是黨、政、軍的特權在打貓市呼風喚雨，滿足著權力帶來的貪慾：

　　他們兄弟承繼了他們父親的志業，在打貓市打天下，他們坐在打貓市的中心點，將整個兒縣市的金銀財寶都掃進他們的囊中，用一隻尺碼，打量著打貓市的地段，凡是馬路邊高價的土地，都變成他們兄弟染指的地方。他們將最貧賤的踩落地獄中，將小生意人的血汗錢吞入他們腹中，一日又一日，他們兄弟愈發胖壯，臉色也閃閃發光。四十年來，他們充當黨的縣民，做非法買賣，做黨的劊子手，當建設局長，一直到變成市長，他們並肩作戰，如同坐上了順水之船，呼嘯前進，沒有人可以擋住他們兄弟的財路。（頁272）

　　……他們可以不顧一切，採取所有的手段，武裝黑社會、命令警察界，聲明反對他們兄弟的人都是國家的反叛者，如果不是共產黨就是分離主義者。他們兄弟控制三十個市鎮的地痞流氓，布下一百二十個埋伏於市內的便衣工作人員，定時覲見掌握黨、政、軍的乾爸。他們充實打貓市的警車、槍、手銬……隨時干涉對他們兄弟不利的行為。（頁285）

　　如果我們要在這篇三萬五千字的小說裡，繼續尋找此種作者直接

加以譏刺議論的段落，幾乎是處處可見。透過這種對人物做價值判斷的敘述，而且是極力描述其各方面醜態的敘述，我們的確感受到宋在描繪這群以李氏兄弟爲代表的台灣半山家族時，是如何輕蔑與貶斥。至於李氏兄弟不計其數的各種荒謬統治手段，如以匪諜罪名污陷政治、愛情對手，任由外國資本家設置化學工廠、運動場工程中貪污等等情節，莫非具現了台奸各種醜態，較之敘事者嘲諷之尖刻則猶爲餘事。

林雙不在評價〈抗暴〉時，便極爲讚賞宋勇於突破禁忌，認爲：

　　宋澤萊發揮了高度魔幻寫實的技巧，極爲巧妙地把李國忠和李國一這對台奸兄弟刻劃成台籍政客的典型。[100]

此處提到宋以魔幻寫實的技巧來鋪陳故事，從文中部份情節出之以夢境或誇張的描寫來看，嚴格來說並未脫離寫實主義的敘述成規，而毋寧更近於「笑鬧劇」（burleque）的寫法；況且人物造型的誇大我們自宋早期〈打牛湳村〉以降即已屢見不鮮，因此在技巧上宋並沒有脫離過往的模式。真正值得注意的是宋創造了「台籍政客」這樣的人物，並且還是所謂「半山」政客。

因此，筆者再次感到〈抗暴〉就像宋澤萊其他在人物塑造上較失敗的作品一樣，著重於凸出人物性格特徵，卻終不免將人物概念化與扁平化。最大的關鍵在於，作者過於依賴理念來進行創作，他的人物是理念中存在的影像，卻缺乏了與現實生活的合理聯結，其人物塑造之粗糙處不能另人感動正源於此。

但，我們因此不能忽略的是，這樣「理念化」的小說其實更能透露出作者創作時的意圖。如廖咸浩就認爲，這篇小說雖然「觀念上過

---

[100] 林雙不序，〈在暗夜裡追尋光〉，《1987台灣小說選》，台北：前衛出版社，1988，頁30。

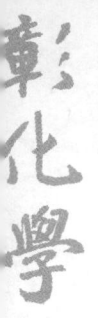

於簡化，且技巧上也不夠細心」，但是「知名作家爲數不多的反華色彩作品中，態度之激烈尚無出其右者」⑩。筆者以爲廖咸浩所謂之「反華色彩」其實也就是反中國殖民意識的表露，小說中主要便是透過了中國化的假台灣人（半山／台奸）與追究了二二八事件裡國民黨做爲屠殺者的眞相。

「半山」之出現誠然是台灣近代史上特殊的族類，其特性或正如論著所謂是「沒有主體性的『二房東』心理與社會行爲」⑫。小說中多次藉李氏家族之口把「半山／台奸學」加以詮解：

沒有什麼人叫台奸，也沒有所謂的台灣人！我就是台灣人的代表，偉哉領袖忠實的犬馬。（頁311）

他要讓所有的人好好相信，歷史是沒有什麼台灣人的，他不是台奸，他是一棵高大的騎牆草，一扇美麗的能讓人給進進出出的大門，他才是台灣人的總代表，他和他的家族活得心安理得。（頁312）

無疑地，半山之所以能「心安理得」做一棵高大的騎牆草，是其自身對「領袖」的無異議的「認同」，這種認同就後殖民理論的角度來看，乃是被統治者對統治者的一種仰賴情結。葉維廉曾在一篇〈殖民主義、文化工業與消費慾望〉的論文中以語言爲例，說明在殖民地中知識分子在求存中將殖民思想內化，而把象徵優勢的語言當做自己的口語，這無疑是一種「文化原質的失眞」（Cultural inauthenticity），他又以康士坦丁奴（Renato constahtino）的話來說明人們認同後的心態：

過了一段時間以後，在殖民主義一種演變的法作裏，住民……甚至

---

⑩ 廖咸浩，〈在解構與解體之間的徘徊：台灣現代小說中「中國身分」的轉變〉，《中外文學》247，1992.12，頁201。

⑫ 戴國輝、葉芸芸，《愛憎二二八》，台北：遠流出版公司，1992.2，頁24。

逐漸深信他們西化了的品味，代表更好的教育，比他們其他未受同樣教育的亞洲兄弟好多了。這種民族驕傲的消失產生了一種自卑的情結，試圖用種種的方式向征服者學習，同時，對那些還未西化、還未基督教化，而還堅守著他們本土文化和認同的鄰居，又提著一種由上看下的優越感。[103]

　　這樣，我們就觸及了李氏兄弟在表相的背叛行徑外的深層意義。宋所貶斥的病態人格，不錯，可堪稱為令台灣人深感羞慚的惡劣心性，但他同時也在暗示著「半山」、「台奸」之出現，其實是受到了中國文化「薰染」的結果。也即是說，大陸人（阿山）對台灣的宰制不但使台灣文化遭到壓抑，同時也不知不覺地「腐化」了台灣文化。宋澤萊曾在一處演講中吐露了他對中國文化的「意見」：

　　他們帶來的文化對台灣人而言當然也多半是壞文化。只是他們又同時又把日本的文化掃除出去，這點不能說他們沒有功勞。關於中國人帶來的壞文化，其中最具代表性的就是貪污文化。四十多年來這習俗已在台灣生根繁殖，成為台灣文化的一部份。所以我們要推展台灣新文化，首先要做的就是將所有包括外來的、本土的壞文化排除出去。[104]

　　在一篇評述台灣現代小說中「中國身分」轉變的文章中，廖咸浩曾以〈抗暴〉作為舉證，認為可以作為拒絕中國身分觀的代表，並說「宋在本文中的重點並不在故事，而在列舉『中國文化』如何一步步的腐敗了這對本省兄弟」[105]。廖文以宋在描寫「中國文化」腐化李氏

[103] 葉維廉，〈殖民主義、文化工業與消費慾望〉，張京媛編：《後殖民理論與文化認同》，台北：麥田出版有限公司，1995.7，頁129-130。

[104] 謝里法，《重塑台灣的心靈》，台北：自由時代出版社，1988.7，頁138。

[105] 廖咸浩，〈在解構與解體之間的徘徊：台灣現代小說中「中國身分」的轉變〉，《中外文學》247，1992.12，頁193-206。

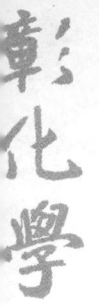

兄弟來說明宋的肯定台灣身分，棄絕中國身分認同的說法，已經點出作者對中國文化的態度，廖文復以尋找「身分」（identity）在小說中的變化來看待〈抗暴〉，更能指出小說中「身分認同」的這一層主題。

「身分認同」的問題是台島人民的歷史夢魘，因為台灣在近代史中迭為各國殖民地的後果，人民幾乎喪失了主體性建構的可能，而不斷被外力所改造，戰後國府的統治亦無法解決此種困境，相形之下，更製造了自二二八事件、白色恐怖以下長達四十年的威權戒嚴體制。因此台灣知識分子所以會企圖強調台灣文化／民族異於中國文化／民族，是有其歷史及現實二項時空基礎的，這種強烈的台灣意識發展到了極致就是在政治上主張台灣獨立，而在文化上鼓吹台灣民族文化及對應的台灣民族文學。

以此種「台灣意識」為中心出發，獨派政治小說家如宋澤萊者，也就很自然地轉換稱背叛此地人民的人為「台奸」，而不再沿用「中國意識」下的「漢奸」一詞。而所謂「台奸」形象之塑造，在〈抗暴〉中其實是以完全「中國化」的台灣人為意念所呈現的模樣，他們根本不是「台灣人」，而是和外來的統治政權同樣的「中國人」：

> 「終戰之後，他們兄弟的確是潮流的追隨者。」一份政敵的報紙如是說：「自由戀愛的觀念進入了他們兄弟的觀念中，終日與一群來自上海的新青年混在一塊，他們開始學習官話、跳舞、玩女人，將他們的頭髮梳得雪亮，乘坐著吉普車到處逛。他們東施效顰，用著台語腔說著北京話，在公開場合上穿長袍馬褂，他們改籍貫，告訴別人說他們是福建人、留學上海的大少爺，是新時代來自十三天外的少年紳士」。（頁298）

文中把李氏兄弟譬況成極力形肖「外省人」的新青年，改籍貫，說台語腔的國語，和穿長袍馬褂，諸如這種譏刺在在表明了作者對此類台灣人的排拒。半山台籍政客之在八〇年代中期被提出來加以批

判，是「台灣意識」高漲之後，台灣人內部的自我清算，可視爲台灣政治結構變遷中的一個新現象。因爲去除團體中之「雜質」來純化組織，辨識同志，是具有「革命性」的運動初期的必然現象。而小說中首次出現的半山台籍政客形象，雖因其刻意誇張的筆法而略顯失眞，然而作爲八〇年代政治小說的新發現，其出現之原因必需加以了解，其挖掘現實體制中死角，從而加以批判的勇氣亦不能輕易略過。

（二）追究了二二八事件與極權統治的真相

接下來要討論的是關於〈抗暴〉中「抗議性」的問題。要說明〈抗暴〉在「抗議性」上的表現，恐怕必須先稍加瀏覽八〇年代政治小說的版圖，才能進一步來評價它。在林燿德〈小說迷宮中的政治迴路〉一文裡，他依照八〇年代政治小說的意識形態分門別類，列出了七種政治小說的類型，分別是：左翼統派、懷疑論式、右翼統派、後鄉土派小說、獨派、女性主義小說及原住民小說❿。這七種小說中，屬於描寫「生活政治」的女性主義小說和原住民小說和現實政治體制的抗爭仍未全面開展，此處暫不列論。其餘的五者中，右翼統派多半信奉「中華民國概念」、左翼統派則在八〇年代後隨著中共文革面目的揭露早已失去立場，這二者對當權者的批判往往因其「統」的立場而遭受批評，已失去在精神上的領導地位。懷疑論者雖批判北京政權和台北政權，然而由於將政治「文本化」的結果，現實的指涉性反而不是他們重點，並且不標榜任何意識形態也不支持任何一派；最後如林文所說的，描繪鄉土現實的後鄉土派小說某部份在意識形態激化的情況下，反而投入了獨派的陣營，那麼獨派政治小說也就在八〇年代政治小說中成爲最具有「抗議性」的小說。

宋澤萊在評論一篇林央敏（1955～）影射蔣介石之死的小說〈大

❿ 林燿德，〈小說迷宮中的政治迴路：「八〇年代台灣政治小說」的内涵與相關課題〉，鄭明娳主編，《當代台灣政治文學論》，台北：時報文化出版公司，1994.7，頁 163-177。

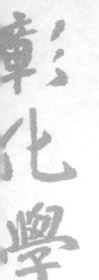

統領千秋〉中，除了以「暴君小說」來指稱這篇小說，並強烈抨擊了神話統治的反人權現象：

> 我們知道，不論經濟如何，僅就政治而言，台灣一直都是反人權的，而反人權的具體表露，就是在亞、歐、非三洲不斷出現的暴君統治，這些暴君控制了優勢的軍力，強行宰制第三世界國家的政治、經濟，而以家長的姿態，對國家施行神話統治，他的個人以及政權的建立都是一個神話的旅程。[107]

自二二八事件及五〇年代白色恐怖以降，及政治史上最長的戒嚴體制，都透顯出國府統治上的威權心態，而造成的各種政治傷痕反而成為日後反對人士源源不絕加以反擊的「原動力」。緣此，八〇年代具強烈抗議性格的政治小說，其盛況或正如呂正惠所形容：「小說家好像在比賽誰比較勇敢似的，爭先恐後去挖國民黨三十年統治的『黑窩』」[108]。

於是當我們回顧〈抗暴〉裡，對陳儀、拄拐杖的乾祖父（蔣中正）、及「黨」的無所不在之勢力有著強烈的嘲弄及控訴時，對此種心態顯然必需由台島知識分子的心路歷程和主張去加以理解，而不能光用意識形態的侷限這樣的批評簡單加以詮釋。那麼宋澤萊以一「獨派」政治立場所寫的〈抗暴〉，又如何表現他對國民黨政權的「唾棄」呢？

首先，文中一再透過李氏兄弟口中，喊出忠黨愛國的口號，從而不斷影射國民黨奇特的統治邏輯：

---

[107] 宋澤萊序，〈高舉民族／人權雙面大旗的文學健將〉，林央敏，《大統領千秋》，台北：前衛出版社，1988.3，頁11。

[108] 呂正惠，〈八〇年代台灣小說的主流〉，《戰後台灣文學經驗》，台北：新地文學出版社，1992.12，頁82。

後來他們兄弟竟然發現，原來當官的意思就是和百姓結樑子的意思，原來官員就是統治者，之間，必定要分隔起來，東方最古老的政治哲學也就在闡揚如是之道。（頁284）

我們就是法統，反對我們的人就是反對法統，凡是暴民不是共產黨就是台獨，我們的乾爸會嚴懲這夥人的行爲。（頁310）

當我們把上述引語和台灣獨特的時空脈絡勾連上時，就更容易體會出作者「別有用心」之處，這恐怕是這類小說之所以常有兩極化評價的原因，因爲它使得「親者快，仇者痛」，而這種敘述的出現正是台灣特殊時空下的產物。尤其看到小說中對二二八事件的描述，我們很難不震懾於陳儀屠殺軍的殘暴無情，其大膽揭露統治者禁忌的寫法，誠已極盡試探戒嚴時期的言論禁忌之能事。

在〈抗暴〉中，李氏兄弟之所以能在戰後飛黃騰達，所靠的無非是他們在二二八事件中所立的大功，他們以台灣人的身分混入抗暴軍裏，卻反過來提供陳儀軍隊清鄉的名單：

當二二八事變爆發，他們的父親和他們兄弟以化身成打貓市的抗暴軍，在抗暴軍裡當奸細，詳細記錄抗暴軍的人名，調查抗暴者的背景，並且暗中破壞抗暴軍圍攻機場的行動……（頁294）

李氏家人不僅混跡於台人抗暴軍中並伺機破壞、密報，更誘使抗暴軍和談，而使陳儀軍隊得以在收繳武器後遂行其大屠殺的暴行。作者刻意描寫了一幕夕陽中的打貓港邊，竹林中飛出的紅蝙蝠盤旋空中，碼頭盡是受屠的台灣人，狀甚駭人：

當他們兄弟走進港邊碼頭時，才發現整個碼頭浮沈著屍體，一具挨著一具，密密麻麻，宛如一望無際的屍體搭築的大浮床，一直延伸到海

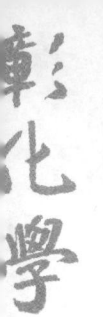

外的軍艦上，港口的水變成大紅色，有的死者被鉛線穿過手臂腳脛，一串串地被推落海中，也有些被割掉嘴鼻、斬斷手腳、槍殺而後拋擲於海中……（頁328）

在此宋重述了一樁台灣戰後歷史上最慘烈的屠殺行為，很顯然地，宋澤萊是以「屠殺」的角度來看待二二八事件，他所著重的與其說是重視那段駭人聽聞的歷史，毋寧說他是追究了屠殺者及其幫凶的歷史責任，其夕陽下打貓港浮屍的一幕，是幾乎可以不加一詞而達到冷肅譴責效果的。

也由於〈抗暴〉中直指國民黨統治者亟欲迴避的諸般問題，相形之下，也就更顯出〈抗暴〉一作「抗議性」的強度，我們只消在林雙不所編《二二八台灣小說選》中加以比較便知，宋所表現出來突破禁忌的勇氣，的確讓〈抗暴〉在八○年代中顯得格外「刺目」。而這樣的作品容或還有極大的爭議之處，然而，它所釋放出來屬於台灣人的歷史、政治潛意識，以及它表現出來抗拒悲情命運的願望，無疑都是戰後文學史上新出現的現象與題材，值得我們更進一步思考小說文本中的多重意義。

第5章 靈視者的預言：《血色蝙蝠降臨的城市》與《熱帶魔界》中的美學實驗與文化論述

一、前言：關於「靈視」的神學與美學

針對政治「解嚴」（1987）以來的台灣文學圖像，劉亮雅以小說文類爲例，所進行的扼要勾繪，可以幫助我們理解後殖民（post-colonial）與後現代（post-modernist）文學的創作語境。劉亮雅認爲：「後現代與後殖民的並置、角力與混雜，不僅可以描繪解嚴以來台灣主導文化的思想氛圍，以及解嚴以來台灣小說的主題意識，同時也可以描繪這些小說裡的新美學」[1]。而台灣的後殖民與後現代雖都強調「去中心」（de-centering），但又代表兩種不同趨向，彼此合作或詰抗：

台灣的後現代主義朝向跨國文化、雜燴、多元異質、身分流動、解構主體性、去歷史深度、懷疑論、表層、通俗文化、商品化、（台北）都會中心、戲耍和表演性；而台灣的後殖民主義則朝向抵殖民、本土化、重構國家和族群身分、建立主體性、挖掘歷史深度、殖民擬仿，以及殖民與被殖民都會與邊緣之間的含混、交涉、挪用、翻譯。[2]

後殖民與後現代文學的並存發展，既是九〇年代以來重要的文學現象，然而，正如論者所言，後殖民與後現代都強調「去中心」，但又「彼此合作或詰抗」。這些不同立場的去中心書寫，其或合作，或

---

[1] 劉亮雅，〈第五章 後現代與後殖民：解嚴以來的台灣小說〉，《台灣小說史論》，陳建忠等合著，台北：麥田出版，2007.3，頁 326。

[2] 同前註，頁 326。

詰抗的現象，正是本文探討宋澤萊九〇年代作品的重要切入點。

就其合作一面來看，「去中心」，乃意味著對主流意識形態與價值系統的消解，特別具有反霸權或反壓抑的批判力量。

但我們同樣發現，後現代與後殖民文學也不免於「詰抗」的一面，則「去中心」就可能演變爲不同歷史記憶與意識形態的差異，甚至對立。這個情形，當不致於出現於前帝國主義國家中（他們並沒有去殖民化的議題），而更常出現於被殖民地。例如：「某些」後現代小說與後殖民小說，都會處理像二二八事件等公共議題，卻又有截然不同的歷史再現方式與評價標準。於是，究竟何者爲需要被革去的「中心」？似乎又成爲一個新的問題❸。

而在這些後戒嚴時期出現的文學現象中，拉丁美洲魔幻現實主義（magic realism）思潮顯然也成爲不少作家引介、模仿的對象。據陳正芳的研究，作品顯示具有魔幻現實色彩的如張大春（1957～）、林燿德（1962～1996）、宋澤萊等，將這種美學與批判精神帶入後戒嚴的台灣文壇，而與後現代與後殖民現象混同一處：

　　魔幻現實主義赫然成爲第三世界文學書寫的代言，並且匯通在後現代與後殖民主義的論述中而有抵／去中心、質疑理性主義、反支配、不與體制妥協的精神、尊重本土性與獨特性等重要理念。而台灣八〇年代的魔幻現實主義熱潮，就是來自這種精神實底的啓發。❹

❸ 關於以後殖民、後現代兩組概念來描述解嚴後台灣文學史發展的論者，陳芳明的提法較早而有代表性，影響深遠，筆者亦深獲啓發。其中，陳芳明較著重描述後殖民文學的發展脈絡，對也表現爲「去中心」、「反權威」，而兼具「反寫實」、「反鄉土」性格的後現代文學，則以批判性立場帶過，相對地著墨較少。請參見陳芳明，〈後現代或後殖民：戰後台灣文學史的一個解釋〉，《後殖民台灣：文學史論及其周邊》，台北：麥田出版，2002.4，頁23-46。

❹ 陳正芳，《魔幻現實主義在台灣》，台北：生活人文出版社，2007.5，頁243。

　　然則，問題的關鍵仍在於，以魔幻現實主義精神與手法創作的作家，他們對何謂需被去除的「中心」，並非完全同質性；甚至，可能是對立的。

　　而要理解後戒嚴時期作家這種後現代與後殖民立場的差異，或不能僅由解嚴這一時間點開始，而需要對作家的創作歷程做前、後（或更晚近）時期的連續性觀察，方能明白作家對某些問題的立場是否延續或變化。更進一步言，台灣的後殖民與後現代現象由於並時而存，「轉型正義」（Transitional Justice）又未能真正落實 ❺，歷史的版本與責任歸屬尚未釐清，但迅即進入「多元無序」的社會現狀，致使論者對於如何評價後現代與後殖民文學，存在著不少關乎歷史記憶與責任的看法歧出的「倫理學」議題。因此，更應該進行後現代與後殖民文學兩者關於作者身世、美學意識形態、與記憶政治等的比較考察，以釐清後戒嚴時期在接受解構思維或魔幻技巧後，於文學創作上所形成的細部差異。

　　宋澤萊，便是這樣一位由解嚴前開始創作，又歷經後戒嚴、後殖民、後現代情境的個案，相信考察他的創作歷程，不僅能夠釐清九〇年代以降宋澤萊新作的變化，亦能將後戒嚴時期不同「去中心」思考的作品之差異予以分判。

　　筆者認為，九〇年代以來宋澤萊的小說創作，帶有濃厚的宗教文學氣味，迭出不窮地運用魔幻現實主義、新小說、通俗手法，創造了具有後殖民立場的作品。他在美學實驗、創新與神學上的自我試煉，進而想達成如何堅定「信仰」，勇於對抗「魔力」的預言，顯示了他

---

❺ 關於「轉型正義」的探討，主要在於討論威權或獨裁國家「轉型」為民主體制國家時，如何針對轉型前一時期不義行為的責任追究、彌補與和解措施，進行深刻的反省與檢討。相關討論可參見《當代》雜誌的「轉型正義在台灣專輯」，2006.10。或吳乃德，〈轉型正義和歷史記憶：台灣民主化的未竟之業〉，《歷史與現實》（思想2），台北：聯經出版公司，2006.6。

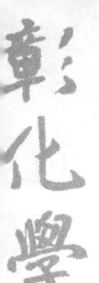

在觀察事物與書寫表現上「靈視」的能力。

　　稱宋澤萊是帶有靈視（vision）的作者，除了如他所自稱具有聖靈附身的經驗，能夠「通靈」，亦能看出「異象」（vision）❻，而書寫出帶有預言性質的小說；另一方面，也指涉他在美學上的不斷實驗創新，總是能獲得某種「靈象」（vision）或「靈啓」❼，窺見或想像事物的本質，顯示他對於小說藝術的獨到視野。然則，靈視者的美學創新，又和他與時俱進、始終「激進」（radical）的現實關懷密切相關，而絕非一時形式上的戲耍、趨新而已。換言之，筆者認爲，宋澤萊做爲一個靈視者，同時顯示了美學與神學上的雙重意義，企圖讓讀者透過美學而觸及神學中的預言，而小說家眞正想要凸顯的乃是他帶有「針對性」的台灣文化論述。

　　宋澤萊九〇年代以降的魔幻現實小說，在他不斷更迭的美學實驗歷程中，有著何種階段性的重要意義？❽和一九八〇年代中期以來，解嚴前後，逐漸興起而受魔幻現實主義思潮與後現代主義思潮影響的同時期小說家相較，如張大春與林燿德也創作了帶有魔幻與後現

---

❻ 根據《聖經》所記載，「異象」乃是神將一些特殊現象，啓示給他所要指示的人看，使他明白神的心意和計畫。此解說參見白雲曉編著，《聖經語彙辭典》，北京：中央編譯出版社，2001.12，頁 270。至於有關「異象」著名的例子有如《聖經舊約》「出埃及記 3：2-3」中所載：「耶和華的使者從荊棘裏火焰中向摩西顯現。摩西觀看，不料，荊棘被火燒著，卻沒有燒毀。摩西說：『我要過去看這大異象，這荊棘爲何沒有燒壞呢？』」。

❼ 根據蔡源煌的看法，「靈象」（vision）或「靈啓」，起源於浪漫主義對於創作與超自然力量的啓示間的關係，強調「想像」、「直覺」；馴至如表現主義也主張藝術不是複製現實，而是訴諸於更眞實的直覺表現。因此，關於這些文藝美學上，對於如何能切進事物本質，進而能眞實捕捉這種經驗的能力，則需要的便是「靈視」的能力，乃能看見「靈象」。引述出處請參見蔡源煌，《從浪漫主義到後現代主義》，台北：雅典出版社，1991.11，修訂 7 版（1987.12 初版），頁 4-6、42-43。

❽ 筆者曾在碩論文階段，處理過宋澤萊 1972～1987 年間的作品，已編入本書之第二、三、四章中，請參看。繼續處理他九〇年代以降的作品，則爲十年來持續觀察的結果。

代色彩的小說，宋澤萊的「魔幻」或「現實」與他們有何異同？筆者將從一九九〇年代前後，文壇上後殖民與後現代思潮並峙的文學史構圖出發，引入關於宋澤萊《血色蝙蝠降臨的城市》（1996，以下簡稱《血色蝙蝠》）❾ 與《熱帶魔界》（2001）❿ 的美學實驗與文化論述的探討。

在美學實驗方面，宋澤萊傾向後殖民立場與魔幻現實主義的結合，他的後殖民魔幻現實小說，實有別於強調解構、去中心、反寫實、反鄉土（文學）⓫ 的後現代魔幻現實小說，顯示了魔幻現實主義思潮在「本土化」過程中的不同意義。

同時，基於後殖民魔幻現實主義的書寫傾向，宋澤萊的文化論述與他的美學實驗／實踐便成為形與體的互動關係。我們關注的焦點則在：宋如何藉由將意識形態美學化的方式，藉由文學形象來進行他的文化論述？在去殖民、反中國的意識形態路線下，激進的文化論述與渴望實驗創新的文學創造之間的某種悖論（paradox）或緊張關係，是我們藉此觀察宋澤萊與台灣國族主義作者（們）的焦點所在。

❾ 宋澤萊，《血色蝙蝠降臨的城市》，台北：草根出版公司，1996。以下小說引文，出自此版本者，直接標明頁數，不再另行加註，以免繁冗。

❿ 宋澤萊，《熱帶魔界》，台北：草根出版公司，2001.2。以下小說引文，出自此版本者，直接標明頁數，不再另行加註，以免繁冗。

⓫ 例如，以倡言都市文學新世代的林燿德，他的後現代小說，與他在八、九〇年代不斷批判鄉土寫實主義，其實是一體兩面的思考方式。他認為鄉土派作家是「居住於城市中的農村童話家」、「逃避主義者」、「永恆的不滿者」，因為他們以一種意識形態擷取現實的局部，「卻永遠脫離寫實與現實，浪漫地沈醉在主觀的夢魘中」。而他的批評基礎乃來自於他看待台灣在世界局勢中的位置，與只會批評島內體制（案：應指國民黨體制）的「狹隘」鄉土派不同。他說鄉土派：「他們以島內意識形態思考的結果，所批判的對象皆是建立台灣經濟的龐大貿易商、文化掮客、城市資本家、金融家與銀行家，批判轉口貿易形態與服務業，試想，若把這些仍太平洋，台灣經濟剩下什麼？台灣現實就等於零」。出處請參見楊麗玲（訪談），〈文學惡地形上的戰將：林燿德〉，《自由青年》83：2，1990.2，頁44。

二、後殖民魔幻：宋澤萊的美學實驗與台灣的「神奇現實」再現

一九八三年，宋澤萊獲得「吳濁流文學獎」。他在得獎感言中表示，除了現代主義與鄉土文學外，純文學應該兼攝通俗的小說趣味性和優點，藉以召喚讀者。而這時他已經完成他的鄉土寫實時期創作：

> 我們的小說界迄今並沒有完全打開象牙塔式的創作。從現代主義時期到鄉土文學，我們的文學一直和大眾隔離，造成隔離的因素，是從現代主義時期，作家就把創作當作個人情感的抒發，使小說語言變成晦澀內容架空。鄉土文學的來臨一改舊習，在語言上採用敘述和口語化。但是卻在敘述時過分地嚴肅，缺乏偵探、幽默、諷刺、玄奇性，而語言之過分遲滯和平板，使小說的力量大為減弱。……假如純文學作家不努力讓他的小說含攝通俗小說的趣味性和優點，最後我們會看到純文學之滅絕即在目前。而這種努力必須小說家先在文學和故事敘述上做改革。⑫

此外，他也說過，文學需要有「技巧」來表現，而他多年來不斷學習、創新：

> 我可能是台灣作家中作品分期最多的一個，主因是我把文學這種東西當作一種技巧。……我覺得文學就是一種技巧的表現。如果將來還有什麼比較好的技巧，我還是會學習，我不會永遠停留在同樣的一種技巧。⑬

依此來看，宋澤萊對文學形式的重視，顯露無遺；同時，他也勤

⑫ 宋澤萊，〈得獎感言〉，《台灣文藝》82，1983.5，頁20。案：當年宋澤萊是以〈土〉一詩，獲得新詩創作佳作獎。
⑬ 宋澤萊，《宋澤萊談文學》，台北：前衛出版社，2004.9，頁168-169。

於學習並變換不同技巧創作，進行著他的美學實驗。而在創作過程中，宋澤萊經常藉由回顧性文字，坦露他不同生命階段的心境，更重要的是昭告世人他對文學形式創新的用意所在。

一九八八年五月，宋澤萊曾重新整編過他的短篇小說，將一九七五至一九八〇之間的作品以「宋澤萊作品集」之名分為三冊出版，分別為《打牛湳村系列》、《等待燈籠花開時》及《蓬萊誌異》，並且為此做一長序：〈從《打牛湳村》到《蓬萊誌異》：追憶那段美麗、淒清的歲月（1975～1980）〉⑭，以此文來回顧他步出大學校園後所經歷的人生際遇與文學路線的轉變，可謂是極為真切而誠懇的作家自我剖白。

筆者在先前的研究中，曾對宋澤萊的分期方式提出商榷，並加以調整後重新劃分宋氏八〇年代前的創作階段⑮。筆者認為將其創作歷程分為以下幾個階段可能是較為適切的：

一、現代主義時期：指宋大學時期，以現代主義手法創作心理小說的階段。時間約在一九七二至一九七五年間，主要作品包括〈審判〉、〈李徹的哲學〉、〈嬰孩〉、《紅樓舊事》、《惡靈》等⑯。

二、鄉土寫實時期：以台灣在現代化下的農村、市鎮變遷為描寫對象。筆者傾向將其作家自己劃分的「浪漫主義」及「自然主義」小說，視為具有某種浪漫色彩與自然再現精神的寫實主義小說。這時期約在一九七八至一九八〇年間，主要作品包括前衛版之《打牛湳村系列》、《等待燈籠花開時》、《蓬萊誌異》三冊短篇合集、以及《變遷的牛眺灣》、《骨城素描》。

---

⑭ 宋澤萊，〈從《打牛湳村》到《蓬萊誌異》：追憶那段美麗、淒清的歲月（1975-1980）〉，《打牛湳村系列》序言，台北：前衛出版社，1988.5。

⑮ 陳建忠，《宋澤萊小說（1972-1987）研究》，清華大學中文所碩士論文，1997.6，頁8-9。

⑯ 相關作者自述，可參見宋澤萊，〈略談所謂「宋澤萊現代主義時期作品」：兼談我對七〇年代前期的文壇印象〉，《印刻文學生活誌》33，2006.5，頁165-186。

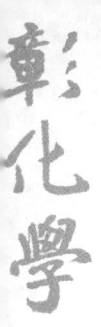

三、政治小說時期：主要指八〇年代的作品，在詩歌、散文、政論文章上似乎投注更多心力，小說主要作品包括《廢墟台灣》、〈抗暴的打貓市〉（台語小說）等。

蟄伏多年，在一九九六年出版《血色蝙蝠》時，宋澤萊又寫了另一篇長序：〈從《福爾摩莎頌歌》到《血色蝙蝠降臨的城市》：追憶那段紅塵吟唱與尋求超越的時光（1980～1996）〉。並在當中觸及他參與佛教論戰與基督教聖靈降身的經驗，並首次提及關於魔幻現實主義手法的應用。

宋澤萊在序文中提到，歷經六、七年的文學「冰封期」後，終於在一九九四年再度以〈變成鹽柱的作家〉一作宣告復出 ❼。這篇小說運用聖經中「鹽柱」的典故 ❽，描述一位能感應聖靈的作家因未能相信神的啓示向世人揭露政治人物的賄選、敗德黑幕，乃化爲鹽柱死去的故事，仍是寓意顯豁的一篇政治小說。

緊接著宋氏又在一九九六年五月出版長篇小說《血色蝙蝠》，這部小說取材自當今台灣社會最爲人詬病的「黑金政治」問題，描述一個黑社會青年興衰起滅的過程，當中更是充滿宗教的教義探討，刻繪了一個聖與魔、眞理與邪惡對抗的故事。二〇〇一年《熱帶魔界》當中，則有序言：〈《熱帶魔界》與小說魔術〉，稱《熱帶魔界》爲「實驗小說」。並聲稱把法國反小說（新寫實小說）引入台灣，極力強調物象重現的藝術境界（頁4、7）。

綜覽上述，復出的宋澤萊，在後戒嚴時期的九〇年代中期後，陸續以〈變成鹽柱的作家〉、《血色蝙蝠》、《熱帶魔界》，結合他的宗教靈修經驗與魔幻現實手法，皆以台灣政壇批判或中國文化批判爲主

❼ 〈變成鹽柱的作家〉連載於《自立晚報》「副刊」，1994.3.26-4.8。
❽ 「鹽柱」的典故載於《聖經舊約》「創世紀」第十九章，當耶和華以硫磺與天火欲焚毀罪惡之城所多瑪和蛾摩拉時，羅得的妻子違背神的交代回頭一看，就變成了一根鹽柱。其意指人對罪惡的眷戀比對神的話語的信任更多，故遭此懲罰。

題。如此看來，宋澤萊依然延續七〇年代鄉土寫實時期以來對現實議題與政治議題的高度關注，同時也不懈地進行他新一階段的美學實驗。他的這種經驗，衡諸張大春與林燿德在解嚴前後的創作，前者有較清楚的一貫性批判立場，後者則「轉向」爲批判鄉土寫實派的立場較爲明顯。

問題在於，宋澤萊九〇年代的小說創作，他的美學實驗置諸與後戒嚴時期的台灣文壇各種多元化美學表現裡，應該如何定位？筆者認爲，形式與內容乃是「有機的」（organic）結合，這依然必須與他一貫的鄉土關懷與政治、文化批判統合來思考。換言之，同樣是使用魔幻現實主義來呈現「神奇的現實」，一如拉美作家對獨裁政權的批判，藉文學以嘲諷或批判當權者；但，台灣社會與歷史中，何者才是在解嚴後「應該」被批判的對象？又，何者是這些新興美學形態所致力於再現的批判對象？

依據前述劉亮雅與陳正芳的說法，解嚴以後，台灣文壇九〇年代出現了後現代與後殖民的狀態。與此同時，傳入多年的魔幻現實主義也開始有了作家創作的作品出現❿。「台灣版」的魔幻現實文學，在不同的作者身上，其實存在著後現代與後殖民立場的差異，從而形成他們對台灣的「現實」有著不同的「神奇」想像，也就有著後現代「解構」權威、瓦解「神話」，以及後殖民解構「權威」、再造「主體」的美學意識形態差異。

筆者認爲，宋澤萊的美學實驗，並沒有將形式變成工具。他所使用的魔幻現實主義技巧，爲我們呈現災難可能造成的疫害。但，這是後現代或後殖民？換言之，魔幻現實的手法，可以和後現代主義結

❿ 雖然很多資料都顯示，魔幻現實主義似乎是八〇年代中期才有作品出現，但在相關引介情形上，則應該更早。由宋澤萊先生提供的一本當年閱讀的小說選，便可看出他接受到魔幻現實小說的訊息，應該在七〇年代末期左右。此書爲梁秉鈞翻譯，《當代拉丁美洲小說選》，台北：環宇出版社，1972.5。並有一篇譯者所寫之〈當代拉丁美洲小說的風貌〉的序文導讀。

合，也可以與後殖民主義相呼應，在台灣，實際情形顯然較之拉美文學所對應的「現實」更爲糾葛複雜。

就關於描述解嚴以來文學史發展的論述來看，後現代文學的現象無疑是必然被提及的新興文學思潮，而後現代的興起不僅在於後工業社會的出現，也在於台灣解嚴後言論空間的鬆綁。其中，帶有強烈實驗色彩的後現代文學創作，與魔幻現實主義的結合，被論者認爲是台灣重要的後現代文學現象之一。張大春與林燿德，將魔幻與後設技巧的結合，後現代性（post-modernity）濃厚。

但，對同樣引用魔幻現實思潮的宋澤萊而言，他雖然也在這一波解嚴、解構、解放的時代氛圍中，寫出與上一個「鄉土寫實」階段風格不同的作品，但他的美學實驗與實踐，卻無法驟然被歸入後現代文學的流派裡去。主要原因便在於，宋澤萊的魔幻現實主義乃是與後殖民意識相結合，而非與後現代意識結盟，這使他在解嚴後後現代與後殖民兩種主要文學思潮發展趨勢中，顯示他獨到的文學立場。

換言之，我們並不認爲，解構與去中心化等後現代話語，能夠具有無可懷疑的進步性。甚至，台灣的後現代文學中，不乏立基於反寫實、反鄉土（文學）的立場進行後設的魔幻書寫，所謂必要盡去的「中心」，可能是亟待重建的後殖民主體，從而使台灣的後現代沾染了（反）台灣後殖民議題的特殊色彩。

相對地，宋澤萊帶有魔幻色彩的後殖民小說，固然也具有解構與去中心的意圖，但他接續的是他自己自七〇年代以降的鄉土寫實路線，而且往上承繼了台灣日治以來的鄉土文學傳統。換言之，宋澤萊的美學實驗，是他對於文學創造的求新求變使然。但在「自覺地」 [20]

[20] 對於接受各種文學思潮，無論他的理解與談法是否完全忠實於西方的語境，但宋澤萊每每有一套自己的說詞。因此，過往他所提及的關於現代主義、寫實主義、自然主義、魔幻現實主義、新小說、通俗手法等諸多思潮，種類雖多，但都不約而同指向將這些思潮與他的現實關懷轉向與基進化勾聯一處，而非轉向更爲個人、內心、虛無、犬儒的書寫路線上去。

接受西方文學思潮同時，卻也做了某種程度的「消化」、「轉化」的工作，而使他以一個思想主軸明確的立場，來應用、實踐這些西方手法，達成他去殖民與批判極權文化的主題。

在筆者先前的研究中便指出，林燿德在《一九四七高砂百合》（1990）這部帶有魔幻色彩的小說中，將二二八事件定位爲「漢人內部的利益衝突」。重點側重在相對於原住民，外來族群有三：西洋天主教、日本軍國主義以及漢人移民，而他們皆破壞了原住民民傳統文化。林燿德顯然要強調，就在二二七或二二八這日，同一時間，原住民文化的存續顯然較漢人的血腥歷史、悲情神話更爲重要。劉亮雅認爲《高砂百合》：「具有跨國、跨種族文化雜燴的觀照，卻沒有特定的視角，也顯露一種後現代去中心的游移觀望。它屬於懷疑論式的政治小說，具有解構的衝動，卻沒有清楚的政治立場」[21]。這一說法，乃基於林燿德是一後現代小說家。但此一文本既同時也是「政治小說」，則言其「懷疑論」、「沒有特定視角」、「沒有清楚政治立場」，則小說的政治批判將指向何處？顯然，小說本身並非沒有立場，而是以一種美學化的立場遮蔽了政治立場[22]。

彭小妍注意到台灣的眷村後現代主義者（如朱天心、朱天文、張大春等），對世俗議題有強烈的意見，此說對照於同一教養背景的林燿德而言，也能適用：

他們把文學從現代主義純粹藝術的象牙塔，帶入政治、社會、文化、環保批判的世俗議題中，創造了後現代意識強烈的作品。這些眷村

[21] 劉亮雅，〈第五章 後現代與後殖民：解嚴以來的台灣小說〉，《台灣小說史論》，陳建忠等合著，台北：麥田出版，2007.3，頁354。

[22] 陳建忠，〈歷史敘事與美學意識形態：李喬《埋冤一九四七埋冤》與林燿德《一九四七高砂百合》的「二二八」歷史小說比較〉，「第五屆台灣文化國際學術研討會：李喬的文學與文化論述」論文，台灣師範大學，2007.4.27-29，頁18-22。

作家，有別於現代主義者，不把藝術視爲菁英活動；他們的後現代小說與通俗文化緊密結合，並亟於追隨潮流，往往訴諸非小說的論述，例如歷史、神學、政治學、人類學、哲學、心理學、符號學、文學、文學批評等，挑戰現代主義所堅信的學科嚴格分化的概念。❸

後現代歷史小說其實也不乏寫實的再現系統。林燿德選取了泰雅族的刺青及獵人頭傳統做爲原住民文化的代表，特別是獵人頭的傳統，鉅細靡遺的描述著泰雅族勇士英勇出草的經過。廖炳惠的評語，則以更批判性的說法指出，這都是一種「刻板印象」所致：「從表面上看，林燿德似乎是想掌握原住民的熱情、生命力，描寫他們的純樸及原始，但是他卻用殘暴的形象去刻繪原住民，因而在不知不覺之中重述了『吳鳳』神話，一味對獵人頭族的兇殘（及其活力）詳細鋪陳，造成莫名的誤解」❹。

陳正芳認爲，林燿德在小說中聯繫了台灣歷史上數件大屠殺事件，例如：荷蘭人屠殺漢人農民四千人的郭懷一事件；一八九五年日本佔據台灣濫殺漢人及原住民；以及二二八事件，國民政府與臺灣漢人的血腥衝突❺。並認爲每個看似獨立的情節，卻是在「後設中產生客觀事象的多元分裂」。這是在「指涉生與死的衝突本質，而非單一的災難結局」❻。

---

❸ 彭小妍，〈歷史、虛構與解嚴後眷村作家〉，《正典的生成：台灣文學國際研討會論文集》，南港：中研院文哲所，2004.7.15-16，頁 173-174。

❹ 廖炳惠，〈贖回歷史：評林燿德的《1947 高砂百合》〉，《中時晚報》第 10 版，1990.12.23。

❺ 此處並不似對荷蘭與日本的批評，直言國民政府是屠殺或濫殺，有避重就輕之嫌。但，這段評論者精彩的聯想，說明林燿德有可能處理台灣人各種被屠殺歷史，但他對二二八的詮釋幾乎漏掉了國民政府的部分，卻未見稱許者對他這種避重就輕的手法有何質疑。

❻ 陳正芳，《魔幻現實主義在台灣》，台北：生活人文出版社，2007.5，頁 229。

　　問題是，每段歷史都極爲特殊，「生與死的衝突」是生命必然，但個個不同。並置各種災難，將之普遍化、抽象化，並不會減輕災難對個別受難者的既成創傷。特別是文中還引出林燿德對二二八事件發生原因的描述，於第十一章中瓦濤・拜揚與祖靈魯突克斯對話裡即說：

　　看哪！瓦濤・拜揚，你眼前的平地人世界就要湧現恐怖中的恐怖啊，人和人互相屠殺，不爲了勇氣，也不爲了祭典，而是爲了財富和語言，血的浪峰將要自北向南洪洪挪動。❼

　　陳正芳肯定林燿德不拘於特定事件的究竟，必須追問的是，林燿德如何斷定原住民族的生死衝突較漢人的衝突更有殺戮的正當性！用原住民的被壓迫來取消二二八事件及其後的大屠殺事實，究竟是小說家的別有用心？或是藝術家的匠心獨具？筆者認爲，這恐怕是對後現代歷史小說某種被隱藏的意識形態企圖，未加細察的結果。究竟，「神奇的現實」，該是神奇的「被奇觀化」的原住民文化？或是神奇的被「祖國」屠殺的漢族「同胞」？

　　回觀宋澤萊對二二八事件的書寫。對文學形式的追求是宋澤萊文學創作史上的重要現象。他是自覺地表現他所身受的西洋文學傳統，並將之本土化的重要作者。當他言明，他以魔幻現實主義與新小說作爲新的美學技藝，這種求新求變的表現形式實驗，是否與他的文學主題或內容形成有機的結合？也就是說，寫什麼題材或主題，與他進行的美學實驗是否具有對應關係？

　　一九九六年由前衛出版社發行《血色蝙蝠》，自稱爲魔幻寫實主義之作。書中前序並自述：

---

❼ 林燿德，《一九四七高砂百合》，台北：聯合文學出版社，1990.12，頁182。

　　竭力少用現代小說那種技法，把魔幻寫實的方法、十九世紀初的浪漫派小說風格、大眾連載小說的文體結合起來，從容地書寫；又把她寫成既像武俠又像靈異，既像偵探又像寫實，既像神話又像哲學?使之打破了各類小說的藩籬，人物也變得可以任意飛昇天界，出入魔域，變化莫測……（頁21）

　　宋澤萊自言他以魔幻現實主義，試圖「盡量把整個城市的人寫進去」、使人物「變化莫測」以及「打破各類小說的藩籬」來達成這個超越。這個嘗試使宋澤萊一舉突破既往寫作的寫實技法，爲其作品傳統中強烈的寫實特性，增添幾許迷人的寓言性。

　　二〇〇一年，在《熱帶魔界》的序言中，宋澤萊則是以爲魔幻現實主義值得他學習的優點正在於「魔幻」，而其缺點是在它的「寫實」層面。他以爲魔幻現實主義對於人或景物的描述，過於一筆帶過。他強調「寫實」的重要性；並以爲若僅僅重在魔幻，極易流於一般神話故事，使作家成爲一個說故事的人。他認爲「小說家絕不只是說說故事而已」，他並自言要以法國反小說（新寫實小說）的寫實技法，鍥而不捨地讓「物象重現」，如同反小說大匠西蒙（Claude Simon，1913～）般：「就像七〇年代新寫實畫派的畫家一樣，使用照片和放大鏡來畫圖，爲的是重現物象的極精緻面。這種寫實技術把傳統的寫實往前推，達至無比認眞於物象重現的藝術境界，是令人難以想像的」（頁7）。

　　根據古巴的阿‧卡彭鐵爾（Alejo Carpentier）一九四八年的一篇小說集序文，他使魔幻現實主義這個辭彙，成爲一個屬於拉丁美洲文學的術語 ❽ 。在序文裡，他先是提出了「神奇現實」（lo real-maravilloso 或 la magia de larealidad）這個不同的術語，用以說明並強調：拉丁美洲的魔幻現實主義，是基於拉丁美洲的特殊現實所產生；

---

❽ 阿‧卡彭鐵爾（Alejo Carpentier），〈《這個世界的王國》序〉，柳鳴九編，《未來主義‧超現實主義‧魔幻現實主義》，北京：中國社會科學出版社，1987.10，頁469-473。

而不是單純憑藉幻想或者是文學技巧——特別是超現實主義,或者是歐洲現代主義的各種文學技巧——所能出現的。此處表示出「神奇現實」的既存性與本質性。因為這個「神奇現實」,是來自「親身體驗的」是對具體現實的感知,而非文學的虛構❷。

因此,魔幻現實主義,雖然受到諸如歐洲超現實主義等的影響,絕不等同於傳統的現實主義;但,連重要的哥倫比亞小說家馬奎斯(Garcia Marquez)都要強調,「在我的作品中,我從來也沒有尋求對那一切事件的任何解釋,任何玄奧的解釋。它不過是生活的一部份」,並強調「我是一個現實主義作家」:

所以,當人們認為我的小說是「魔幻現實主義」的表現時,這說明我們仍然受著笛卡兒哲學的影響,把拉丁美洲的日常世界和我們的文學之的親密聯繫拋在了一邊。不管怎樣,加勒比的現實,拉丁美洲的現實,一切現實,實際上都比我們想象的神奇得多。我認為我是一個現實主義作家,僅此而已。❸

故此,重點在於,魔幻現實主義小說的「時代氛圍、背景都來源於印地安人大量集中的中南美洲,魔幻現實主義就是這一地區特定的自然條件、社會環境、風俗民情、傳統文化的產物」,同時「如果一部作品失去對現實現實、對人的命運、對人的價值的關注,這樣的作品很可能是神話故事或志怪小說」❹。依此而論,閱讀台灣受到魔幻現實影響的作品,不能僅僅關注神奇的表現手法,而還要觀察它如何

---

❷ 邱惘婷,《魔幻寫實主義與當代台灣小說:以宋澤萊為例》,淡江大學中文研究所碩士論文,2002.7,頁22。

❸ 加西亞・馬爾克斯,〈我是一個現實主義作家:與作家曼努埃爾・奧所里奧的會見〉,《兩百年的孤獨》,昆明:雲南人民出版社,1997.7,頁309。

❹ 李德恩,〈魔幻現實主義小說的技巧與特徵〉,《拉美文學流派的嬗變與趨勢》,上海:上海譯文出版社,1996.11,頁122-123、127。

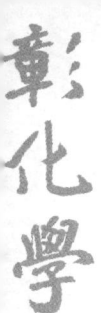

關切「現實」。

宋澤萊的魔幻場景,大抵以黃昏時刻出現的紅色蝙蝠最令人印象深刻。關於「紅色蝙蝠」的意象／異象,據宋澤萊所言,並非襲自西方文化中對蝙蝠的寓意,而是自小在台灣鄉間黃昏時刻的樹林間,可見到盤旋於天空群聚飛翔如黑雲的蝙蝠,所帶給他的強烈印象❷。

「紅色蝙蝠」的異象,不僅貫穿了《血色蝙蝠》,最早是現身於〈抗暴的打貓市〉。在小說中,每當李國一眼前浮現紅色蝙蝠船的異象後,不久便將發生與他相關的災難事件:劉錦木的追殺,妻子、兄弟的慘死,紅色蝙蝠的異象,代表的是他那屬於「半山政治家族」,洗不去的血腥罪惡與隨之而來的死亡氣味。一切都開始於李家兄弟那場永無止盡的噩夢:一九四七年三月,李家幫助「天朝大軍」屠殺打貓市的抵抗軍。李國忠、李國一兄弟倆,是追捕與指認抗暴份子的幫兇事實上。當年林雙不在評價〈抗暴的打貓市〉(1987.6)時,便極為讚賞宋澤萊以魔幻手法來突破禁忌,認為:

> 宋澤萊發揮了高度魔幻寫實的技巧,極為巧妙地把李國忠和李國一這對台奸兄弟刻劃成台籍政客的典型。❸

李氏家人不僅混跡於台人抗暴軍中並伺機破壞、密報,更誘使抗暴軍和談,而使陳儀軍隊得以在收繳武器後遂行其大屠殺的暴行。作者刻意描寫了一幕夕陽中的打貓港邊,竹林中飛出的紅蝙蝠盤旋空中,碼頭盡是受屠的台灣人,狀甚駭人:

> 當他們兄弟走進港邊碼頭時,才發現整個碼頭浮沈著屍體,一具挨

---

❷ 此說乃筆者向宋澤萊詢問所得。訪問日期與地點:2007.5.11 於中興大學台文所。

❸ 林雙不序,〈在暗夜裡追尋光〉,《1987 台灣小說選》,台北:前衛出版社,1988,頁30。

著一具，密密麻麻，宛如一望無際的屍體搭築的大浮床，一直延伸到海外的軍艦上，港口的水變成大紅色，有的死者被鉛線穿過手臂腳脛，一串串地被推落海中，也有些被割掉嘴鼻、斬斷手腳，槍殺而後拋擲於海中……就在那時，李國一恍惚中看到了所有的軍艦都變成張口的紅色魔鬼，在海中傑桀怪笑起來，紅色的蝙蝠在空中含合著著血撲飛著……㉞

　　解嚴前發表的這篇二二八小說，宋重述了一樁台灣戰後歷史上最慘烈的屠殺行為。很顯然地，宋澤萊是以「屠殺」的角度來看待二二八事件，他所著重的與其說是重現那段駭人聽聞的歷史，毋寧說他是追究屠殺者及其幫凶的歷史責任，其夕陽下打貓港浮屍的一幕，是幾乎可以不加一詞而達到冷肅譴責效果的。魔幻，則猶其餘事了。

　　延續這一異象，宋澤萊蟄伏多年後，依然再以血色蝙蝠來象徵邪惡勢力。《血色蝙蝠》全書共分為「飛昇車站」、「法戰」、「貓羅山之行」、「就職日」、「蝙蝠巢穴」、「市長之死」等六篇。書中內容以宋澤萊自言，乃是因應時尚之書寫潮流，寫作有關黑金政治的題材。在內容上，涵蓋了自《弱小民族》中討論的教育與台奸問題，也包括〈變成鹽柱的作家〉中的政教淪喪的黑暗問題。進一步延續深入探討台灣歷史，試圖以「血色蝙蝠」魔幻異象的串連，來警醒噬血的國族，最後的審判即將來臨。並以義人先知的昇天，基督的救贖，求取未來的拯救。「因而我們可以說，自〈抗暴的打貓市〉、〈變成鹽柱的作家〉乃至《血色蝙蝠降臨的城市》，整個書寫的歷程，宋澤萊正是逐一在展現由「血色蝙蝠」所啓示的台奸罪惡、KMT 罪行，預言著隨罪衍將至的世界末日與唯一可憑藉以救贖的信仰」㉟。

㉞ 宋澤萊，〈抗暴的打貓市〉（北京話），《弱小民族》，台北：前衛出版社，1987.8，頁 328。案：〈抗暴个打貓市〉（台語），《台灣新文化》9-10，1987.6-7。〈抗暴的打貓市〉（北京話），《自立晚報副刊》，1987.6。
㉟ 邱怐婷，《魔幻寫實主義與當代台灣小說：以宋澤萊為例》，淡江大學中文研究所碩士論文，2002.7，頁 107。

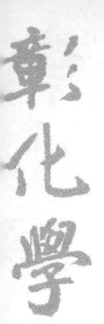

　　因爲血色蝙蝠，因爲要呈現異象，所以魔幻手法變成爲必要；至於蝙蝠與異象則又與背叛、屠殺、黑金政治、腐敗政教文化一體兩面。所以作家就猶如預言者一般，爲我們揭示抵抗邪惡的必要與末日審判的到來，要堅定信仰才能抵抗邪惡，否則可能會變成鹽柱，或是被邪惡勢力所惑，被魔界所捲入。

　　小說由一九九四年一月底，Ａ市市長選舉時發生的一宗詭譎的政治兇殺案疑雲開始推進。在選舉結束後，主角兼兇案嫌疑犯，也就是選戰的另一名候選人彭少雄，在 KMT 的暗中相助下，在市長補選中以少數票數當選。由彭的當選，啓動了Ａ市一連串的諸多魔幻異象。無論是在天空靜止不動的血漬月亮，或是被蝙蝠佔領的火車站，隨著巨大的熱風與血腥氣味的逐一散佈，使Ａ市恍同陷入極度恐懼的末日景象。

　　藉著Ａ市五術界聚會，五術界奇士們道出與彭少雄接觸的恐怖經驗，揭開以彭少雄爲中心的Ａ市靡爛社會風貌，以及遍及Ａ市的黑幫勢力與黑暗事件，並由此引發了一場神魔的末日大戰。在Ａ市五術界與彭少雄的法戰落敗事件後，故事轉述至曾經身爲彭少雄國中老師的唐天養。在基督的啓示下，隨著幽靈阿信的引領，走向聖十字架教堂。而當文森牧師的手按在他的頭上，流注而出的靈力拯救他，從此他走向聖徒之路。也因此，他在Ａ市宗教界，具有不可忽視的影響力。每當血色蝙蝠異象出現時，他便預言場殺戮與災難即將降臨，血色蝙蝠，猶如魔鬼的工具、魔鬼的意志。

　　此外，《熱帶魔界》說來是一個極簡單的故事，整個情節由一個在台灣南部服役的阿榮來敘述，描述他三次目睹空中奇異的景觀：空中列車與月台，最終列車載著無數世間眾生航向一座海上都城。可以說，這個奇幻的故事正是要描繪一個魔神仔的世界——熱帶魔界，魔神仔不斷透過華麗的列車與宮殿來迷惑人心，並造成不斷昇高的氣溫使眾人向陰涼的列車集中，由於這些貪戀，眾人無法抵擋這種引誘的結果就是死亡與被奴役，試看這一段關於魔界皇城的描繪：

　　無垠的這座皇城不知道在這裡存在多久，那數里宮牆歷經海潮不段的沖刷，長滿了巨苔，如同粘膩的海蛇之皮；血液自宮牆間隙滲流入海，形成海羶叫人渾身顫慄，不能呼吸。他感到那千燈萬燈的死亡宮城，可以吸納全世界蒼白的死者，奴役著死者，最後燒烤死者以成灰，它是最最巍峨、最最純淨的虛無，它是地獄，它是魔界。（頁130）

　　可以說，整部小說就是要在懸疑、詭異的氣氛中，一步步推向魔界力量的壯大，以至於眾人的毀滅，對這個過程的氛圍描寫，以及魔界日益具體化的寫實細節，可說是宋澤萊在形式上的重點。宋澤萊在序言中就極有信心的提到，《熱帶魔界》是一篇「實驗小說」，他運用了法國的「反小說」（新小說）的技巧，把畫面更加精細的描寫，強化視覺的要求。宋澤萊對西方文學流派與技巧的挪用本就頗為積極，從他早期現代主義時期就已開始，歷經浪漫主義、批判現實主義、魔幻寫實主義的變化，他對表現手法的自覺是無庸置疑的。

　　再就內容而言，如果對照宋澤萊在九〇發表的具有宗教寓言性質的小說來看，這部《熱帶魔界》其實也在透過與魔界抗衡的過程，展現宋澤萊對抗「邪惡勢力」的一貫立場，只不過他現在不採取以現實世界做為對象的角度，而是以「寓言」的方式來呈現這一思考：在魔神仔即將統治這個世界前，我們都要面對一場試煉。像後來成為牧師的阿榮所引用的聖經上的言語：「當警醒，以免睡著，你們還在打盹休息嗎？偶像與誘惑如同獅子老虎，遍地遊行，當你失神，入其爪下，必定災劫難逃！」（頁135）

　　觀察這兩篇小說可以發現，宋澤萊一方面仍長期觀察台灣社會，因而小說中的政治現實其實都不難自真實世界中找到對應。另一方面，宋澤萊長期接觸宗教的經驗在此也產生影響，他或者在小說中以「天啟」來暗喻罪惡人間的滅亡，或者以魔鬼、蝙蝠、妖魔的意象來代換黑道政治人物——這是內容上的影響；在形式上，由於宗教世界中的人物多半永有異於常人的能力，飛天遁地的可能使得宋的小說也

充滿許多靈異、超寫實的描寫，令人印象深刻^⑩。

「巨大的熱浪將人給浸泡住了，讓人彷若失去一切感覺」般的麻木。小說的結尾，麻木的人群，更為了貪圖一時清涼，走向玄天道場，而與幽靈般的死亡列車同行，航向海上帝都……。隨著紅蝙蝠翩翩起舞，地獄的喪鐘聲聲地響起。而在《血色蝙蝠》中，則是當血漬的月亮爬上旗杆杆頭，黑雲遮蔽日光形同午夜，末日的暴雨驟下：

> 當天黃昏，市民代表會的工友到大樓去降下國旗，他發現沿著旗竿所指的天空中央出現了一顆流血的月亮，像銀盤狀的那顆月亮明顯是滿月，有著銀亮的光芒，但它的周邊滲出血漬，看來就像是先被浸在濃濃血泡裡一陣子而後再被提到天空裡置放著一樣。（頁2）

宋澤萊屢屢以「靈視者」預言的角度發展出來的魔幻現實技巧，為小說添增許多詭異與綺麗的空間。這些魔幻的場景，的確如同宋所強調的，屬性上是宗教異象的展示，而非藉由原住民神話或後設技巧來達成魔幻效果。宋的關注點顯然還在於對抗魔鬼意志、對抗黑暗勢力，對抗以國民黨為代表的「黑金」或中國文化，乃至於對抗一個揮之不去的「中國文化霸權」幽靈。

在〈深談魔幻寫實主義小說：並論《血色蝙蝠降臨的城市》〉中，他也明確提到「異象小說」比起「魔幻寫實」更能切近他的創作本意：

> 《啟示錄》不是幻想的，而是聖徒約翰的宗教經驗，是他「經驗到的景象」，不是幻想出來的，約翰再有想像力，也想不出那麼繁複的景象；而阿斯杜里亞斯和馬奎茲的小說則是想像出來的。

---

⑩ 據載，宋澤萊另有十萬字長篇《附靈的金沙鎮》（未刊）亦為含有「靈魂學」表現的作品。見戴顯權，〈宋澤萊寫作扣緊淑世慰人〉，《中國時報》「開卷版」，1995.4.27。

我的《血色蝙蝠》的書寫條件比較接近《啓示錄》，有時我不願意說《血色蝙蝠降臨的城市》是魔幻寫實小說，我寧願說它是「異象小說」。㊲

　　對宋澤萊而言，從現代主義、鄉土寫實、再轉爲魔幻現實路線，他對於歷經日本殖民、國民黨殖民的台灣社會，以一再翻新的美學實驗，進行了宋澤萊式的政治與文化批判。當血色蝙蝠現身，總是與漢人殺害原住民、日本人屠殺台灣人、二二八事件中國府軍隊屠殺台灣人、戰後彭少雄盤據地方殺害對手同時出現，劉亮雅在論後殖民小說時，認爲宋澤萊《血色蝙蝠》探討「殖民暴力和歷史創傷的重複循環」㊳，與此處所言不謀而合。

　　筆者認爲，宋澤萊的魔幻手法毋寧是基於後殖民立場的批判，而不是躍入後現代立場，進而抹滅一切眞實性的虛無觀點。

三、走向激進之愛：宋澤萊的文化論述、預言及其危機

　　除了美學實驗的多樣化外，不可否認的是，文化論述向來是宋澤萊小說中的重頭戲。他對宗教文化、台灣文化與中國文化，都有著獨到的文化見解。值得注意的是，他對台灣的愛，從七〇年代鄉土寫實時期開始，歷經八〇年代批判中國文化的階段，在九〇年代的作品中依然堅定地朝向激進（radical）之愛的方向前進。他所選擇的文化批判立場，在《血色蝙蝠》與《熱帶魔界》中，以神啓示預言的方式，其論述特點與危機，就成爲本節討論的焦點。

　　二〇〇二年，宋澤萊在一次訪談中，談到他越過以農村經濟問題爲批判焦點的鄉土寫實階段後，便進入了以中國文化批判爲中心的台灣文化的探索上。他直言：

㊲ 宋澤萊，《宋澤萊談文學》，台北：前衛出版社，2004.9，頁120。

㊳ 劉亮雅，〈第五章 後現代與後殖民：解嚴以來的台灣小說〉，《台灣小說史論》，陳建忠等合著，台北：麥田出版，2007.3，頁372。

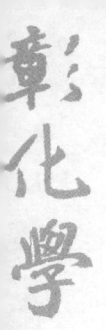

到了〈抗暴的打貓市〉就不一樣了，可以說那是一個分界點，那時候我們在辦《台灣新文化》，提出「去中國化」的運動。「去中國化」運動是《台灣新文化》的主題，這以後我的小說都跟去中國化有關……從〈抗暴的打貓市〉以後，就在文化、思想上作評判，這一點是最明顯的；尤其〈抗暴的打貓市〉就是批判中國人的順天思想、《熱帶魔界》批判中國人的帝國及道統思想，這都屬於文化。❸

自八〇年代以來，宋澤萊的文化及文學批判，其觀點自是一貫強調的「台灣意識」，主要仍在批判宋氏認為當前仍未去除的「無根」、「虛無」等「中國意識」，重要的論述有〈當前文壇診病書〉、〈正視外省中國殖民文學、文化的變相〉、〈刻不容緩的「去外省中國化」工作〉❹。

小說創作上，〈抗暴的打貓市：一個台灣半山政政治家族的故事〉，我們可以說在這篇小說裏宋澤萊將其反「中國殖民」的獨派立場藉此表露無遺，其中以半山仔這「中國化」的台灣人表達了對「中國身分」的嫌惡與棄除；而另一方面，國民黨與半山仔聯手對台灣人民的剝削與壓迫（特別是二二八事件）恐怕更是宋澤萊極力要將之現形並批判的重點。宋澤萊的自白或可參詳，他說：

這篇小說旨在勾勒一種台灣歷史所形成的獨特人類——台奸的面貌。我並不看輕這種人的精明性，但更把重點放在他們的病態人格與殖民地無奈的現實上。❹

❸ 宋澤萊，《宋澤萊談文學》，台北：前衛出版社，2004.9，頁 173-174。
❹ 以上三篇見《台灣新文學》第 4 期（1996.4）、第 6 期（1996.11）、第 7 期（1997.4）。
❹ 宋澤萊，〈從《福爾摩莎頌歌》到《血色蝙蝠降臨的城市》：追憶那段紅塵吟唱與追尋超越的時光（1980-1996）〉，《血色蝙蝠降臨的城市》，台北：草根出版公司，1996.5，頁 14-15。

　　宋澤萊所貶斥的病態人格，乃是他所謂令台灣人深感羞慚的惡劣心性，但他同時也暗示著「半山」、「台奸」之出現，其實是受到了中國文化「薰染」的結果。也即是說，大陸人（阿山）對台灣的宰制不但使台灣文化遭到壓抑，同時也不知不覺地「腐化」了台灣文化，宋澤萊曾在一處演講中吐露了他對中國文化的「意見」：

　　他們帶來的文化對台灣人而言當然也多半是壞文化。只是他們又同時又把日本的文化掃除出去，這點不能說他們沒有功勞。關於中國人帶來的壞文化，其中最具代表性的就是貪污文化。四十多年來這習俗已在台灣生根繁殖，成爲台灣文化的一部份。所以我們要推展台灣新文化，首先要做的就是將所有包括外來的、本土的壞文化排除出去。⓬

　　廖成浩就認爲，這篇小說雖然「觀念上過於簡化，且技巧上也不夠細心」，但是「知名作家爲數不多的反華色彩作品中，態度之激烈尚無出其右者」⓭。筆者則以爲，廖成浩所謂之「反華色彩」其實也就是宋反中國殖民意識的表露，小說裡主要便是透過中國化的假台灣人（半山／台奸），追究了二二八事件裡國民黨做爲屠殺者的眞相，藉此來傳達作者的政治傾向。同時認爲，此作可以作爲拒絕中國身分觀的代表，「宋在本文中的重點並不在故事，而在列舉『中國文化』如何一步步的腐敗了這對本省兄弟」⓮。

　　依照這種文化論述傾向，雖間隔多年，《血色蝙蝠》與《熱帶魔界》中，依然充滿濃厚的「反中帝」立場。筆者認爲，他所發展出來

⓬ 轉引自謝里法，《重塑台灣的心靈》，台北：自由時代出版社，1988.7，頁138。書中關於宋的言談僅爲部分演講詞的摘錄，出處有待查明。
⓭ 廖咸浩，〈在解構與解體之間徘徊：台灣現代小說中「中國身分」的轉變〉，《愛與解構：當代台灣文學評論與文化觀察》，台北：聯合文學出版社，1995.10。頁124。
⓮ 同前註，頁193-206。

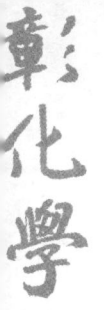

的一套以「血色蝙蝠」、「宗教魔幻」為主要意象／異象的美學再現系統，置於台灣島嶼遭受重殖民的歷史上看，具有後殖民時期「抵殖民」的意義應可公認。但，以天啟式預言形態，想警醒世人注意魔界常在，必須時刻與之戰鬥，這種將宗教裡正統與異端、神聖與魔鬼的對立模式移植到文化論述場域來，可能存在著某種論述的力道與危機，實令人無法輕忽。

胡長松針對宋澤萊的小說裡宗教問題與中國問題的處理方式，便認為我們應更注意宗教層面的試煉意義：

在《熱帶魔界》裡，大中國殖民者及其宗教乃是作為暗諷的對象之一而存在；不過，若僅是把「魔界」形象限於這個方面來考慮，我們不免就犯上了片面的大錯。雖然暗諷了大中國殖民，但《熱帶魔界》裡的「魔界」象徵，其實應有更普遍性意義的。在信仰方面，宋澤萊真正的重點是在透過它以及特檢官對它的反抗，來探討基督教的信仰試煉。❶

雖然胡長松試圖將宋澤萊小說之重點導向如何信仰堅定，以抵抗魔界誘惑的宗教層面，但魔界在宋澤萊的小說世界中，被具體描述過的主要仍只是中國文化而已。這也顯示了宋澤萊對其他殖民或外來文化的批判（如對日本、美國等），其立場為何，仍未見清晰。

即使如《血色蝙蝠》，雖強調的是台灣當代的黑金政治問題，但主角彭氏家族在台灣歷史上，扮演的依然是〈抗暴〉以來為利益出賣台灣的性格。因而，清朝時期，彭厝里的族人因為移民家族之間的衝突轉而以權力爭奪為策略，企圖壓倒其他家族；於是他們先是為爭土地而與其他家族之間發生械鬥，然後又幫助清廷鎮壓民亂、協助日本

❶ 胡長松，〈挑戰邪惡與困境的生命想像暴動：論宋澤萊魔幻寫實小說《熱帶魔界》〉，「南方的溫度：胡長松的文學部落」，http://blog.roodo.com/tiongsiong/archives/2028313.html。亦見《台灣新聞報》E19，2001.2.12-27。

人高壓統治人民、與國民黨結合起來壓迫民眾❻。既然血色蝙蝠仍未去除，國民黨之後必然仍有其他的邪惡勢力，乃可推知。

　　既然，宋澤萊的文化論述立場相當清晰，那麼，他究竟如何塑造魔界中的魔神仔？宋澤萊一向以銳利的批判性著稱，他批判資本家、奸商之力道固無須多言，看他對獨裁者的辛辣批判猶令人熱汗淋漓，這樣的宋澤萊轉以「預言」形式訴說與「魔界」對抗的故事時，他也正面地寫出他所謂的魔神仔。《熱帶魔界》中描繪了充滿邪惡氣息的氛圍，寫到：

　　那是古代的皇城，比任何一座皇城都更輝煌的皇城，有棋盤的道路，有笙歌達旦的劇院，也有酒池肉林的場所。所有鳥嘴人形的禽類都在歌唱跳舞，所有犬頭人身的狼人都在啃著人的骨頭。蒼白著臉的人在街頭做著苦役、被鞭笞或流浪。每條道路的交叉路口設下斬殺死者焚毀屍體的刑架。

　　主要的是正中央浮起一座巨大的宮闕，有百級的石階通到上面。他在瞭望鏡中，看見宮闕前坐著十三個一排的古帝王，他們中風、痲痺、滿臉膿瘡；他們披金戴銀，穿著龍袍；他們由呼吸中吐出毒氣；時而仰天而唾，時而口水橫流痰涎聚合流佈四周，污染天下。他們的座前，巡行著十三隻的龜獸，每隻龜獸背上騎著殺人戰將，他們的刀光即是利器，每分鐘要殺死一○○○個弱小邊疆異族，血流成河。那是躲於亞洲地底深處的古帝王，依次是秦皇、漢武、唐宗、明祖下及好戰軍閥。宮闕之上，更高的宮闕，又有一個皇座，坐著身纏巨蟒的妖獸，它有血紅眼睛，及胸黑鬍，它的犄角高掛天空，渾身長毛；他沉著冷靜，一手釋放殺戮，一手釋放虛無，它是魔鬼。（頁128-130）

---

❻ 李鴻瓊，〈創傷、脫離與入世靈恩：宋澤萊的小說《血色蝙蝠降臨的城市》〉，《中外文學》356，2002.1。

　　如果，對於魔界的描繪，最終指向的只有唯一的目標，那麼，這
會是「去中國性」的文化「圖解」嗎？

　　與此同時，宋澤萊在處理對抗魔界的過程中，除強調正信的重要
性外，異端者或異教徒則協助魔界勢力，一起迷惑眾生。因此，對邪
惡的宗教勢力，也同在批判之列。這恰好與宋澤萊於一九八九至一九
九二年間，和佛教界著名的論戰相呼應。其中論及對於中國大乘佛教
與中國佛教影響台灣本土宗教的觀點，以爲中國佛教已將原有台灣本
土佛教破壞殆盡。同時他更強力批判中國大乘佛教的離經叛道與荒謬
的神魔同體論。他暗喻強大的中國佛教勢力，侵害台灣本土佛教，甚
至使其失去救贖力量。在《熱帶魔界》中，宋澤萊就曾這樣敘述玄天
道院及院長袁鑑三的經歷：

　　玄天道院的院長袁鑑三是一個非凡人物。他是 K・M・T 敗退台
灣時的流亡學生，這個大陸人很早就在這裡建院。他的教理來自三墳五
典，自黃老孔孟下及宋明理學，兼及龍虎柳陽；自稱其道源是一切源，
精通泥洹及符咒，善於爲人治病；甚至可召喚神鬼。（頁98）

　　自一九八九年宋澤萊發表數篇有關當前台灣佛教問題的討論開
始。其中關於佛光山星雲法師將佛教企業化經營，與國民黨介入宗教
界之批判，引發佛門多人與之論戰。其後，宋澤萊又於「自立晚報」
開闢「揀魔辨異集」專欄，將論戰文章與對佛義之己見，收錄於自稱
「追尋『台灣佛教』未來，批判『中國佛教』疾病」的《被背叛的佛
陀》以及《被背叛的佛陀續集》兩書❶。

　　對中國佛教與政權關係的描述，我們或可由拉丁美洲魔幻現實主
義文學中獲得某種印證。因爲，「拉美在西方人入侵之前，本土的宗

---

❶ 邱楒婷，《魔幻寫實主義與當代台灣小說：以宋澤萊爲例》，淡江大學中
　文研究所碩士論文，2002.7，頁131-132。

教很是興盛。……但西方進入拉美後,這種狀況被徹底改變。西班牙、葡萄牙、法國等殖民統治者爲了達到牢牢控制拉美的目的,採取了排斥拉美本土宗教和尊西方天主教的政策,使拉美本土宗教文化遭到打擊與毀滅」[18]。其中馬奎斯《百年孤寂》,由殖民統治者派遣的神父尼康諾萊茵納,在馬孔多鎮建了第一座教堂,假言教義而目的在馴化人民,卻暗地裡介入香蕉工廠的罷工,爲殖民者通風報信。由此可見,殖民與宗教,本是後殖民文學中的重要題材。

宋澤萊的文化論述,以「反中帝」爲立場的美學意識形態,無疑地相當清楚。這乃是他一貫由關切鄉土到關切國族議題,所發展出來的思考路線,值得無論認同或反對者予以正視。因爲,這不僅是一個個案,更是一個思想方式與文學再現方式的普遍性課題。

但我們不難發現,對於弱勢者的關切,並未自小說中消失。雖然篇幅無多,但卻正是筆者認爲化危機爲轉機的關鍵所在。因爲,《熱帶魔界》裡其實還摻雜著「外省籍老兵」問題,無論宋澤萊的「反中」立場如何鮮明,他從一個「階級」的角度來看待移民老兵的處境,顯現出宋澤萊在激進的民族主義色彩之外的關懷,這恐怕是意識型態對立者難以想像的問題。但筆者還是要提醒,宋澤萊雖有關懷的自覺,可惜這部小說並沒有把重點放在老兵上面,他們只做爲一抹時代的悲慘色彩被宋所捕捉。有心者如宋澤萊應該要有更實際而深刻的描寫,來落實他這一「獨派」的關懷(論證詳後)。

四、結語:從國族主義、本質主義轉爲社會正義的實現

如果說,後殖民小說致力於批判殖民文化,我們看到了宋澤萊文學的敘述動力,與台灣多重殖民歷史無法分離。但,在去中心、反霸權的思維底下,當台灣社會也在重建新的文化主體性時,後殖民主義

---

[18] 鄧楠,〈論魔幻現實主義的宗教文化題材〉,《湘南學院學報》27:4,2006.8,頁70。

已經不只是對殖民文化的清理，而傾向於建設新共同體的國族主義
（nationalism）思維。

　　某種程度上來說，宋澤萊的作品有相對於殖民者的獨立意識固不
待言，也因此，他的小說乃更傾向台灣國族主義文學一方發展。問題
是，一個台灣內部認同混亂，地緣政治上也依然遭逢強大的其它國族
主義挑戰時，台灣的國族主義者如宋澤萊，如果不僅僅秉持後殖民思
考，而是以台灣國族認同爲思考，「本質主義」（essentialism）式的
國族文化想像，是否能有助於國民共同體意識的摶成，不無疑問。

　　如此的激進態度，遂免不了黃錦樹類似的質疑：

　　　　時間跨度從日據時代至中美斷交前後的《蓬萊誌異》，切片斷影式
　　的寫出台灣五十年社會變遷的浮世心聲，從對材料的處理上來看，箇中
　　隱含的歷史哲學已相異於他的寫實主義，而稍稍接近於抽調具體時空因
　　果，從一個抽像高度串聯類似的精神現象而立論的創傷史或災難史，和
　　神話只有一步之遙。換言之，再往前走一步，完全把具體歷史時空的內
　　容要素、因果上下文抽離，就成了《血色蝙蝠》和《熱帶魔界》那樣空
　　洞的歷史觀：歷史不過是神魔反覆交戰的歷史。……
　　　　慣於以二元對立的大法官式的絕對立場來思考問題的宋澤萊，在解
　　嚴後甚至更爲教條更爲獨斷的高揚去中國化，以鄉村爲立場唾罵台北都
　　市文壇，一概斥爲一文不值；甚至連理論思潮的引介、台灣佛教界的問
　　題，都被意識形態化的理解爲省籍問題。❹

　　作爲一個並不同情台灣後殖民立場爲何走上國族主義道路的論
者，馬來西亞學者黃錦樹充滿譏諷語調的論點不足爲怪，但他的批判

---

❹ 黃錦樹，〈從戀屍癖大法官到救世主：論附魔者宋澤萊的自我救贖〉，
　《謊言或眞理的技藝：當代中文小說論集》，台北：麥田出版，2003，頁
　325、328。

卻也不無參酌價值。畢竟，「建國」如果是宋澤萊的理想，那不能只在文本中實現，而必須考量文本所具有的論述影響力，以及理想性。

彼埃特思（Pieterse）和巴域（Parekh）所說的「自內解殖」（Internal Decolonization）思考的重要性，或可提供我們思索之道。他們強調「民族本眞論」（national authenticity）常複製了與帝國主義同樣的邏輯，將差異本質化，也就是將「他者普遍化」（universal otherhood）。因此，應該警覺這種後殖民時期國族主義的盲點，不只追求解除外部殖民，還有整個面對「差異」與「他者」的思維模式；也唯有如此，才能免於繼續以菁英心態面對後殖民時期階級、性別、種族與宗教差異的問題：

作爲跟殖民者的籌畫和意象相對抗的論述，國族主義和本土主義又反過來，傾向於再生產出敵人的邏輯：面對總體的權力結構，在周旋中進行自我調整時，所找到安身的位置卻仍是在此權力結構中的一個位置。這裏所說的，是指導本土化的邏輯，它在模仿的過程中，可能走上了把差異本質化（essentialization of difference）的路——根據的邏輯，與殖民主的種族主義並無分別，只是他者變成了我，價值互相倒轉。❺

如果殖民文化經過批判，也可能成爲台灣文化的一部份，則本質主義式的對任何本土文化的堅持與恢復（從語言到文化），以及對前殖民文化的本質化、妖魔化想像，距離創造台灣的新文化主體，還甚爲遙遠。如同我們所知，拉美文化的形成過程，其實是融合歐洲殖民者的文化於一爐，而那也是魔幻現實主義所以成立的基礎。

筆者認爲，一向關切農民與勞動者，也關切弱勢族群的宋澤萊，他的左派視野，應該在他的建國藍圖中進一步貫徹，而不只是點綴。

❺ 彼埃特思（Pieterse）、巴域（Parekh），〈意象的轉移：「解殖」、「自內解殖」和「後殖民情狀」〉，文化／社會研究譯叢編委會編譯，《解殖與民族主義》，香港：牛津大學出版社，1998，頁114。

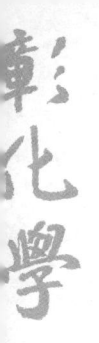

因此，例如老兵問題、都市環保、政商勾結、勞資問題等社會正義（Social Justice）議題，甚至是美國與日本的資本主義體制，這些視野不應在高揚國族主義的過程中失落了。

同時，在去殖民的過程中，我們也較不曾看到宋對於日本與美國新舊殖民文化的批判，這顯示，對於殖民問題的檢討，過度將焦點集中在中國上面，未必能真正面對台灣社會被多重殖民的問題。

然則，宋澤萊既作為一個靈視者，他總要扮演預言的工作，將異象告知眾人。如果惡靈總會再度降臨，聖戰仍要繼續。他或許能為我們提醒的不僅是中國文化的黑暗面，而也可以是台灣文化的黑暗面，台灣社會要實踐社會正義的問題面（如老兵、貧富、心靈荒蕪等），讓我們警醒，得以自我拯救，則那樣的「迦南地」，或將更加令人嚮往吧！

附錄：宋澤萊小說年表

案：由於宋澤萊小說集中約有半數作品未載出處及創作時間，因此本作品年表改採以作品出版年代編目，再註明小說集中的篇目，發表或創作時間可考者則註明於後。又，本年表不包括非文學類的佛學或政治論述，謹此說明。

1972 年 7 月　　〈審判〉，《文壇》145

　　　　10 月　　〈李徹的哲學〉，《文壇》148❶

1973 年 2 月　　〈嬰孩〉，《中外文學》9

1974 年 4.5.7 月　《紅樓舊事》（中篇），《中外文學》23-24、26

1976 年 3 月　　《廢園》（長篇），台南：豐生出版社❷

1978 年 9 月　　《打牛湳村》，台北：遠景出版社

收錄篇目：

1.〈岬角上的新娘〉，《聯合報》副刊，1978.7.15-16

2.〈海與大地〉，《小說新潮》3，1977.12

3.〈峽谷的白霧〉，《民眾日報》副刊，1978.12

4.〈港鎮情孽〉，1979.9.16❸

5.〈金狸港的故事〉

6.〈娘子，回去未曾開墾的那片田〉，《中外文學》48，1976.5.1

7.〈最後的一場戰爭〉，《中外文學》53，1976.10.1

8.〈大頭崁仔的布袋戲〉

9.〈打牛湳村〉，《台灣文藝》58，1978.3

10.〈鄉選時的兩個小角色〉，《雄師美術》37

1979 年 4 月　　《紅樓舊事》（中篇），台北：聯經

　　　6 月　　《變遷的牛眺灣》（長篇），台北：遠景出版社

　　　6 月　　《骨城素描》（中篇），台北：遠景出版社❹

---

❶ 兩篇小說皆未曾結集。

❷ 後改名《惡靈》再版，台北：遠景出版社，1979.11。

❸ 原名〈漁港故事〉，此作獲聯合報第四屆小說獎三獎。

❹ 包括〈救世主在骨城〉及〈兩夫子傳奇〉兩中篇。

1979 年 6 月　　　《糶穀日記》，台北：遠景出版社

收錄篇目：

1.〈花鼠仔立志的故事〉，《台灣文藝》61，1978.12

2.〈糶穀日記〉，《前衛》文學叢刊第二輯：「福爾摩沙的明天」，1978.10.25

3.〈漁仔寮案件〉，《現代文學》復 6，1978

4〈麋城之喪〉，《夏潮》34-35，1979.1-2

1980 年 4 月《黃巢殺人八百萬》（詩歌小說合集），台北：東大圖書公司

收錄篇目：

1.〈嬰孩〉，《中外文學》9，1973.2

2.〈黃巢殺人八百萬〉，《中外文學》51，1976.8

3.〈虛妄的人〉，《中外文學》56-57，1977.1-24.

4.〈花城悲戀〉，《台灣文藝》67，1980.6

1980 年 6 月《蓬萊誌異》，台北：遠景出版社

收錄篇目：

1.〈舞鶴村的賽會〉，《民眾日報》副刊，1979.9

2.〈燈籠花牆〉

3.〈京鎮的孝廉〉，《民眾日報》副刊，1979.9

4.〈分家〉

5.〈蕉紅村之宿〉

6.〈搭檔〉

7.〈礁藍海村之戌〉，《民眾日報》副刊，1979.8

8.〈許願〉

9.〈春城重逢〉

10.〈礫鎮的保生會〉

11.〈小鎮之姻〉

12.〈督察〉，《民眾日報》副刊，1979.8

13.〈杜里的故事〉

14.〈鷓啼村小住〉

15.〈挫傷〉

16.〈丁謙來了〉

17. 〈追逐〉，《現代文學》復刊號10，1980.3
18. 〈小祠堂〉
19. 〈驪宴〉
20. 〈藥〉
21. 〈病〉
22. 〈省親〉
23. 〈創痕〉
24. 〈在港鎮〉
25. 〈白鵞鎮的回憶〉，《聯合報》，1979.6.15
26. 〈蘇苞〉《聯合報》，1979.6.15
27. 〈棲鷹山城行腳〉，《台灣文藝》64，1979.11
28. 〈豬仔〉，《台灣文藝》64，1979.11
29. 〈一九七八、十二月京鎮〉
30. 〈一九七八十二月礫鎮〉
31. 〈回來〉《現代文學》復刊號3，1978.3
32. 〈婚嫁〉，《小說新潮》4，1978.3
33. 〈等待燈籠花開時〉

1983年4月　　《禪與文學體驗》（論述），台北：前衛出版社
　　　　11月　　《福爾摩莎頌歌》（詩），台北：前衛出版社
1985年3月　　《隨喜》（散文），台北：前衛出版社
　　　　5月　　《廢墟台灣》（長篇），台北：前衛出版社
1986年6月　　《誰怕宋澤萊？：人權文學論集》（論述），台北：
　　　　　　　前衛出版社
1987年8月　　《弱小民族》，台北：前衛出版社
收錄篇目：
1.〈秋陽〉，《文學界》3，1982.7
2.〈達摩公案〉，《中國時報》人間副刊，1982.7
3.〈友樂村豬仔末日記〉，《春風》2，1979.12
4.〈在太陽下〉，《自立晚報》副刊，1983
5.〈弱小民族〉，《自立晚報》副刊，1983.8
6.〈抗暴个的打貓市〉（台語），《台灣新文化》9-10，1987.6-7
7.〈抗暴的打貓市〉（北京語），《自立晚報》副刊，1987.6

1988 年 5 月	《台灣人的自我追尋》（論述），台北：前衛出版社
	《打牛湳村系列》，台北：前衛出版社
	《等待燈籠花開時》，台北：前衛出版社
	《蓬萊誌異》，台北：前衛出版社 ⑤
1994 年 3 月	〈變成鹽柱的作家〉，《自立晚報》副刊，
	1994.3.26-4.8
1996 年 5 月	《血色蝙蝠降臨的城市》（長篇），台北：草根出版
	公司
2001 年 2 月	《熱帶魔界》（長篇），台北：草根出版公司
8 月	《一枝煎匙》（母語詩集），台北：聯合文學出版社
2002 年 9 月	《普世戀歌》（母語詩集），台北：印刻出版社
2002 年 12 月	《變成鹽柱的作家》，台北：草根出版公司

收錄篇目：

1.〈變成鹽柱的作家〉，《自立晚報》副刊，1994.3.26-4.8
2.〈弱小民族〉，《自立晚報》副刊，1983.8
3.〈秋陽〉，《文學界》3，1982.7
4.〈達摩公案〉，《中國時報》人間副刊，1982.7
5.〈在太陽下〉，《自立晚報》副刊，1983

2004 年 9 月《宋澤萊談文學》（論述、訪談），台北：前衛出版社

---

⑤《打牛湳村系列》、《等待燈籠花開時》、《蓬萊誌異》三冊為 1975-1980
年間短篇小說重新整編後的作品，包含前列原《打牛湳村》（1978.9）、
《糶穀日記》（1979.4）《黃巢殺人八百萬》（1980.4）中之〈花城悲戀〉、
《蓬萊誌異》（1980.6）等。

主要參考書目

壹、一般書籍

- 丁帆，《中國鄉土小說史論》，江蘇：江蘇文藝出版社，1992.9。
- 王德威，《從劉鶚到王禎和：中國現代寫實小說散論》，台北：時報文化出版公司，1986.6。
- 王德威，《小說中國：晚清到當代的中文小說》，台北：麥田出版公司，1993.6。
- 王寧，《多元共生的時代：二十世紀西方文學比較研究》，台北：淑馨出版社，1995.2。
- 王寧，《深層心理學與文學批評》，西安：陝西人民出版社，1992.11。
- 王拓，《街巷鼓聲》，台北：遠景出版社，1978。
- 王曉波，《走出台灣歷史陰影》，台北：帕米爾書局，1993.11。
- 文馨瑩，《經濟奇蹟的背後：台灣美援經驗的政經分析（1951-1965）》，台北：自立晚報社文化出版部，1990.1。
- 中國論壇編輯委員會編，《台灣地區社會變遷與文化發展》，台北：中國論壇雜誌社，1985。
- 文馨瑩，《知識份子與台灣發展》，台北：中國論壇雜誌社，1989.10。
- 古繼堂，《台灣小說發展史》，台北：文史哲出版社，1989.7。
- 白少帆等編，《現代台灣文學史》，瀋陽：遼寧大學出版社，1987.12。
- 白荻等，《詩與台灣現實》，台北：笠詩社出版，1991.1。
- 向陽，《康莊有待》，台北：東大圖書公司，1985.5。
- 向陽，《迎向眾聲：八〇年代台灣文化情境觀察》，台北：三民書局公司，1993.11。
- 伊格頓（Terry Eagleton）著，文寶譯，《馬克思主義與文學批評》，台北：南方叢書出版社，1987。
- 李瑞騰主編，《中華現代文學大系・評論卷》（壹），台北：九歌出版社，1989。
- 李筱峰，《台灣民主運動四十年》，台北：自立晚報社文化出版部，1987.10。
- 李筱峰，《台灣戰後初期的民意代表》，台北：自立晚報社文化出版部，1987。

- 李喬，《台灣運動的文化困局與轉機》，台北：前衛出版社，1989.11。
- 李敏勇，《做一個台灣作家》，台北：自立晚報社文化出版部，1989.3。
- 李敏勇，《戰後台灣文學反思》，台北：自立晚報社文化出版部，1994.6。
- 李鴻禧等，《國家認同學術研討會論文集》，台北：稻鄉出版社，1993.5。
- 李漢偉，《台灣小說的三種悲情》，台南：台南市立文化中心，1996.5。
- 宋冬陽，《放膽文章拼命酒》，台北：林白出版社，1988。
- 宋光宇編，《台灣經驗（二）：社會文化篇》，台北：東大圖書公司，1994。
- 何欣，《從大學生到草地人》，台北：遠行出版社，1976。
- 何欣，《中國現代小說的主潮》，台北：遠景出版社，1979.3。
- 何欣，《當代台灣作家論》，台北：東大圖書公司，1983.12。
- 呂正惠，《小說與社會》，台北：聯經出版事業公司，1988.5。
- 呂正惠，《戰後台灣文學經驗》，台北：新地文學出版社，1992.12。
- 呂正惠，《文學經典與文化認同》，台北：九歌出版社，1995.4。
- 林央敏，《台語文學運動史論》，台北：前衛出版社，1996.3。
- 林雙不，《台灣人短論》，台北：前衛出版社，1988.8。
- 林瑞明，《台灣文學與時代精神：賴和研究論集》，台北：允晨文化公司，1993.8。
- 林瑞明，《少尉的兩個世界》，台南：台南市立文化中心，1995.4。
- 林瑞明，《台灣文學的本土觀察》，台北：允晨文化公司，1996.7。
- 林瑞明，《台灣文學的歷史考察》，台北：允晨文化公司，1996.7。
- 林燿德，《重組的星空：林燿德論評選》，台北：業強出版社，1991.6。
- 林燿德，《敏感地帶：探索小說的意識真象》，板橋：駱駝出版社，1996.9。
- 林燿德主編，《當代文學評論大系（2）文學現象卷》，台北：正中書局，1993。
- 林鍾雄，《台灣經濟發展四十年》，台北：自立晚報社文化出版部，1987.10。
- 杭之，《邁向後美麗島的民間社會》（上），台北：唐山出版社，1990.4。
- 孟樊、林燿德編，《世紀末偏航：八十年代台灣文學論》，台北：時報文化出版公司，1990.12。
- 孟樊，《當代台灣新詩理論》，台北：揚智文化事業公司，1995.6。

- 吳錦發，《做一個新台灣人》，台北：前衛出版社，1989.11。
- 邵玉銘等編，《四十年來中國文學》，台北：聯合文學出版社，1995.6。
- 胡民祥編，《台灣文學入門文選》，台北：前衛出版社，1989.10。
- 封德屏編，《台灣現代詩史論》，台北：文訊雜誌社，1996.3。
- 故鄉出版社編輯部編，《民族文學的再出發》，台北：故鄉出版社，1979.3。
- 施敏輝編，《台灣意識論戰選集》，台北：前衛出版社，1988.9。
- 段承璞，《台灣戰後經濟》，台北：人間出版社，1992。
- 若林正丈編，《中日會診台灣：轉型期的政治》，台北：故鄉出版社，1988。
- 侯立朝，《鄉土吾愛》，台北：博學出版社，1977.12。
- 柳鳴九主編，《二十世紀現實主義》，北京：中國社會科學出版社，1992。
- 高天生，《台灣小說與小說家》（修訂版），台北：前衛出版社，1995.1。
- 陳萬益，《于無聲處聽驚雷：台灣文學論集》，台南：台南市立文化中心，1996.5。
- 陳芳明，《台灣人的歷史與意識》，高雄：敦理出版社，1988.8。
- 陳芳明，《鞭傷之島》，台北：自立報系文化出版部，1989.7。
- 陳芳明，《典範的追求》，台北：聯合文學出版社，1994.2。
- 陳玉璽，《台灣的依附型發展》，台北：人間出版社，1992。
- 陳平原，《中國小說敘事模式的轉變》，台北：久大文化公司，1990.5。
- 陳正芳，《魔幻現實主義在台灣》，台北：生活人文出版社，2007.5。
- 許俊雅，《台灣文學散論》，台北：文史哲出版社，1994.11。
- 許俊雅，《日據時期台灣小說研究》，台北：文史哲出版社，1992.2。
- 張文智，《當代文學的台灣意識》，台北：自立晚報社文化出版部，1993.6。
- 張京媛編，《後殖民理論與文化認同》，台北：麥田出版公司，1995.7。
- 尉天聰，《民族與鄉土》，台北：遠景出版社，1981.6。
- 尉天聰編，《鄉土文學討論集》，台北：遠景出版社，1950.10。
- 黃重添等著，《台灣新文學概觀》，台北：稻禾出版社，1992。
- 黃武忠，《台灣作家印象記》，台北：眾文圖書公司，1984.5。
- 黃俊傑，《台灣農村的黃昏》，台北：自立晚報社文化出版部，1988.3。
- 黃俊傑、廖正宏，《戰後台灣農民價值取向的轉變》，台北：聯經出版事業公司，1991.1。

- 黃頌杰主編，《弗洛姆著作精選：人生、社會、拯救》，上海：上海人民出版社，1989.8。
- 彭瑞金，《泥土的香味》，台北：東大圖書有限公司，1980.4。
- 彭瑞金，《台灣新文學運動四十年》，台北：自立晚報社文化出版部，1991.3。
- 彭瑞金，《瞄準台灣作家》，高雄：派色文化出版社，1992.7。
- 彭瑞金，《台灣文學探索》，台北：前衛出版社，1995.1。
- 彭瑞金編，《1983年台灣小說選》，台北：前衛出版社，1984.4。
- 彭品光編，《當前文學問題總批判》，台北：中華民國青溪新文藝學會，1977.11。
- 彭懷恩，《台灣政治變遷四十年》，台北：自立晚報社文化出版部，1987.10。
- 游勝冠，《台灣文學本土論的興起與發展》，台北：前衛出版社，1996.7。
- 葉石濤，《台灣鄉土作家論集》，台北：遠景出版公司，1979.3。
- 葉石濤，《沒有土地，哪有文學》，台北：遠景出版公司，1985.6。
- 葉石濤，《台灣文學史綱》，高雄：文學界雜誌社，1987.2。
- 葉石濤，《台灣文學的悲情》，高雄：派色文化出版社，1990.1。
- 葉石濤，《走向台灣文學》，台北：自立晚報社文化出版部，1990.3。
- 葉石濤，《展望台灣文學》，台北：九歌出版社，1994.8。
- 楊照，《流離觀點》，台北：自立晚報社文化出版部，1991.11。
- 楊照，《臨界點上的思索》，台北：自立晚報社文化出版部，1993.9。
- 楊照，《文學的原像》，台北：聯合文學出版社，1995.5。
- 楊照，《文學、社會與歷史想像：戰後文學史散論》，台北：聯合文學出版社，1995.10。
- 楊澤主編，《從四〇到九〇年代：兩岸三邊華文小說研討會論文集》，台北：時報文化出版公司，1994.11。
- 詹宏志，《兩種文學心靈》，台北：皇冠文學出版公司，1986.1。
- 台灣文學研究會主編，《先人之血，土地之花：台灣文學研究論文精選集》，台北：前衛出版社，1989.8。
- 台灣作家全集編委會編，《台灣作家全集 短篇小說卷／別冊》，台北：前衛出版社，1994.3。
- 趙知悌編，《文學，休走》，台北：遠行出版社，1976。
- 蔡詩萍，《騷動島嶼的論述反抗》，台北：聯合文學出版社，1995.10。

- 鄭明娳主編，《當代台灣政治文學論》，台北：時報文化出版公司，1994。
- 鄭明娳主編，《當代台灣都市文學論》，台北：時報文化出版公司，1995。
- 廖炳惠，《回顧現代：後現代與後殖民論文集》，台北：麥田出版公司，1994。
- 廖咸浩，《愛與解構：當代台灣文學評論與文化觀察》，台北：聯合文學出版社，1995.10。
- 劉進慶，《台灣戰後經濟分析》，台北：人間出版社，1992。
- 劉登翰，《台灣文學隔海觀：文學香火的傳承與變異》，台北：風雲時代出版公司，1995.3。
- 劉登翰等編，《台灣文學史》（上卷），福州：海峽文藝出版社，1991.6。
- 劉登翰等編，《台灣文學史》（下卷），福州：海峽文藝出版社，1993.1。
- 黎湘萍，《台灣的憂鬱：論陳映真的寫作與台灣精神》，北京：三聯書店，1994.10。
- 廚川白村著，陳曉南譯，《西洋近代文藝思潮》，台北：志文出版社，1993。
- 顏元叔，《社會寫實文學及其他》，台北：巨流出版社，1978.6。
- 龔鵬程編，《台灣的社會與文學》，台北：東大圖書公司，1995.11。

貳、報紙、期刊論文

- 王若萍，〈一個反支配論述的形成：七〇年代鄉土文學的論述與形構〉，「台灣文學研討會」論文，淡水工商管理學院主辦，1995.11.4-5。
- 王墨林，〈親密男人必然的困境：王墨林談《家變》〉，中國時報人間副刊，1994.12.25。
- 江迅，〈鄉土文學論戰：一場迂迴的革命？：一個文化霸權的崛起與崩解〉，《南方》9，1987.7。
- 宋澤萊，〈理想的國度〉，《印刻文學生活誌》12，2004.8。
- 宋澤萊，〈略談所謂「宋澤萊現代主義時期作品」：兼談我對七〇年代前期的文壇印象〉，《印刻文學生活誌》33，2006.5。
- 宋澤萊，〈「大和解？」回應之一〉，《台灣社會研究季刊》43，2001.9。
- 林瑞明，〈從迷惘到自立：第一代到第四代的文學旅程〉，《台灣文學的本土觀察》，台北：允晨文化公司，1996.7。

- 南方朔,〈到處都是鐘聲:鄉土文學業已宣告死亡〉,《中國自由主義的最後堡壘》,台北:四季出版社,1979.9。
- 郭楓,〈四十年來台灣文學的環境與生態〉,《新地》2,1990.6。
- 尉天驄,〈三十年來台灣社會的轉變與文學的發展〉,中國論壇編輯委員會編:《台灣地區社會變遷與文化發展》,台北:中國論壇雜誌社,1985。
- 蕭新煌,〈當代知識份子的「鄉土意識」:社會學的考察〉,《知識份子與台台灣發展》,台北:中國論壇雜誌社,1989.10。
- 陳正醍,〈台灣的鄉土文學論戰(上、下)〉,《暖流》2:2、2:3,1982.8-9。
- 許南村,〈試評〈打牛湳村〉〉,《現代文學》復5,1978.10。
- 莊華堂,〈打牛湳與大牛欄:從方言島看客福佬與福佬客問題〉,台灣客家公共事務協會編,《台灣客家新論》,台北:台原出版社,1993.12。
- 馬森,〈城市之罪:論現當代小說的書寫心態〉,鄭明娳主編:《當代台灣都市文學論》,台北:時報文化出版公司,1995.11。
- 李豐楙,〈台灣鄉土小說中的社會變遷意識:60、70年代鄉土小說的主題:貧窮、命運與人性〉,龔鵬程編,《台灣的社會與文學》,台北:東大圖書公司,1995.11。
- 蔡詩萍,〈一個反支配論述的形成:八〇年代台灣異議性文化生態與文學的考察〉,孟樊、林燿德編,《世紀末偏航:八十年代台灣文學論》,台北:時報文化出版公司,1990.12。
- 詹宏志,〈尊嚴與資本機器的抗爭:評介陳映真的作品〈雲〉〉,《陳映真作品集14‧愛情的故事》,台北:人間出版社,1988.5。
- 楊照,〈從「鄉土寫實」到「超越寫實」:八〇年代的台灣小說〉,封德屏編,《台灣文學發展現象:五十年來台灣文學研討會論文集(二)》,台北:行政院文建會,1996.6。
- 維拉‧波茲特,〈文學與疾病:比較文學的一個方面〉,《文學研究》1986年第1期(總41),1986.1。
- 張中載,〈十年後再讀《一九八四》:評喬治‧歐威爾的《一九八四》〉,《外國文學》1996年第4期,1996.6。
- 武治純,〈台灣八〇年代政治小說淺論〉,《台灣香港與海外華文文學論文選》,福州:海峽文藝出版社,1988.9。
- 劉亮雅,〈後現代與後殖民:論解嚴以來的台灣小說〉,《後現代與後殖民:解嚴以來台灣小說專論》,台北:麥田出版,2006.6。

參、學位論文：

- 王若萍，《一個反支配論述的形成：七〇年代鄉土文學的論述與形構》，台灣師範大學歷史研究所碩士論文，1996.6。
- 石弘毅，《台灣小説中「農民形象」的歷史考察（日據時期～八〇年代)》，成功大學歷史研究所碩士論文，1996.7。
- 何永慶，《七〇年代台灣鄉土文學論戰研究》，文化大學中國文學研究所碩士論文，1995.12。
- 周永芳，《七十年代台灣鄉土文學研究》，文化大學中國文學研究所碩士論文，1992。
- 洪英雪，《宋澤萊小説中原鄉題材研究》，逢甲大學中文研究所碩士論文，2001。
- 邱愐婷，《魔幻寫實主義與當代台灣小説：以宋澤萊為例》，淡江大學中文研究所碩士論文，2002.7。
- 陳丹橘，《戰後台灣農民小説的類型演變》，清華大學中文研究所碩士論文，1996.7。
- 陳慶文，《當代台灣小説的宗教性關懷》，東海大學中文研究所博士論文，2001.6。
- 謝春馨，《八〇年代「台灣文學」正名論》，中央大學中國文學研究所碩士論文，1995.6。
- 游順歷，《宋澤萊九〇年代小説研究》，文化大學中國文學研究所碩士論文，2003.5。
- 蕭義玲，《台灣當代小説的世紀末圖像研究：以解嚴後十年（1987～1997）為觀察對象》，台灣師範大學國文研究所博士論文，1998.6。

國家圖書館出版品預行編目資料

走向激進之愛：宋澤萊小說研究＝Towards the
redical love:a study on Sung Tze-Lai's fictions／
陳建忠著. －－ 初版. －－ 臺中市：晨星，
2007.11〔民 96〕
　　面；　公分. －－（彰化學；3）
　　參考書目：面

　　ISBN 978-986-177-171-7（平裝）

　　1.宋澤萊 2.臺灣小說 3.文學評論

863.572　　　　　　　　　　　96020339

彰化學叢書 003

走向激進之愛：宋澤萊小說研究

作者	陳建忠
編輯	徐惠雅
排版	黃寶慧
總策畫	林明德、康原
總策畫單位	彰化學叢書編輯委員會

發行人	陳銘民
發行所	晨星出版有限公司
	台中市 407 工業區 30 路 1 號
	TEL:(04)23595820　FAX:(04)23597123
	E-mail:morning@morningstar.com.tw
	http://www.morningstar.com.tw
	行政院新聞局局版台業字第 2500 號
法律顧問	甘龍強 律師
承製	知己圖書股份有限公司　TEL:(04)23581803
初版	西元 2007 年 11 月 10 日

總經銷	知己圖書股份有限公司
	郵政劃撥：15060393
	〈台北公司〉台北市 106 羅斯福路二段 95 號 4F 之 3
	TEL:(02)23672044　FAX:(02)23635741
	〈台中公司〉台中市 407 工業區 30 路 1 號
	TEL:(04)23595819　FAX:(04)23597123

定價 250 元
ISBN 978-986-177-171-7
Published by Morning Star Publishing Inc.
Printed in Taiwan

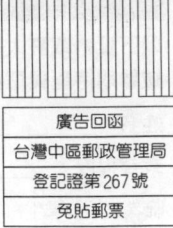

407
台中市工業區 30 路 1 號
晨星出版有限公司

請沿虛線摺下裝訂，謝謝！

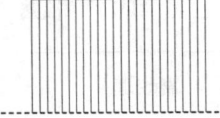

更方便的購書方式：

(1) 網站：http://www.morningstar.com.tw
(2) 郵政劃撥 帳號：15060393
　　　　　　 戶名：知己圖書股份有限公司
　　 請於通信欄中註明欲購買之書名及數量
(3) 電話訂購：如為大量團購可直接撥客服專線洽詢

◎ 如需詳細書目可上網查詢或來電索取。
◎ 客服專線：04-23595819#230　傳真：04-23597123
◎ 客戶信箱：service@morningstar.com.tw